VINO FURIOSO

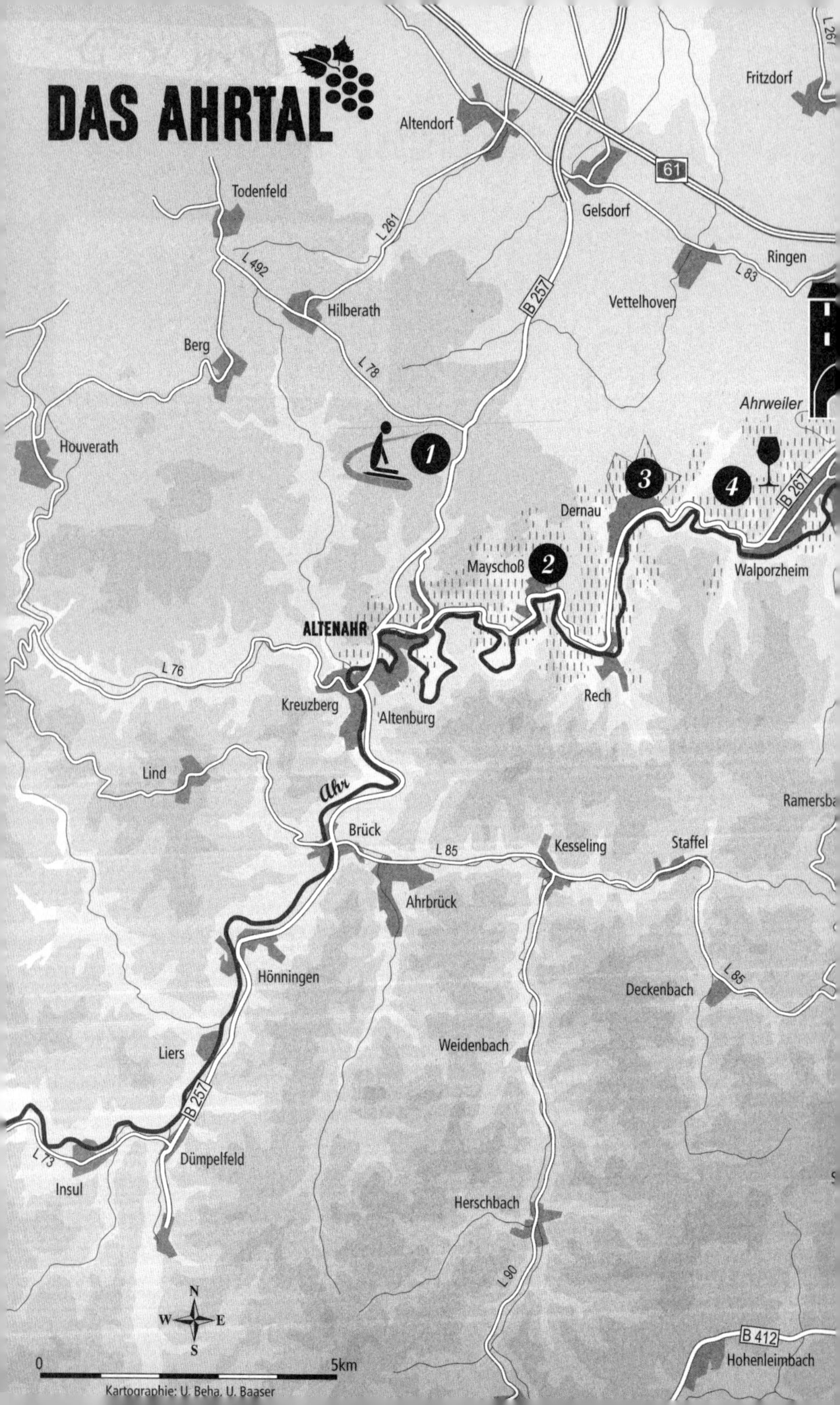

DAS AHRTAL
Fritzdorf
Altendorf
61
Todenfeld
Gelsdorf
L 261
L 492
Ringen
L 83
Hilberath
B 257
Vettelhoven
Berg
L 78
Ahrweiler
Houverath
1
3
4
B 267
Dernau
Mayschoß
2
Walporzheim
ALTENAHR
L 76
Rech
Kreuzberg
Altenburg
Lind
Ahr
Ramersba
Brück
L 85
Kesseling
Staffel
Ahrbrück
Hönningen
L 85
Deckenbach
Weidenbach
Liers
B 257
L 73
Dümpelfeld
Insul
Herschbach
L 90
N
W
E
S
B 412
Hohenleimbach
0
5km
Kartographie: U. Beha, U. Baaser

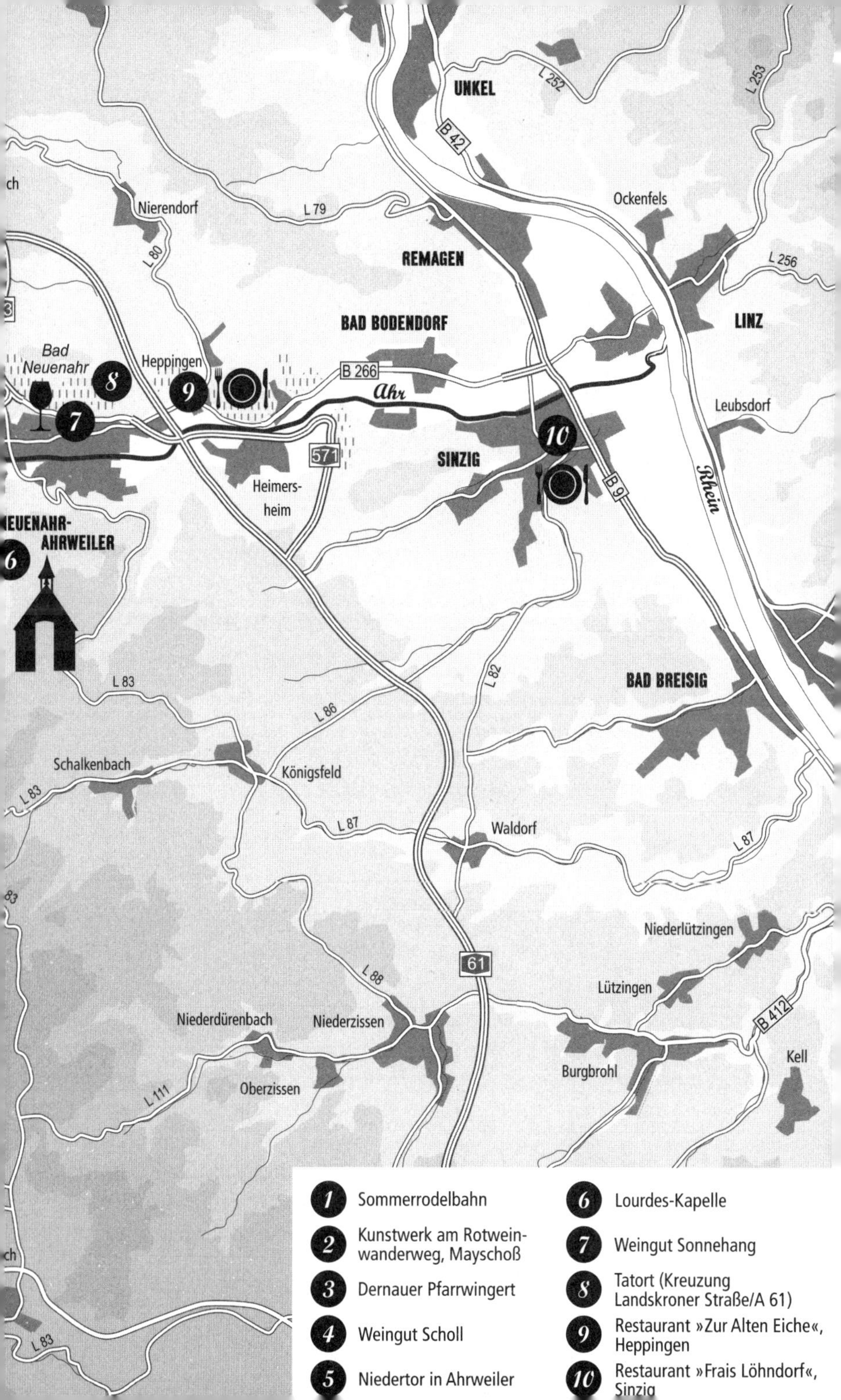

1 Sommerrodelbahn

2 Kunstwerk am Rotweinwanderweg, Mayschoß

3 Dernauer Pfarrwingert

4 Weingut Scholl

5 Niedertor in Ahrweiler

6 Lourdes-Kapelle

7 Weingut Sonnehang

8 Tatort (Kreuzung Landskroner Straße/A 61)

9 Restaurant »Zur Alten Eiche«, Heppingen

10 Restaurant »Frais Löhndorf«, Sinzig

Dieses Buch ist ein Roman. Handlungen und Personen sind frei erfunden. Ähnlichkeiten mit lebenden oder toten Personen sind nicht gewollt und rein zufällig. Im Anhang finden sich Rezepte.

Carsten Sebastian Henn

VINO FURIOSO

Kulinarischer Kriminalroman

Der achte Fall für Julius Eichendorff

emons:

Lust auf mehr? Laden Sie sich die »LChoice«-App runter, scannen Sie den QR-Code und bestellen Sie weitere Bücher direkt in Ihrer Buchhandlung.

Bibliografische Information der Deutschen Nationalbibliothek
Die Deutsche Nationalbibliothek verzeichnet diese Publikation in der Deutschen Nationalbibliografie; detaillierte bibliografische Daten sind im Internet über http://dnb.d-nb.de abrufbar.

MIX
Papier aus verantwortungsvollen Quellen
FSC® C083411

Umschlagmotiv: istockphoto.com/SarapulSar38
Umschlaggestaltung: Nina Schäfer
Gestaltung Innenteil: César Satz & Grafik GmbH, Köln
Druck und Bindung: CPI – Clausen & Bosse, Leck
Printed in Germany 2019
ISBN 978-3-7408-0634-7
Kulinarischer Kriminalroman
Originalausgabe

Für Vanessa,
die Julius so in ihr großes Herz geschlossen hat

Schläft ein Lied in allen Dingen,
Die da träumen fort und fort,
Und die Welt hebt an zu singen,
Triffst du nur das Zauberwort.
Joseph von Eichendorff

Ein Lied kann eine Brücke sein,
Komplett mit Pfeilern und Bordstein
Lass dich niemals einfach hängen
Zu diesen supertollen Klängen.
Christian See

PROLOG

Nacht Samstag auf Sonntag, 2. September

»Ich werde dich unsterblich machen.«

Seine Pupillen weiten sich, die Schwärze in seinem Inneren zeigt sich.

»Dir bleibt nur noch wenig Zeit auf dieser Welt«, ergänze ich.

Er windet sich, spannt jeden Muskel an, um eine Schwäche in den Knoten auszunutzen. Aber es gibt keine.

Auch der Knebel in seinem Mund sitzt fest. Die Hilferufe erklingen als dumpfes Brummen.

Niemand soll ihn hören. Das ist wichtig. Es muss stumm geschehen.

In aller Friedlichkeit.

Eine starke Böe hebt mich fast von den Beinen, hier oben jagt der Wind wild und frei.

Ich kontrolliere ein letztes Mal die strammen Seile, den festen Knebel, den Knoten am Galgenstrick. Mit sechs Wicklungen, wie es die U.S. Army in ihrem »Procedure for Military Executions« festgelegt hat.

Seine Augen flehen mich an. Selbst im trüben Mondlicht kann ich erkennen, dass etliche Äderchen darin geplatzt sind und es aussieht, als hätte man rote Tinte hineingeträufelt. Es gefällt mir, denn ich will, dass er Angst hat, eine Angst, die ihn von innen verbrennt, die er in jeder Zelle seines Körpers heiß spürt.

Als ich über die Brüstung hinunterblicke, wird mir schwindelig. Die Tiefe hat einen enormen Sog, sie stößt ab und ruft zugleich. Ich hebe meinen Blick über das schlafende Tal; es ist nur von wenigen kleinen Lichtern erhellt und liegt dort in die Senke geschmiegt wie ein lang gestrecktes Tier.

Er versucht wieder, sich fortzuwinden, denkt, es gäbe noch eine Möglichkeit zur Flucht. Dabei ist sein Ende längst beschlossen, unwiderruflich.

Ich nicke, mehr zu mir selbst.

»Es ist so weit«, sage ich und bin selbst verwundert, wie weich, wie mitfühlend meine Stimme klingt. Als würde ich ihm mit den Silben sanft über den Kopf streicheln. Nein, ich habe keinerlei Zweifel, fühle keine Reue.

Er zappelt wie ein Aal, als ich ihn an den Rand der Fahrbahn ziehe. Wenn er sich so viel bewegt, werde ich ihn nicht hinüberwuchten können. Deshalb trete ich ihn in die Magengrube, mehrmals. Er krümmt sich zusammen, und ich hebe ihn hoch. Schwer ist er, ich spüre meinen unteren Rücken, der mir bei großen Lasten immer Probleme macht.

Nur noch ein kleiner Stoß.

Der das Leben vom Tod trennt.

Manchmal ist es so wenig, was den Unterschied ausmacht. Meine Hände legen sich auf seinen Rücken.

Ich drücke.

Dann ist er fort.

Aus meinem Blick.

Aus dieser Welt.

Er fällt lange. Jede Sekunde mehr ist wie ein Geschenk für mich.

Ich höre das Knacken seines Genicks weit unter mir.

1

»AUF DER AHRTALBRÜCKE NACHTS UM HALB EINS«

Sonntag, 2. September

Das Landleben ist friedlich.

Leider hatte man vergessen, das dem Ahrtal mitzuteilen.

Und so verhielt es sich trotz seines Alters von mehreren Millionen Jahren immer noch wie ein bockiger Teenager, der darauf bestand, Großbrände und Überschwemmungen zu bekommen, vor allem aber regelmäßig Morde.

Als an diesem Morgen die Sonne wie eine pralle Aprikose über dem kleinen Tal aufstieg, war es wieder einmal so weit.

Der gerade in seinem Himmelbett aufwachende Julius Eichendorff wollte dagegen genau eines nicht: Morde. Er hatte in den letzten Jahren zu viele aufklären müssen. Dabei war er Koch, und zwar aus vollem Herzen sowie aus vollem Magen und aus voller Leber auch. Eigentlich war sein ganzer Körper voll dabei. An diesem hatte er über die Jahre konsequent Extraplatz geschaffen, damit möglichst viele Leckereien hineinpassten. Seine Hüften bestanden eigentlich komplett aus Nuss-Schokolade.

Julius' zweiter Wunsch war es, aufzustehen, ohne seinen Kater Felix zu wecken, der es sich auf ihm bequem gemacht hatte, und seine Frau Anna, die wie immer ein Bein über ihn legte. Eine Art Aufstehsperre. Julius bewegte sich ganz sachte, es würde gelingen, er spürte es.

»Machst du mir einen Kaffee?«, kam es brummelnd von der rechten Bettseite. Von dort sah ihn sein anderer Kater Herr Bimmel mit großen Augen an. Doch Julius war sich sicher, dass der Kater nicht plötzlich mit dem Kaffeetrinken beginnen wollte. Herr Bimmel gähnte, streckte die Vorderpfoten aus und machte genüsslich einen Katzenbuckel.

»Und gib mir vorher einen Kuss, ist schließlich Morgen, da steht mir einer gesetzlich zu.«

Der Plumeau-Berg bewegte sich, mit einem völlig unbeeindruckt darauf liegenden Herrn Bimmel, und Annas Gesicht erschien, von Kopfkissenabdrücken geziert, die Lippen gespitzt.

»Große Tasse«, sagte sie nach dem Kuss. »Viel Milch.«

»Ist ja nicht der erste Kaffee, den ich für dich zubereite.« Julius steckte die Füße in seine Puschen.

»Ja, aber du machst ihn immer wieder falsch.«

»Mit viel Milch schmeckst du doch gar nix vom Kaffee.«

»Oh wohl, ich bin eine Frau. Wir haben einen besseren Geschmackssinn als ihr Männer.« Sie streckte ihm die Zunge heraus.

»Hätte ich dir das doch bloß nie erzählt …«

»Tja, jetzt ist's zu spät.«

Julius schlurfte ins Badezimmer, durch dessen Fenster die Morgensonne penetrant hereinschien.

»Du sollst mir doch einen Kaffee machen«, rief Anna vom Bett. »Zur Küche geht es nach unten.«

»Ich werde keiner edlen Kaffeebohne ungewaschen gegenübertreten«, antwortete Julius. »Sie haben nicht den weiten Weg von Äthiopien ins Ahrtal auf sich genommen, um so etwas sehen zu müssen.«

»Auch wieder wahr. Ich gestatte dir, dich zu säubern.«

»Du bist ein Engel.«

»Sowieso.«

Julius hatte nicht gehört, wie Herr Bimmel hereingekommen war, aber jetzt saß er auf dem Klodeckel und blickte ihn interessiert an. Auf dem Rand der Badewanne balancierte Kater Felix, der eigentlich eine Katze war, was Julius aber erst nach der Taufe erfahren hatte. Den Namen behielt er der Einfachheit halber. Bisher hatte Felix sich noch nicht darüber beschwert. Und die anderen Heppinger Katzen verspotteten ihn dafür anscheinend auch nicht.

Julius wusch sich die Hände, das Gesicht und stellte die Uhr für die Zahnpflege. Dann bemerkte er, dass beide Kater fasziniert zum Fenster blickten.

Und ihre Köpfchen leicht rhythmisch bewegten.

Zu sehen war aber nichts.

Das heißt …

Das Sonnenlicht schien sich in regelmäßigen Abständen kurz zu verdunkeln.

Die beiden Kater machten sich auf den Weg zum Fensterbrett, wo Anna ihre Pflegeprodukte aufbewahrte, von denen Julius weder wusste noch wissen wollte, wofür sie eigentlich gut waren. Auch den Katern schienen sie herzlich egal zu sein, denn sie stießen beim Hinaufkraxeln etliche davon zu Boden.

»Was veranstaltest du da im Bad?«, rief Anna.

»Nix, das sind die Kater.«

»Ja, klar. Es sind immer die Kater. Ich will jetzt endlich Kaffee. Und Rührei.«

»Sonst noch was?« Julius trat näher ans Fenster.

»Speck! Ich will auch Speck. Schön kross. Und Toast. Zwei Stück.«

Julius schaute hinaus. Seine Augen mussten sich erst an das grelle Morgenlicht gewöhnen, vor allem da er mitten hineinblickte. Die Sonne verdunkelte sich tatsächlich immer wieder für einen kurzen Augenblick. Als ob sie blinzelte.

Zuerst begriff er nicht, was da geschah, weil seine Augen nicht sehen konnten, was seine Hirnzellen sich nicht vorzustellen vermochten. Er sah die Ahrtalbrücke, so hoch wie ein zwanzigstöckiges Haus, er sah die Stahlbetonpfeiler und hinter ihnen die Sonne, deren morgendliche Strahlen dazwischen hindurchschienen.

Und er sah den Schatten.

Dann eine dünne gerade Linie, die oben an der Ahrtalbrücke ihren Anfang hatte und weit hinunterführte. Elegant bewegte sie sich hin und her, wie das Pendel einer großen Standuhr.

Geradezu beruhigend in ihrer Regelmäßigkeit.

Am Ende hing etwas, mit dem die Sonne neckisch spielte.

»Anna, kommst du bitte mal?«

»Lass mich schlafen, es ist Sonntag, ich hab frei.«

Julius wollte es ihr schonend beibringen, zärtlich. Morgens musste man sehr behutsam mit Anna umgehen. Bevor sich Koffein in ihrem Blut befand, war sie reizbarer als ein hungriges Wildschwein – was er mit diesen Worten, seinem Überlebensinstinkt folgend, allerdings noch nie gesagt hatte.

»Komm doch mal her, du kleines Hasenohr.«

»Hasenohr? Was soll der Blödsinn?« Ein Kissen wurde geworfen und schaffte es tatsächlich bis ins Badezimmer.

»Oh, Traum meiner schlaflosen Nächte. Tritt zu mir ans Fenster.«

»Tritt doch selbst ans Fenster! Solange ich keinen Kaffee und kein Rührei bekomme, stehe ich nicht auf.«

Julius seufzte. »Ich fürchte, du wirst keine Zeit dafür haben. Weder für Kaffee noch für Rührei noch für sonst irgendein Frühstück. Es gibt nämlich Arbeit.«

Sekunden später stand eine wütende Anna mit langem Schlaf-T-Shirt und wilder Frisur neben ihm.

In diesem Moment klingelte ihr Diensthandy. Dann ihr privates. Und der Festnetzanschluss des Hauses.

Julius zeigte nur stumm Richtung Fenster.

Herr Bimmel versuchte, den Schatten zu fangen, indem er gegen die Scheibe tatzte.

Es sah süß aus.

Anna streichelte ihm kurz über das Köpfchen und blickte dann hinaus.

Ihr stockte der Atem. »Ist das …?«

Es sah aus wie eine Marionette, deren Glieder leblos herabhingen.

Mittlerweile flog ein Hubschrauber darum, auf dem das Logo eines Fernsehsenders prangte.

»Ja, das ist deine Arbeit für die nächsten Wochen, Frau Hauptkommissarin.«

Es war Herbst, die Zeit des Vergehens, doch niemals war die Natur des Ahrtals praller, reifer, so voller Leben als in dieser Jahreszeit. Die Weinberge hingen voller Trauben, reife rote mit violetten Reflexen, süße goldene mit braunen Punkten wie Sommersprossen. Der Sommer war heiß gewesen, der heißeste, den das Tal je erlebt hatte, selbst jetzt noch schien die Hitze in den Böden und Reben zu stecken, gespeichert in Monaten des Sonnenbadens.

Der Morgen, in den Julius trat, war warm, der Wind nur leicht, die Luft erfüllt von den Sirenen der Polizeifahrzeuge, die auf der Brücke und im Tal zum Fundort der Leiche rasten.

Das weiß getünchte Restaurant »Zur Alten Eiche«, zu dem auch ein kleines Bistro namens »Eichenklause« gehörte, lag nur einen Katzensprung von Julius' Haus entfernt an der Heppinger Landstraße. Mit einem Michelin-Stern ausgezeichnet, war es weit über das Ahrtal hinaus bekannt. Herr Bimmel und Felix begleiteten Julius wieder einmal dorthin, ein Kater links, einer rechts, sodass sie wie eine gefährliche Straßengang aussahen. Allerdings eine mit kuscheligem Fell, die sich an jeder Hausecke rieb, um sie zu markieren.

Heute war das Restaurant geschlossen, doch Julius wollte probekochen. Genauer: probegrillen. Er hatte sich einen Holzkohlegrill besorgt und würde alles darauflegen, was ihm in die Finger kam.

Als er das dachte, verschwanden seine beiden Kater.

Julius versuchte angestrengt, nicht an die Leiche am Seil zu denken. Stattdessen an Gegrilltes. Gegrilltes statt Gehängtes. Aber er musste wieder einmal erfahren: Je mehr man an etwas *nicht* dachte, umso mehr dachte man daran. Das war bei Frauen so, die man sich aus dem Kopf schlagen wollte, traf aber auch auf Eissplittertorte zu. Und auf Tote.

Er wollte nicht mehr ermitteln.

Sagte Anna.

Er wollte sich ganz auf das Kochen konzentrieren.

Sagte sie.

Julius rammte den Schlüssel in die Hintertür der »Alten

Eiche« und trat in die dunkle Küche, deren Neonlichter er durch einen Druck auf den Schalter flackernd aufleuchten ließ.

Hier in seinem Reich ging es ihm sofort besser. Seine Hand glitt über die Gasherde, den Dampfgarer, den Fleischwolf, den Standmixer und die Eismaschine, als seien es die Tasten eines teuren Flügels. Der Grill, in Form und Farbe an ein großes grünes Ei erinnernd, war eine brandneue Taste, die er erst einspielen musste.

Ein ganzer Tag allein in der Küche, ohne Termine, ohne Gäste, was für ein Luxus! Er würde ihn so was von genießen und dabei nicht ein Mal an die Leiche denken.

Julius öffnete den Grill, ohne an die Leiche zu denken, füllte Holzkohle ein, ohne über die Leiche nachzusinnen, und entzündete sie, ohne einen Gedanken daran zu verschwenden.

Er würde als Erstes ein gut abgehangenes Stück Fleisch auf den Grill legen.

Julius merkte es nicht, aber er schlang eine Kordel um das Stück und ließ es über der Glut pendeln.

Fasziniert blickte er das kleine Kunstwerk an.

In diesem Moment stürmte Annemarie herein.

Julius' zweiundsiebzigjährige Kusine war eine Naturgewalt, eine derjenigen, die ganze Dörfer dem Erdboden gleichmacht. Nichts konnte sich Annemarie in den Weg stellen. Tunnelarbeiten wären im Nu erledigt, würde man sie bitten, einfach geradeaus durch ein Gebirge zu gehen.

»Mit Essen spielt man nicht!«, sagte sie statt einer Begrüßung, griff sich eine Schere von der Wandhalterung und schnitt die Kordel durch. »Das arme Stück Fleisch kann einem ja richtig leidtun.«

Niemand hatte Annemarie je gesagt, dass die Zeit der Dauerwelle vorbei war. Auch die ihrer Haarfarbe, die man am ehesten als Pfannkuchengelb beschreiben konnte. Immerhin passte ihr Blümchenkleid farblich hervorragend dazu. Julius hatte allerdings das Gefühl, ein Testbild zu sehen.

»Was machst du denn an einem Sonntag hier, Kusinchen? Solltest du nicht das Grab deines Mannes pflegen? Schön Stiefmütterchen und Vergissmeinnicht pflanzen? Der wartet sicher drauf.«

Annemarie schnaubte missmutig wie eine alte Dampflok. »Der hat noch nie viel um Blumen gegeben. Wenn es nach Dieter ginge, müsste ich Wacholderschnaps aufs Grab kippen.« Sie sah sich in der Küche um. »Mach schnell deinen Fernseher an, die bringen was über den Aufgehängten an der Brücke, hat mir eben die Lisbeth über die Straße zugerufen. Jetzt guck mich nicht an wie eine Kuh beim Kalben! Fernseher! An! Flott!«

Auf das Flehen seiner Belegschaft hin hatte Julius zur Fußball-Weltmeisterschaft ein kleines Gerät angeschafft, das in einer Küchenecke an der Decke hing. Er musste es erst einstöpseln, und es dauerte, bis er die Fernbedienung im Büro fand.

»Bild kommt sicher gleich«, sagte er. »Aber interessiert mich überhaupt nicht.«

»Krieg ich nix zu trinken hier? Behandelst du so deine Lieblingskusine?«

»Seit wann bist du denn meine Lieblingskusine?«

»Schon immer. Und ich nehm ein Malzbier.«

Aber Julius bewegte sich nicht, denn in diesem Moment erschien Anna auf dem Bildschirm. Sie sah ganz anders aus als noch am Morgen im Bett. Das war natürlich gut so. Aber auch irritierend. Sie hielt ein Funkgerät am Ohr und sprach hinein.

Er riss sich vom Fernseher los, holte ein Malzbier aus dem Kühlschrank und stellte es vor Annemarie hin. »Du hast immer noch nicht gesagt, was du eigentlich hier willst. Fernsehgucken kannst du ja auch schön bei dir zu Hause.«

Der Fernseher zeigte nun die Kamera des Hubschraubers, der versuchte, sich dem Leichnam zu nähern. Doch der Wind war aufgefrischt und ließ ihn heftig schwanken.

»Ich krieg heute Nachmittag Besuch und hab gestern ganz vergessen, dafür Kuchen zu kaufen. Du hast doch sicher was Schönes für mich übrig.«

»Leider nicht, aber in Neuenahr hat bestimmt eine Konditorei auf.«

»Ach, Konditorei. Hör mir bloß auf damit.« Annemarie richtete ihre Frisur, als sei diese durch Julius' gefühllose Aussage in Unordnung geraten. »Das sehen meine Kegelschwestern doch gleich, wenn der aus irgendeiner Konditorei kommt. Wie steh ich denn dann da? Die Annemarie kann nicht mehr selber backen, heißt es dann. Ob die krank ist? Oder bloß alt geworden? Nee, nee, den Verzäll, den spar ich mir mal schön. Dann backst du mir halt schnell einen. Ich warte solange. Aber mit viel Sahne.«

»Und du meinst, der sieht dann so aus, als hättest du ihn gebacken?«

»Ja, sicher. Ich bin eine großartige Bäckerin. Alle meine drei Ehen kamen nur wegen meiner Kuchen zustande, das kannst du mir glauben! Wenn du mal einen Mann einfangen willst, back ihm einen Mürbeteig.«

»Ich habe aktuell nicht vor, einen Mann einzufangen.«

»Ich sag ja auch nur: wenn. Dann weißte jetzt, wie es geht. Viel gute Butter ist das Geheimnis. Immer mehr, als im Rezept steht. Tu auch in meinen Kuchen tüchtig rein, ich bin bei so was ja nicht knausrig.«

»Von Ghostwriting hab ich ja schon gehört, aber Ghostbaking ...«

Weiter kam er nicht, denn die Kamera hatte es endlich geschafft, den Toten groß ins Bild zu bekommen.

Annemarie sog die Luft ruckartig ein. Nicht nur ihr Gesicht, auch ihre Haare schienen mit einem Schlag blass zu werden.

»Nee, ist das ...? Das ist doch nicht ...! Ist das wirklich ...? Das ...«

Die Kamera zoomte heran.

Annemarie schlug drei Kreuze. »Leeven Herrjott!« In großer Aufregung fiel sie manchmal ins rheinische Idiom. Beispielsweise wenn Sommerschlussverkauf bei Ulla Popken war oder es ein Büfett mit Mettigeln gab. Ihr Mund bewegte sich, ohne dass ein Wort herauskam, still sprach sie das »Vaterunser«. Und zur Sicherheit gleich noch zwei »Ave Maria« hinterher.

»Mein Christian!« Sie fasste sich ans Herz.

Der Tote war niemand anderes als Christian See, der früher sehr berühmte, heute etwas abgehalfterte Schlagersänger mit dem engelsgleichen Gesicht. Einst hatte er mit seinen Schnulzen Frauenherzen höher schlagen lassen. Als das nicht mehr funktionierte, ließ er sich eine Mähne wachsen und veröffentlichte unter dem Namen Manuu esoterische Bücher und Meditations-CDs. Auf den Pressefotos, die Julius von ihm kannte, hatte er immer tiefenentspannt gelächelt. Jetzt waren seine Augen vor Schreck geweitet, die langen blonden Haare zerzaust vom Wind, das weiße Leinenhemd blutdurchtränkt. Julius trat näher an den Fernseher, versuchte, einen klaren Blick zu bekommen, denn etwas irritierte ihn. Endlich hielt die Kamera frontal auf das Hemd.

Er kannte dieses Rot.

Man bekam es verdammt schlecht aus weißen Tischdecken heraus.

Was in der »Alten Eiche« leider regelmäßig nötig war.

Das war kein Blut.

Das war Wein.

Irgendjemand im Fernsehsender, mit dem Fingerspitzengefühl eines Brontosaurus, unterlegte die Nahaufnahme von Christian See mit seinem größten Hit »Die Glocken meiner Liebe läuten nur für dich«. Es klang wie eine Melodie gewordene Butterfahrt samt beheizbarer Rheumadecke. Den Text konnte nur jemand geschrieben haben, der nicht mehr bei Bewusstsein war. Oder ein betrunkener Orang-Utan mit einer Schreibmaschine. Als der Refrain einsetzte, schaltete Julius aus, weil es sich nicht gehörte zu lachen, wenn jemand tot von einer Brücke hing.

Die erste Zeile lautete: »Meine Glocken hängen schwer, wenn du nicht bei mir bist, ma Chère«.

Julius buk Annemarie einen schönen Schokoladenkuchen – wegen Christian Sees großem Hit »Frau aus Schokolade«. Der Refrain lautete: »Du bist mit Rüschen getüllt / Und Schokolade gefüllt. Schmeckst so zuckersüß / Viel besser als Gemüs.« In den

Kuchen gab er ein wenig zu viel Zucker, ein wenig zu wenig Salz und maß alles andere nicht ganz exakt ab. Es tat ihm körperlich weh, so ungenau zu arbeiten, doch er sagte sich immer wieder, dass dies ein Theaterstück sei und er Annemarie beim Backen spiele.

Irgendwann war er so in der Rolle drin, dass er die Hüften schwang.

Währenddessen bekam seine Kusine ein Bier. Ein richtiges. Also ein Kölsch. Und noch eines. Annemarie war wegen Christian Sees Tod völlig durch den Wind, was er daran bemerkte, dass sie nichts mehr sagte. Julius wusste gar nicht, dass ihre Stimmbänder zu Stillstand in der Lage waren. Und dass ihre Tränendrüsen so viel produzieren konnten, denn sie weinte fast ununterbrochen.

Zum Abschied umarmte er sie lange, danach nahm Annemarie sein Gesicht in ihre schweißigen Hände. »Du bist ein guter Mensch, Julius. Pass auf dich auf, ja?«

Julius war so erstaunt über diese warmherzigen Worte, dass er nur nickte.

Als Annemarie aus der Tür war, klatschte er tatendurstig in die Hände. Jetzt würde er grillen, bis die »Alte Eiche« wie eine Räucherkammer roch! Die Kohle im Grill glomm immer noch, er musste nur etwas nachfüllen und sachte hineinpusten, um das Höllenfeuer wieder zu entfachen. Grillen war doch die ursprünglichste Form des Garens, vermutlich hatten Steinzeitmenschen nach einem Waldbrand ein verkohltes Rind gefunden und vor lauter Hunger die schwarze Kruste aufgebrochen – um darunter köstlich dampfendes Fleisch zu finden. Was ein Waldbrand konnte, konnte er erst recht!

Eine Bratwurst auf dem Recher Weinfest war als Kind sein erstes Fleisch vom Grill gewesen, viel zu trocken und schwarz, aber da er wusste, dass sie auf einem heißen Metallrost liegend dem Feuer widerstanden hatte, war es ein geradezu abenteuerlicher Genuss gewesen. Julius hatte sich wie ein echter Mann gefühlt – und das mit gerade einmal fünf Jahren.

Kaum strahlte die Kohle so gleichmäßig Hitze aus, dass er

endlich beginnen konnte, klopfte es schwungvoll an der zum Garten führenden Tür.

»Noch einen Kuchen?«, fragte Julius. »Oder soll es jetzt ein komplettes Abendessen für deinen Kirchenchor sein?«

Die Tür öffnete sich, und eine Fernsehkamera hielt auf ihn drauf. »Wir sind's! Hast du unseren Termin etwa vergessen, Jay?«

Es war Ludger Maurer von TRL, die Lässigkeit in Person. Immer gekleidet, als wäre Sommer und er säße in einer Cocktailbar am Strand von Honolulu – nachdem er die Nacht durchzecht hatte. Maurer nannte ihn ständig Jay, obwohl er wusste, dass Julius es nicht leiden konnte.

Hatte er tatsächlich einen Termin mit ihm vergessen? Sah ihm gar nicht ähnlich. Aber falls doch, wäre es kein Wunder bei einem toten Schlagersänger und einer lebendigen Annemarie. Die konnten das Hirn schon durcheinanderbringen. Er blickte auf den Terminkalender an der Wand. Wusste er es doch: nichts vergessen. »Hier steht nur was von einem Telefongespräch.«

»Viel zu unpersönlich! Wir machen das face to face. Ist schließlich eine wichtige Nummer.«

Julius blickte traurig in die Kohle, die am äußeren Rand das Glimmen wieder einstellte. »Es ging doch nur um einen kurzen Bericht über Grillen in der Spitzenküche?«

»Ha!«, sagte Ludger und legte einen Arm um Julius. »Und ich sag's noch mal: Ha! Oder?« Er blickte seine Crew an, die folgsam nickte.

»Ha?«, fragte Julius.

»Wir haben jetzt das Go für mehrere Folgen. Haltet auf sein Gesicht!«

»Aber …«

»Ja, da explodierst du vor Freude! Das wird jetzt viel, viel größer!«

Julius wollte sehr gern in seine Glut pusten.

»Freust du dich?«

»Ja, schon.«

»Dann sag es deinem Gesicht, Jay!«

Julius sagte es seinem Gesicht, doch es hörte nicht zu. »Was heißt ›viel größer‹?«

»Eine richtige Serie! Wir haben auch schon den Titel der Show. Alle sind total happy damit. Und erst recht mir dir! Wir brauchen mal wieder was Echtes, nicht diese gelackten dynamischen Jungköche, sondern einen Gestandenen, dem man ansieht, dass er in der Küche steht und isst.«

»Also einen schwitzenden Dicken.«

»Ganz genau, Jay! Aber einen, der das auf höchstem Niveau ist.«

»Auf höchstem Niveau dick?«

Der Kamera-Assistent setzte einen Scheinwerfer, während der Tonmann ein Mikrofon über Julius baumeln ließ.

»Ich erklär dir alles. Willst du dich setzen?«, fragte Ludger. »Ist echt der Hammer.«

»Ach, ich hab schon so viel im Stehen ertragen, da werde ich das auch noch schaffen.«

Ludger hielt die Hände empor und zog sie auseinander, als entrolle er ein Transparent. »Die Show heißt: ›Grill! Den! Eichendorff!‹«

Julius hob die Augenbrauen. »Gibt es da nicht … so heißt doch …?«

»Das ist ja ganz was anderes!«

»Aber …«

»In deiner Show treten zwei Prominente in einem kulinarischen Wettkampf gegen dich an. Im Verlauf der Sendung werden vier Gänge gekocht.«

»Das ist doch genauso wie bei …«

»Nein, da sind es drei Prominente und vier Gänge. Bei dir ist alles kompakter und moderner!«

Julius stocherte in der Glut, sie schien ihm weniger gefährlich als Ludger. Der legte jetzt wieder eine Hand auf seine Schulter.

»Der Sendetermin liegt da, wo früher ›Lafer, Lichter, Lecker‹ gezeigt wurde.«

»Aber das ist doch ein ganz anderer Sender.«

»Ein unwichtiges Detail, Jay!«

Der Tonmann setzte sich auf die Fernbedienung, und die Live-Berichterstattung sprang wieder an. Statt Christian Sees Leichnam hoch auf die Autobahnbrücke zu ziehen, wurde er langsam herabgelassen. Der Bereich war großräumig abgesperrt, Hunderte Schaulustige standen vor den Schutzgittern.

»Mach das über den Christian aus, das mag ich nicht sehen«, sagte Ludger. »Wir haben den letztes Jahr noch im ›Dschungelcamp‹ gefilmt. Ein total Netter. Und Känguruhoden essen konnte der wie kein Zweiter. Das mit ihm geht mir gerade echt nahe. Machst du da dein Ermittlerding?«

»Nein, ich grille ja ab jetzt. Meine Frau Anna kümmert sich darum«, sagte Julius und schaute zum Fernseher, wobei Fragen wie ein Pfeilhagel durch seinen Kopf flogen: Was hatte den Berliner Schlagersänger ins Ahrtal geführt? Warum hatte er für seinen Selbstmord solch eine spektakuläre Erhängung gewählt? Wollte Christian See den spektakulärsten Abgang?

Julius wurde geschüttelt.

Von Ludgers Händen an seinen Schultern. »Hey, Jay, wo bist du mit deinen Gedanken?«

»Ich grille im Kopf«, sagte Julius. »Ich denke an nichts anderes.«

»Super! Perfekt! Pass auf, wir filmen Dienstag und Mittwoch ein paar Beautys im Tal und deinen Vorstellungsclip. Da musst du dann grillen, ganz natürlich, das wird sicher drei bis vier Stunden dauern. Grill am besten verschiedene Sachen und denk dran, nichts Kleinkariertes anzuziehen, sonst bekommen wir diesen doofen Effekt im Bild.«

»Dann ziehe ich meine kleinkarierte Kochjacke nicht an«, sagte Julius augenzwinkernd. »Sondern eine von den weißen.«

»Genial, so machst du das!«

»Ich muss aber wegen der Zeit prüfen, wie viele Reservierungen wir Mittwoch haben.«

»Tu das, mein Bester. Wir filmen schon mal die Kohle.«

Das Reservierungsbuch befand sich im noch dunklen Gastraum der »Alten Eiche«. Dick und in schwarzes Leder gebunden lag es auf dem edlen Eingangstresen aus Kirschholz.

Julius schlug es auf und blätterte zum Mittwoch. Dann traf ihn fast der Schlag.

Nie zuvor hatte darin etwas Erschreckendes gestanden.

Manche Reservierungen erfreuten ihn zwar nicht, aber er nahm chronische Meckerer als Herausforderung. Bange machen galt nicht.

Mit der Fingerspitze fuhr er über die Buchstaben der Reservierung, als würden die richtigen erscheinen, wenn er nur darüberrieb.

Doch sie blieben.

Dort stand der Name Christian See.

Er hatte mit einer Begleitung reserviert. Einer sehr ungewöhnlichen Begleitung, deren Namen Julius nur zu gut kannte.

Seine Kusine Annemarie.

Julius' alter VW Käfer, ein 1950er Model in Grau-Weiß, mit Brezelfenster und Faltdach, war trotz seiner runden Form nicht für Männer mit runder Form gebaut worden. Der Sitz ließ sich nicht weit genug zurückschieben, der Anschnallgurt nicht weit genug herausziehen, und ein verstellbares Lenkrad hatte man bei der Produktion für Science-Fiction gehalten. Trotzdem liebte Julius seinen fahrbaren Untersatz aus tiefstem Herzen. Er war für ihn wie ein Haustier, wie ein dritter Kater – er schnurrte ja auch so.

Julius startete den Motor, kurbelte das Fahrerfenster herunter, streckte den Ellbogen heraus, stellte das Radio an und machte sich auf den Weg zu Annemarie nach Dernau – wobei er einen Umweg fahren musste, da die Landskroner Straße von der Polizei gesperrt worden war. Überholen konnte man mit dem Käfer nicht, der Wagen hatte sein eigenes Tempo. Dafür fand er den Weg nach Hause wie von alleine. Kein Wunder in einem engen Tal, das eigentlich nur eine Hauptachse besaß, mit einigen Seiten-, Neben- und Parallelstraßen. Wer sich im Ahrtal verfuhr, musste das räumliche Vorstellungsvermögen eines Steins haben.

Der Blick auf die steilen Hänge des Tals beruhigte ihn. Als er gerade tief durchatmete, betätigte ein knallgelber VW Golf hinter ihm die Lichthupe.

Julius reagierte nicht.

Wieder Lichthupe, diesmal plus echte Hupe.

Julius fuhr näher an den rechten Rand und gab Handzeichen, dass er überholt werden konnte.

Der knallgelbe Golf schaltete die Warnblinkanlage ein. Jetzt sah der Wagen noch mehr aus wie ein wild gewordener Kanarienvogel.

Julius wurde es zu bunt, und er bog in einen Feldweg ab.

Der Kanarienvogel hinterher.

Im Rückspiegel konnte Julius erkennen, dass am Steuer eine Frau mit einer Frisur saß, die an Jennifer Hart aus »Hart aber herzlich« erinnerte. Also auch als Sturzhelm super funktionierte.

Julius hatte sie noch nie gesehen, daran hätte er sich erinnert.

Er trat auf die Bremse, wuchtete sich aus dem Käfer und schritt entschlossen über den lehmigen Boden auf den Golf zu. Angriff war schließlich die beste Verteidigung.

Auch die Frau sprang aus dem Wagen und lief auf ihn zu.

Dann fiel sie ihm schluchzend um den Hals.

Julius reagierte ganz automatisch und legte tröstend die Arme um sie.

»Wir kennen uns nicht, oder?«

»Ich kenne Sie! Sie sind meine Rettung, ganz bestimmt.«

Ihre Wimperntusche begann sich aufzulösen, wodurch sie nun aussah wie ein Panda mit Föhnfrisur. »Gerade als ich vor Ihrem Restaurant geparkt hab, sind Sie losgefahren. Da bin ich natürlich sofort hinterher. Ich hoffe, ich habe Ihnen keine Angst eingejagt.«

Julius hüstelte. »Worum geht es denn?«

Sie blickte nervös zur Straße. »Um meinen Christian!«

Jetzt, wo er sie im Profil sah, wusste Julius plötzlich, wer da vor ihm stand: Julia Berg, die Verrückte aus Godeneltern, die verurteilte Stalkerin von Christian See. Sie war wochenlang

Thema der lokalen Presse gewesen. Wer wie das Ahrtal wenig Berühmtheiten hervorgebracht hat, entwickelt selbst für eine Stalkerin von deutschlandweiter Bedeutung einen gewissen Stolz. Julia Berg hatte vor Gericht ausgesagt, Berg und See gehörten zusammen, also Christian und sie. Dabei war See gar nicht der richtige Nachname des Schlagersängers gewesen.

»Mein Beileid«, sagte Julius, wobei er nicht wusste, ob es politically correct war, einer Stalkerin sein Beileid auszudrücken.

»Die Presse belagert mein Haus, ich musste durch den Garten raus.«

»Bei diesem Problem werde ich Ihnen aber leider nicht helfen können.«

Julia Berg drückte ihn hinter den Käfer, augenscheinlich etwas Sichtschutz suchend. »Sie werden mir helfen, da bin ich mir ganz sicher. Sie heißen Julius, und ich heiße Julia, das kann kein Zufall sein.«

Julius presste die Lippen aufeinander.

»Ich sehe in Ihren Augen, dass Sie auch denken, ich wäre verrückt. Aber das bin ich nicht! Nur weil ich an das Schicksal glaube!« Sie packte ihn fest an den Oberarmen. »Ich bin nur eine Frau, die gespürt hat, dass ein Künstler sie versteht! Sie sind doch selber Künstler, am Herd, Sie haben doch bestimmt auch eine Muse.«

»Drei«, sagte Julius. »Deshalb hab ich auch kaum noch Platz in meinem eigenen Bett.«

Julia Berg schaute verdutzt.

»Zwei sind Katzen«, erläuterte Julius. »Hören Sie, die Polizei wird sich sicher bei Ihnen melden. Dann wird klar, dass Sie mit der Sache nichts zu tun haben, und die Medienmeute sucht sich ein anderes Opfer. Vielleicht fahren Sie für einige Zeit zu Verwandten in einer anderen Ecke Deutschlands.«

Julia Berg krempelte den rechten Ärmel ihrer Bluse hoch. »Hier hat Chris unterschrieben, und ich habe es mir eintätowieren lassen. Sehen Sie das Herz mit dem Pfeil? Das hat er bei niemand sonst gemalt.«

Julius sagte nicht, dass die Signatur aussah, als wäre eine betrunkene Ente mit dreckigen Schwimmfüßen über den Arm gelaufen.

»*Ich* bin seine Muse. Mir hat er seine größten Hits zu verdanken!«

»Das ist … wirklich sehr schön für Sie. Ich muss leider weiter.«

Aber Julia Berg ließ seine Oberarme nicht los. »Chris hat unsere ganz besondere Verbindung gespürt, weil er um das Wesen der Spiritualität wusste. Alle haben in ihm nur den Schlagersänger gesehen und zuerst gar nicht mitbekommen, wie er sich der Spiritualität zugewandt hat. Erst als er sich in Manuu umbenannt hat, ist es allen klar geworden. Aber diese Spiritualität, die war schon immer in seinen Liedern. Ganz tief drin.« Sie biss sich auf die Unterlippe. »Weil da auch ein Schmerz in Chris war. Ein riesengroßer. Er hatte eine schwere Kindheit, das hat er immer verheimlicht, sein Bruder ist früh bei einem Fahrradunfall gestorben, der Vater war ein Schläger, und er als sensibler Junge mit glockenheller Stimme ist in der Schule ständig gehänselt worden. Seine Mutter war sein einziger Halt, Chris hat immer starke Frauen in seinem Leben gebraucht. Ich bin jetzt seit vielen Jahren sein Schutzengel … gewesen …« Sie unterdrückte die Tränen.

»Frau Berg, Sie sind verurteilt worden, weil Sie ihn gestalkt haben.«

»Ja, natürlich hat es dieses Urteil gegeben. Das musste es auch geben, wegen Christians Frau, die wollte das. Christian selbst nicht, das hat er mir gesagt.«

»Natürlich.« Julius löste unter erheblicher Kraftanstrengung ihre verkrampften Hände von seinen Oberarmen und ging zum Käfer.

»Ich habe auch gestern auf Christian aufgepasst …«

Julius öffnete die Fahrertür und quetschte sich schnell ins Innere, damit sie ihn nicht wieder zu fassen bekam.

Julia Berg folgte ihm. »Ich habe auf ihn aufgepasst, bis ich ihn verloren habe.«

»Sagen Sie das alles der Polizei, die sind dankbar für jeden Hinweis.« Er griff sich den Anschnallgurt.

Sie beugte sich zu ihm hinein. »Er ist gestern Abend um Punkt neunzehn Uhr siebzehn in Ihr Restaurant gegangen – und nie wieder rausgekommen.«

Julius strich den Besuch bei Annemarie und fuhr zurück zur »Alten Eiche«. Fast im Schritttempo, denn er konnte sich kaum aufs Fahren konzentrieren, weil er ständig den Kopf schüttelte. Nein, Christian See war gestern Abend ganz bestimmt nicht in seinem Restaurant gewesen. Aber konnte ein Mensch, selbst einer wie Julia Berg, wirklich so verstrahlt sein, dass er sich das ausdachte? Oder konnte sie einerseits eine durchgeknallte Stalkerin sein, andererseits Christian See aber tatsächlich gesehen haben, konnten also Wahnsinn und Wahrheit gleichermaßen bei ihr vorhanden sein?

Julius musste an seine Sippe denken: Onkel Jupp und Tante Traudchen, Kusine Anke mit Anhang, Großtante Käthe, Vetter Willi, dessen Frau Gertrud, Annemarie, Gisela und der Rest des im gesamten Tal verstreuten Eichendorff-Nögel-Burbach-Clans – oder der »Landplage«, wie Julius sie zu nennen pflegte. Wahrheit und Wahnsinn wiesen sie alle auf. Wenn er ehrlich war, konnte er sich selbst da nicht ausnehmen. Lag vermutlich an den Genen.

Julius fuhr diesmal ohne hinausgestreckten Ellbogen, ohne angestelltes Radio – die Gedanken in seinem Kopf waren dafür einfach viel zu laut. Immer wieder geriet ihm die Ahrtalbrücke in den Blick, und er hielt automatisch Ausschau, ob dort wieder jemand hing. Er betete innerlich, dass es nicht so war, doch Selbstmorde hatten manchmal Nachahmungstäter zur Folge.

Nach der nächsten Kurve kam die Ahrtalbrücke mit ihren mächtigen Stahlbetonpfeilern wieder in Sicht.

Erneut blickte Julius unwillkürlich hin.

Sie wirkte verändert.

Etwas stimmte nicht damit.

Über die Pfeiler zuckten rote, blaue und gelbe Lichtreflexe, als wären exotische Vögel aus einem Zoo entkommen.

Je näher Julius der Brücke kam, desto größer wurden sie, desto deutlicher ihre Farben.

Die Polizei hatte die Sperrung der Landskroner Straße aufgehoben. Trotzdem war das Weiterkommen schwer, denn auf ihrem Standstreifen, genau unter der Brücke, befand sich die Quelle der Farben. Lichtorgeln strahlten eine Blondine an, die mit großen Gesten in ein Mikrofon sang. Im Hintergrund parkte ein Stromgenerator. Die Sängerin stand inmitten so vieler Kränze und Blumengestecke, dass sie sich kaum bewegen konnte. Davor flackerten unzählige entzündete Teelichter. Und vor diesen stand eine Ansammlung von Menschen, von denen viele das Geschehen mit ihren Handys filmten.

Die Musik klang wie Kaugummi, der Rhythmus holperte plump, die Stimme quietschte. Das Gegenteil von stiller Trauer.

Julius hielt trotzdem an und stieg aus.

Die Zuschauer waren bunt gemischt, einige gekleidet wie Hippies, obwohl es die doch nur noch auf Ibiza gab, andere waren Frauen mit weißen Haaren, die aussahen, als hätten sie gerade noch eine Kittelschürze getragen, oder Männer im Anzug mit Krawatte, die wirkten, als seien sie eben von der Arbeit gekommen. All diesen Menschen hatte Christian See offenbar etwas bedeutet, etliche hielten sich an den Händen, in vielen Gesichtern funkelten Tränen.

Eine junge Frau, vielleicht gerade einmal zwanzig, kam zu ihm, lächelte ihn an, nahm sanft seine Hand und zog ihn mit sich zu den anderen. Dort hakte sie sich bei ihm unter, ein älterer Mann tat es ihr auf der anderen Seite gleich.

»Wer ist die mit dem Mikro?«, rief Julius über den Lärm.

»Das ist Schantalle de Malle, die Mallorca-Sängerin, mit der Christian mal ein Lied aufgenommen hat. Sie ist extra hergekommen, um für ihn zu singen.«

So laut, wie sie das tat, würde Christian See es sicher auch im Jenseits hören.

Julius kam sich mit einem Mal vor wie ein Betrüger, er gehörte nicht in diese Gruppe, er kannte weder den Toten noch seine Lieder. Er fühlte sich wie ein Schaulustiger. Und das wollte er nicht sein.

Er ging, jedoch nicht zurück ins Auto, sondern er schritt über die Wiese, um sich das Ganze aus der Entfernung anzusehen.

Plötzlich hörte er ein bekanntes Maunzen. Und kurz danach ein sich näherndes Glöckchen.

»Was machst du denn hier?«, fragte Julius den sich an sein Bein schmiegenden Herrn Bimmel. »Das ist ja schon ein Tagesausflug.«

Der Kater drückte schnurrend sein Köpfchen gegen Julius' Knöchel. Dieser ging in die Knie und kraulte dem alten Freund das Fell. »Gibt es hier besonders leckere Mäuse? Oder attraktive Katzendamen, du alter Schwerenöter?«

Herr Bimmel sah ihn an, lief dann in Richtung Heimat, drehte sich um und maunzte auffordernd. Vermutlich dachte er an sein Abendessen. Herr Bimmel dachte immer an sein Abendessen. Schon beim Frühstück.

Julius ging hinter ihm her, doch dann stolperte er.

Wahrscheinlich ein Maulwurfshügel, dachte er und blickte zurück, um den Missetäter zumindest mit einem Blick zu strafen. Obwohl Maulwurfshügel das zumeist sehr lässig hinnahmen.

Ein ganz leichtes Glänzen war an dem vermeintlichen Hügel zu sehen. Nicht wie von einem Spiegel oder von Glas, sondern so, wie poliertes Leder glänzt. Die Stelle lag einige Meter außerhalb des von der Polizei großzügig abgesperrten Bereichs.

Herr Bimmel maunzte noch einmal auffordernd, doch Julius zögerte. Sollte er nachschauen, was dort lag? Vermutlich lohnte sich das Zurückgehen nicht – und sein Vierbeiner verlangte eindringlich, dass das Personal endlich folgte.

Doch Neugierde war wie ein Juckreiz des Geistes. Manchmal konnte man nicht anders, als nachzugeben.

Julius ging schnell zurück, bückte sich und strich die hochgewachsenen Grashalme zur Seite.

Vor ihm lag ein dickes Bündel Hundert-Euro-Scheine, von

einem roten Einmachglasgummi zusammengehalten. Der Dicke nach sicher einige tausend Euro.

Doch das war nicht das Ungewöhnlichste.

An einem Ende war das Bündel rot. Die gleiche Farbe wie auf dem durchtränkten Hemd des erhängten Christian See.

Aber auch das war nicht das Ungewöhnlichste.

Das fand sich am anderen Ende des Bündels.

Es war ebenfalls rot, allerdings nicht weinrot. Dies war die Farbe von Blut. So intensiv, als wäre das Bündel in eine offene Wunde gesteckt worden.

2

»OHNE KRIMI GEHT DIE ANNA NIE INS BETT«

»Da, du hast es schon wieder getan«, sagte Julius.

»Na und? Ich darf das!«

Punkt zwanzig Uhr fünfzehn war Anna mit zwei Gläsern Wein aus der Küche gekommen, hatte eines an Julius gereicht und sich mit dem anderen auf das Sofa gekuschelt, um den »Tatort« zu gucken. Herr Bimmel und Felix sahen dabei schläfrig von ihrem Platz auf der bollernden Heizung aus zu.

»Es zerstört völlig die Illusion, wenn du schaust, ob sich eine Leiche bewegt.«

»Beim letzten ›Tatort‹ hat die Leiche in der Gerichtsmedizin *zweimal* mit den Augenlidern gezuckt! Zweimal! Die Leichen heute sind auch nicht mehr das, was sie mal waren. Warum kümmert es dich überhaupt, ob ich danach gucke?«

»Weil ich das spüre.«

»Dann spüre es halt nicht. Ihr Männer spürt doch sonst nie was.«

Julius schüttelte den Kopf. »Und beim Krimi liest du immer zuerst das Ende. Ich kenne keinen anderen Menschen, der sich so konsequent den eigenen Spaß verdirbt.«

»Du hast ja keine Ahnung. Der Spaß wird dadurch ja erst richtig groß. Und jetzt lass uns weitergucken.«

»Reden wir danach dann über Christian See?«

»Du weißt, dass ich das nicht darf.«

»Ja, weiß ich. Ich weiß aber auch, dass du es trotzdem machst.« Er sah sie erwartungsvoll an.

Anna setzte sich aufrecht hin. »So kann ich mich nicht auf die Leichen konzentrieren!«

»Willst du vielleicht mich angucken und schauen, ob ich mich bewege?«

»Wenn du erst mal auf dem Sofa liegst, kann ich da lange

warten.« Sie knuffte ihn. »Okay, ich erzähl dir alles, aber dann gibst du Ruhe!«

Julius fuhr sich mit Daumen und Zeigefinger über die Lippen, als zöge er einen Reißverschluss zu.

»Und danach darf ich mir so lange Leichen angucken, wie ich will!«

Julius nickte und setzte sich jetzt auch aufrecht.

»Gut, also: Es war kein Selbstmord.«

Julius atmete tief durch. Obwohl er es geahnt hatte, erschütterte ihn die Bestätigung. Noch mehr, weil Christian See in der »Alten Eiche« gewesen war, bevor er ermordet wurde. Es war, als wäre einem seiner Gäste etwas Schreckliches widerfahren. Und Julius verspürte für jeden, der in sein Restaurant kam, eine Verantwortung. Wer die »Alte Eiche« betrat, hatte eine gute Zeit. Sterben gehörte nicht dazu. »Kein Abschiedsbrief?«

»Nein. Aber das wäre noch kein Beweis. Wir haben eine große Wunde an Christian Sees Hinterkopf gefunden, mit Spuren von Schiefer. Deshalb vermuten wir, dass er vor der Erhängung ohnmächtig geschlagen wurde.«

»See war nicht bei Bewusstsein, als er …?«

»Das werden wir wohl nie wissen.« Anna rieb sich über den Nacken. »Ich sag dir, was wir wissen. Die Autobahnbrücke ist in den frühen Morgenstunden, genauer gesagt von vier Uhr siebzehn bis vier Uhr zweiunddreißig, abgesperrt worden. Die Gatter dafür wurden bei der Feuerwehr Bad Neuenahr geklaut und nach der Aktion einfach stehen gelassen – der Rückstau reichte kilometerweit. Auch das Seil stammt von dort, wurde wohl seit Jahren beim alljährlichen Grillfest fürs Tauziehen verwendet. Bei der Feuerwehr hat niemand etwas mitbekommen, da musste allerdings auch nur eine Kette am Tor geknackt werden, um die im Freien gestapelten Gatter wegzuschaffen.«

»Ganz schöner Aufwand …«

»Und eigentlich gilt: Je komplizierter eine Aktion, desto mehr Spuren finden sich.«

Julius sah Anna fragend an. »Aber ihr habt noch keine einzige gefunden?«

»Jep, weder DNA-Spuren noch Fingerabdrücke. Und das, obwohl wir eine Personaldecke haben, mit der man eine Weltverschwörung aufklären könnte. Für das Präsidium hat der Fall absolute Priorität, die Medien haben sich ja wie die Irren draufgestürzt. Man will zeigen, wie perfekt die deutsche Exekutive funktioniert. Wir werden deshalb in den nächsten Tagen und vielleicht Wochen nicht viel Zeit füreinander haben.« Anna strich Julius zärtlich über den Nacken.

»Habt ihr etwas Besonderes an dem Seil entdeckt? Das musste ja einiges aushalten.«

Anna zog die Hand zurück. »Es war eine geschickte Seilkonstruktion. Christian See hat sich den Hals gebrochen, ist aber von zwei kleinen Stricken so festgehalten worden, dass der Kopf trotz der enormen Fallhöhe nicht abgerissen ist. Der oder die Täter wollten, dass er im Ganzen zu sehen ist.«

»Und das Hemd?«

»War durchtränkt von Wein, vermutlich derselbe wie auf dem Geldscheinbündel, das du gefunden hast. Wir prüfen das gerade, genau wie die Herkunft des Blutes. In Christian Sees Magen ist übrigens auch Wein gefunden worden, in seinem Blut Alkohol, und zwar nicht zu knapp. Die Untersuchungen dauern noch. Auch die zu dem Geldscheinbündel. Das waren übrigens neuntausendneunhundert Euro. Komisch unrunde Summe, findest du nicht? Von seinem Bankkonto abgehoben hat er das Geld nicht, das wissen wir. Zurzeit sitzt meine Soko dran, Sees Tagesablauf genau zu rekonstruieren. Um zwölf Uhr vierzig ist er aus Berlin kommend in Köln/Bonn gelandet, er hatte nur Handgepäck dabei. Dann verliert sich seine Spur. Sein Handy war die ganze Zeit ausgeschaltet. Das hat er aber ohnehin nur in Ausnahmefällen benutzt, weil er anscheinend Angst vor der Strahlung hatte. So, das wär's mit unseren bisherigen Ermittlungsergebnissen.« Anna holte tief Luft und sah Julius lange an. »Du?«

»Ja, bin hier.«

Sie wies auf die beiden träge schlummernden Kater. »Ich trag seit Wochen Herrn Bimmel oder Felix herum, obwohl die das manchmal total doof finden. Das geht so nicht weiter.«

»Sollen wir ihnen was unters Essen mischen, damit sie es besser ertragen? Baldrian oder so?«

Anna schubste ihn leicht. »Nein, du Blödmann. Ich mein was anderes.«

»Dass du einen Hund willst?«

Sie fuhr sich mit den Händen durch die Haare. »In welchem Alter treibt man euch Männern eigentlich das feine Gespür dafür aus, was Frauen meinen?«

»Das ist bei uns serienmäßig nicht eingebaut. So was kostet extra.«

»Das kostet vor allem viel Nerven!« Anna sah Julius wieder an und nahm dann seine Hand.

Julius strich ihr über die Wange. »Bist du dir ganz sicher?«

»Ja.«

»Es wird alles verändern.«

»Manchmal ist Veränderung gut.«

»Du willst also eine kleine Anna machen.«

»Oder einen kleinen Julius.«

»Oder eine kleine Anna, die irgendwann ein kleiner Julius wird. Oder umgekehrt. Dann hat man beides in nur einem Kind!«

»Blödmann!«, sagte Anna wieder und lachte. »Aber von mir aus auch das. Wenn es glücklich damit ist.«

Julius legte den Kopf schief. »Ein Schlagersänger hängt tot von der Ahrtalbrücke, und du kommst auf die Idee, Kinder in die Welt zu setzen?«

»Vielleicht weil ich denke: Wer weiß, wie viel Zeit wir noch haben? Oder Christian Sees Hit ›Kinderlachen am Ballermann‹, der heute bei uns im Kommissariat lief, hat mich inspiriert. Der Refrain geht so: ›Kinderlachen am Ballermann / Zieht dich total in seinen Bann / Komasaufen ist vorbei / Ab jetzt heißt's nur noch Heiteitei.‹«

»Mein dichtender Vorfahr ist ein Stümper dagegen.«

Eine Stille entstand, die so unter Spannung war, dass elektrische Entladungen keinen Physiker gewundert hätten.

»Willst du trotz ›Tatort‹ jetzt sofort loslegen …?«, fragte Julius.

Anna hob abwehrend die Hände. »Wenn das für dich ein Problem ist, musst du es nur sagen.«

»Nein, ist schon okay. Was muss, das muss. Ich bekomme das hin.« Er grinste breit.

»Du bist so ein unverbesserlicher Romantiker.«

»Sollen wir es gleich hier erledigen?« Er wies auf das Sofa.

»Damit die Nachbarn was zu sehen haben? Ich glaube nicht. Dies ist ein ordentlicher Haushalt. Hier wird nur im Schlafzimmer für Nachwuchs gesorgt, das Licht bleibt dabei aus, und die Decke liegt schön drüber.«

»Ach, das wilde, verrückte Leben der Spitzenköche.« Julius nahm sanft Annas Hand und stand auf. »Man macht sich keine Vorstellung davon!«

Am nächsten Morgen fuhr Julius zu seinem alljährlichen Erste-Hilfe-Seminar und dann direkt zur »Alten Eiche«. Doch hinein ging er nicht, sondern stellte sich in den Eingang und schaute ihn sich genau an. Kein Zweifel: Wer hier reinging, konnte entweder in den Speisesaal, hinunter zu den Toiletten oder wieder hinaus – Letzteres aber nicht ungesehen.

»Willst noch lang da draußen stehen?«, fragte Maître d'hôtel Franz-Xaver Pichler, genannt FX, der die Tür zum Restaurant öffnete. Sein Zwirbelbart war wie immer perfekt aufgedreht und hätte Salvador Dalí zu einer Fortbildungsreise an die Ahr veranlasst. »Bleib ruhig bis übermorgen dort. Die Gäste meinen eh schon, dass du a weng wunderlich bist.«

»Das sagt der Richtige.«

»Ich bin Wiener, bei uns ist die Wunderlichkeit Traditionspflege!«

Julius sah ein, dass er den Eingang noch so lange anschauen konnte, es würde sich kein Geheimgang auftun. Er klopfte trotzdem gegen die Außenwand. Sie war nicht aus Pappe.

»Hast heut wieder deinen depperten Erste-Hilfe-Kurs absolviert?«

»Irgendwann schneidet sich der wunderliche Herr in den Finger, dann ist das Geheule groß.« Julius tätschelte die Wand der »Alten Eiche«, als wäre es die Flanke eines treuen Pferdes. »Andere Sache: Hast du Samstagabend zufällig den Schlagersänger Christian See bei uns gesehen? Einen Tisch reserviert hat er nicht, aber vielleicht kam er ja unter falschem Namen.«

»Der hatte für übermorgen reserviert. Aber den Tisch hab ich jetzt wieder freigegeben. Oder rechnest damit, dass er trotz seines Todes erscheint? Und falls ja: Was sollen wir dem Zombie servieren? Menschenhirn ist die übliche Wahl.«

»Du bist mal wieder so gar keine Hilfe.« Julius schob sich an FX vorbei in die »Alte Eiche«.

»Ich bin sicherlich *keine* Hilfe, wenn der Herr Meisterkoch sich lächerlich machen möcht.« FX folgte ihm in den Speisesaal.

»Christian See ist gesehen worden, wie er Samstagabend in die ›Alte Eiche‹ gegangen ist, aber nicht, wie er wieder herauskam. Dabei ist er kein Zauberkünstler.«

»Da hat sich sicher wer verguckt. Ich hab übrigens gelesen, der Christian See hätte eigentlich Schmölsch geheißen und wär in Wanne-Eickel geboren. Dabei hat der Wappler in Interviews immer Heidelberg angegeben.«

Sommelier François van der Merwe kam aus dem Weinkeller hoch. »Sees letztes Album heißt ›Der Fluss, der See, das Meer‹ und ist gerade auf die Eins gegangen. Hallo, Chef, übrigens.« Der blonde Südafrikaner war ebenso hochgewachsen wie elegant. Hätte man einen Adligen malen wollen, wäre François dabei herausgekommen. »Die Lieder darauf haben so einfallsreiche Titel wie ›Der See so weit‹ und ›Der See wird zum Meer‹.«

»Mit dem seinem echten Namen würden die Wortspiele schön deppert klingen: ›Der Schmölsch so weit‹. Oder: ›Der Schmölsch wird zum Meer‹.«

»Lustig machen müsst ihr euch über den armen Kerl nicht«, warf François ein und begann mit dem Polieren der Gläser für den Abend. »Immerhin ist er tot.«

FX beugte sich verschwörerisch zu Julius. »Dem Herrn Südafrikaner is was über die Leber gelaufen. Seiner Miesepetrigkeit zufolge etwas sehr Schweres. Ein afrikanischer Elefant vielleicht.«

»Ich hab gar keine schlechte Laune, nur einen klaren Standpunkt.«

»Hast du von deinem klaren Standpunkt aus Samstagabend Christian See im Restaurant gesehen?«

»Nein, ich war damit beschäftigt, den richtigen Wein für unsere Gäste zu finden. Das ist nämlich mein Job, du matschiger Kaiserschmarrn!«

FX schlug sich gegen die Stirn. »Und das sagst mir erst jetzt? Nach all den Jahren Seit an Seit?«

François rang sich nicht mal ein Lächeln ab, während FX theatralisch den Kopf schüttelnd Richtung Küche abrauschte.

Julius legte dem Sommelier eine Hand auf die Schulter. »Alles in Ordnung bei dir?«

»Ja, ich will nur in Ruhe meine Arbeit machen.«

Julius hob abwehrend die Hände. »Wollte dir nicht zu nahetreten!«

Nach einem tiefen Durchatmer drehte François sich zu ihm um. »Entschuldige, aber es ist mir etwas peinlich … Ich will nicht darüber reden. Noch nicht. Weil ich hoffe, dass es sich von alleine erledigt.«

»Ist völlig okay für mich.«

François lehnte sich vor. »Ist ja gut, ich sag es dir, weil du sonst keine Ruhe gibst.«

Julius zog die Augenbrauen empor, verkniff sich aber jeden Kommentar.

»Es ist wegen dem Wein. Also dem Roten. Wegen dem Rotwein und mir. Es ist nicht mehr so wie früher.«

»Bist du unter die Biertrinker gegangen?«

François sah Julius an, als hätte dieser ihm vorgeworfen, das Aussterben der Saurier verschuldet zu haben. »Was? Nein! Ich bin weiterhin Teil der menschlichen Zivilisation. Roten vertrage ich nicht mehr, dann wird mir schummrig. War von einem Tag auf den anderen so. Ich hoffe, es geht genauso schnell wieder weg, wie es kam. Das Schlimme ist, ich hab unwahrscheinlich

Lust auf Roten ...« Er blickte sehnsuchtsvoll Richtung Weinkeller. »Am besten deckst du mich mit Arbeit ein, damit ich auf andere Gedanken komme.«

»Das ist eine meiner leichtesten Übungen. Wir brauchen zum Beispiel Weine, die gut zu Gegrilltem passen. Rauchige Tropfen.«

»Ich kann zu August Herold fahren und einen Räucherschinken in den Maischebottich werfen. Würde das helfen?« Ein leichtes Grinsen stahl sich auf François' Gesicht.

»So gefällst du mir gleich besser. Und nein, das mit dem Schinken lässt du hübsch bleiben. Obwohl ...« Julius überlegte. »Der Schinken würde danach sicher noch besser schmecken. Mach mal einen Versuch mit einem schönen Frühburgunder aus Bachem.« Er vergewisserte sich, dass niemand anderes im Raum war, zog etwas aus seiner Jackentasche und reichte es François. »Das hier hast du nie gesehen und weißt nicht, um was es sich handelt.«

François nahm den Hundert-Euro-Schein entgegen. »Das entspricht beides der Wahrheit.«

»Die eine Seite ist mit Blut durchtränkt, die andere mit Wein. Was ich von dir wissen müsste: welcher Wein?«

François schnupperte daran. »Der Blutgeruch ist sehr stark. Er überlagert den vom Wein.«

»Für normale Nasen ja. Aber nicht für die von François van der Merwe.«

»Deine Nase ist mindestens so gut wie meine.«

»Ich habe eine Vermutung, aber ich möchte eine zweite Meinung einholen.«

Der Sommelier roch von allen Seiten an der weindurchtränkten Seite des Geldscheins. »Viel Süßkirsche, aber auch Erdbeere. Könnte Spätburgunder von der Ahr sein, aus einem reifen Jahr.«

Julius nickte. »Das ist sogar sehr wahrscheinlich.«

»Aber der Geruch ist sehr eigen.«

»Und genau das irritiert mich.«

François legte den Schein vorsichtig auf die Anrichte. »Gib mir eine Sekunde.«

»Ich geb dir auch zwei, wenn du eine Idee hast.«

»Dann hab ich drei!«

François verschwand im Weinkeller und tauchte kurze Zeit später mit drei Flaschen wieder auf.

»Vorschlag eins«, sagte er. »Ein Spätburgunder von der Porzermühle, im Akazienfass ausgebaut.« Er goss zwei Gläser ein. Doch schon nach Kurzem schüttelten sie den Kopf. An seinem schnupperte er nur, obwohl der Mund sich schon sehnsuchtsvoll für einen Schluck geöffnet hatte.

»Vorschlag zwei.« Schnell leerte François die beiden Gläser und füllte sie mit einem neuen Wein. »Ein mit Rappen vergorener der Pikbergs, sehr lange Maischegärung.«

Diesmal rochen sie länger daran, doch wieder schüttelten sie schlussendlich die Köpfe.

Die dritte und letzte Flasche hatte ein Etikett in greller Comic-Optik. Der Wein hieß »Wolfsgeheul«, abgebildet war eine Meute nackter Menschen, die den Mond anheulte. »Den hier hast du noch nie getrunken, weil du so etwas nicht magst.« François goss Julius ein, der Wein war trüb. »Was meinst du?«

Julius steckte die Nase tief ins Glas. Da war er, dieser eigenartige Geruch, dieses Wilde, Gärige. »Könnte sein.«

»Vertrau mir, das ist es. Niemand an der Ahr keltert sonst solche Weine.« François wies auf den Weingutsnamen. »Ist von den Scholls.«

Die neuen Wein-Rebellen an der Ahr, die ersten Naturweinwinzer des Tals.

Julius schnupperte wieder am Geldschein. »Aber das hier ist hefiger, wie ein Jungwein. Und den …«

»… gibt es nur im Weingut selbst, direkt vom Fass«, brachte François den Gedanken zu Ende.

»Ich glaube«, sagte Julius, »es ist an der Zeit, diesem Weingut einen Besuch abzustatten.«

Die GPS-Koordinaten lauteten 50”32’12.23” Nord und 7”04’11.70” Ost. Bei den meisten Weingütern reichten Straße und Hausnummer, bei diesem nutzten Wanderer lieber die Zahlenkolonnen. Julius brauchte sie nicht; er wusste, dass er die B 267 Richtung Ahrweiler nehmen, bei der Römervilla rechts abfahren und dem Rotweinwanderweg folgen musste.

Auf der Anhöhe erschien das Weingut der Scholls, das aussah, als ob dort Elfen lebten, die es überall sprießen und wuchern ließen. Als die Scholls vor drei Jahren aus Berlin hergezogen waren, hatten sie sich beim Umbau vom katalanischen Architekten Antoni Gaudí und dem österreichischen Künstler Friedensreich Hundertwasser inspirieren lassen und versucht, jeden rechten Winkel zu vermeiden, weil die Natur auch keine kannte. Es war dann allerdings die VHS-Kurs-Version der großen Künstler geworden.

Julius parkte und suchte den Eingang. Die Natur kannte zwar keine Eingänge, er hoffte jedoch, dass sich die Scholls in diesem Fall nicht an ihr orientiert hatten. Sich mit einer Liane hineinzuschwingen kam für ihn und seinen Bauch nämlich nicht in Frage.

Es gab einen Eingang und sogar eine Klingel. Sie setzte eine Art Windspiel in Gang. Was sie nicht in Gang setzte, war irgendeinen Bewohner des Hauses. Innen blieb es dunkel und still. Julius versuchte es mit Klopfen. Dann mit Rufen. Aber eine Antwort erhielt er immer noch nicht, deshalb machte er sich an die Umrundung des Weinguts. Doch es lag komplett im Dunkeln. Erst als Julius sich wieder dem Eingang näherte, hörte er etwas.

Jemand klingelte Sturm.

Es hätte ihn nicht gewundert, wenn das Windspiel von der Decke gefallen wäre. Dann wurde gegen die Eingangstür gehämmert.

»Aufmachen! Sofort!«

Julius linste um die Ecke – also die Rundung. Eine braun gebrannte Blondine mit Schlauchbootlippen stand dort in glitzernden Stöckelschuhen und einem engen Rock, der nur kleinste Schritte zuließ und exakt unter der Po-Kante endete. Das ebenfalls enge rote Top setzte dagegen genau über den

Brustwarzen des mächtigen Busens an – vermutlich damit die Balance stimmte. Die Frau ballte die Hände zu Fäusten und stieß einen hellen, wütenden Kiekser aus.

An ihm erkannte Julius, dass es sich um die Frau handelte, die gestern das Gratis-Konzert unter der Ahrtalbrücke gegeben hatte.

Julius trat zu ihr. Bevor er etwas sagen konnte, redete sie schon.

»Endlich kommt mal jemand! Arbeitest du hier, Herzchen?«

Julius überlegte kurz. »Ja, ich bin hier der Kellermeister.«

Die Frau lachte. »Ich dachte gerade, du hättest Kerkermeister gesagt!«

»Wie kann ich Ihnen helfen, Frau …?«

»Du kommst wohl nicht viel rum, was?« Sie zog eine nach schwerem Parfüm duftende Visitenkarte aus dem Dekolleté. »Schantalle de Malle« stand darauf, darunter in Klammern »Susanne Hain«.

»Ach, Sie sind die De Malle.«

»Ganz genau. Die mit ›Ich heiß Claudia Barsch und hab einen knackigen … Salat‹. Seit Jahren einer der Abräumer im ›Oberbayern‹.«

Julius sah sie von oben bis unten an und versuchte Bewunderung in seinen Blick zu legen – und wenn es nur die Bewunderung für die mannigfaltigen Fertigkeiten der Schönheitschirurgie war.

»Ja, ich weiß, das ist nicht die angemessene Kleidung, um vor einem Weingut zu stehen. Aber ich kann es mir nicht erlauben, in Schlabberhosen von Paparazzi erwischt zu werden. Sexy ist mein Markenkern. Und glaub ja nicht, es wär einfach, an jedem Tag so gut auszusehen. Das ist harte Arbeit. Mal davon abgesehen, dass solche Hupen ein Vermögen kosten, dafür muss die Schantalle schon ein paar Lieder singen. Und zwar gute! Mallorca ist ein Haifischbecken, wenn du da keine Knallerlieder hast, biste ganz schnell weg vom Fenster. Dann kommt das nächste Reality-TV-Sternchen mit spindeldürren Beinen und reißt sich deine Auftritts-Spots unter den Nagel. Falls das passieren sollte, inszeniere ich so einen spektakulären Absturz wie Britney Spears – aber dafür müsste es schon sehr schlecht bei mir laufen. Aktuell können die Medien und die Männer ja nicht genug von mir kriegen. Wenn du willst, geb ich dir gleich ein Autogramm – egal, wohin.« Sie klimperte mit ihren gewaltigen angeklebten Wimpern. »Aber erst muss ich da rein, Herzchen.«

»Heute ist geschlossen.«

»Ja, das sehe ich, aber doch sicher nicht für mich, oder?« Sie kam näher und schwang dabei alles, was sie hatte. Es war wie einem großen Pudding auf zwei Beinen zuzuschauen.

»Darf ich fragen, warum Sie so dringend hineinmöchten?«

»Darfst du, Herzchen. Ich erzähl dir alles, wenn du mich dann reinlässt. Es geht um einen Song. Ach, was rede ich, es geht um *den* Song! Den Mega-Ober-Hammer, der Schantalle De Malle zur Nummer eins am Ballermann macht.«

»Und den gibt es im Weingut Scholl? Also bei uns?«

»Nein, Herzchen, den gibt es vom Chris. Der hat mir vor seinem Tod fest versprochen, dass ich ihn bekomme. Chris hat gesagt, für den Song würde ich vor ihm auf die Knie gehen – wenn du weißt, was ich meine. Pures Gold, da wären auch andere dran. Aber er würde ihn nur der Schantalle geben.«

Julius stützte sich auf ein herumstehendes wettergegerbtes Barriquefass, um kellermeisteriger zu wirken. »Ich dachte, er hätte sich vor Jahren aus dem Schlagerbusiness zurückgezogen und wäre Spiritualist geworden?«

Schantalle lachte und legte sich zur Beruhigung eine Hand auf den wogenden Busen. »Du glaubst wohl auch an den Weihnachtsmann, Herzchen. Der Chris hat auf allen Hochzeiten getanzt: mit der Spiritualisten-Nummer als Manuu ist er in alle Talkshows gekommen. Und währenddessen hat er schön Songs, die nicht mehr zu seinem neuen Image passten, an Kollegen vertickt. Wir wollten uns heute treffen und über den Mega-Hit quatschen. Das geht ja jetzt natürlich nicht mehr. Deshalb bin ich hier.«

»Aber wieso soll dieser tolle Song bei uns sein?«

»Du stellst ganz schön viele Fragen, Herzchen. Und die gute Schantalle hat nicht ewig Zeit.«

»Mein Chef wird das alles von mir wissen wollen, falls ich jemanden außerhalb der Öffnungszeiten reinlasse.«

Sie strich ihm über die Wange, ihr schweres Parfüm überwältigte seine Nase, als wäre es Dschinghis Khan und sein Riechkolben die Mongolei. »Ist ja gut, aber dann hilfst du mir gleich auch beim Suchen.«

»Gern.«

»Brav! Also, der Chris hat neue Lieder immer mit sich rumgetragen. Nie im Tresor oder sonst wo, da war er eigen. Das Problem war, dass er auch ein wenig zerstreut war. Hat alles irgendwo liegen lassen und gerne mal was vergessen. Ich vermute, das viele Koks hat ihm die Gehirnzellen zerfressen, die fürs Ordnunghalten zuständig sind.«

Julius nickte. »Das verstehe ich alles, aber was hat das mit unserem Weingut zu tun?«

»Nicht so ungeduldig, Herzchen, die Schantalle ist kein D-Zug. Der Chris hat mir am Samstagabend auf die Box gesprochen, da war er völlig lull und lall, und hat gebrabbelt, er hätte den Song fertig und würde ihn an seinem Herzen für mich tragen. Der alte Romantiker. Na ja, und dann hat er noch von den Weinen geschwärmt, die er sich gerade den Schlund runterkippte, beim Weingut Scholl. Jetzt alles klar?«

»Hat er gesagt, wer noch alles da war? Außer dem Winzer? Andere Berühmtheiten?«

»Herzchen, bist du der Kellermeister des Weinguts oder ich? Das wirst du doch am besten wissen, sonst frag deinen Chef. Ich bin sicher nicht die Pressesprecherin von Christian See.« Sie beugte sich vor, um durchs Fenster ins Innere zu blicken. »Und jetzt schließ endlich auf. Die Schantalle findet jetzt ihren Song.« Sie trat stöckelnd vor ein anderes Fenster. »Ach Gottchen, da steht ja noch alles auf den Tischen. Gläser und Teller mit Essensresten. Das reicht ja für eine ganze Fußballmannschaft.«

Als Julius durch das Fenster blickte und etliche kleine beschriftete Einmachgläschen sah, wusste er sofort, wer dieses

Essen gebracht haben musste: sein alter Freund Antoine Carême vom »Frais Löhndorf« in Sinzig, der Kräuter- und Trüffelpapst des Tals. Er würde sich jetzt elegant verabschieden und diesen aufsuchen.

Doch plötzlich stand ein drahtiger junger Mann mit tätowierten Unterarmen neben ihnen. »Wie kann ich Ihnen helfen?«

»Wer sind Sie denn jetzt?«, fragte Schantalle De Malle.

»Jens Stelter, der Kellermeister.« Er wandte sich zu Julius. »Hallo, Herr Eichendorff. Schön, Sie hier zu sehen. Was führt einen Sternekoch zu uns?«

Schantalle De Malles Kinnlade fiel herunter. »Sie sind gar nicht ... und ich erzähle hier die ganze Zeit ...!«

Er sah ihre Hand nicht kommen, so schnell flog sie heran und versetzte ihm eine Backpfeife. Er wusste nicht, ob die Schönheitschirurgie auch etwas an ihrer Armmuskulatur getan hatte, falls ja, waren einige sehr effektive Muskeln eingesetzt worden.

Im Weingut fanden sich weder etwas zum Kühlen von Julius' Wange noch der Hit oder die Scholls. Sie waren verschwunden, ohne ihrem Kellermeister eine Nachricht zu hinterlassen, dabei standen heute und an den kommenden Tagen mehrere wichtige Termine an. Ihre Handys reagierten nicht. Konnte ihr Verschwinden im Zusammenhang mit Christian Sees Ermordung stehen? Konnte es wirklich Zufall sein, dass er dort zuletzt gesehen wurde und das Winzerpaar nun nirgends zu finden war?

Als er wieder in seinem Käfer saß, fragte sich Julius, was zu tun sei. Er spürte dieses Kribbeln, das er nur loswerden würde, wenn der Fall gelöst war. Mit jedem Rätsel würde es stärker werden. Julius kam es bei seinen Ermittlungen häufig so vor, als wären die Indizien wie ein Holzstapel, der immer weiter in die Höhe wuchs, bis die Auflösung des Falls ihn einem Feuer gleich zu reiner Asche verbrannte.

Ein Indiz war der Diebstahl der Absperrgitter. Dass die Polizei dazu nichts herausgefunden hatte, wunderte ihn überhaupt nicht. Denn die Feuerwache wurde von Stephan Bröding geleitet, den alle nur Schwuppes nannten – wobei niemand mehr wusste, warum. Es erschien allen im Tal, als wäre er ein geborener Schwuppes.

Mit ihm hatte Julius zwei desaströse Saisons in der E-Jugend der SG Heimersheim gespielt, wo Schwuppes erster und Julius zweiter Torhüter gewesen war. Mit Spielern anderer Mannschaften hatte Schwuppes nie ein Wort gewechselt. Er blieb immer unter den Seinen.

Julius startete den Wagen.

Die Feuerwache lag genau auf seiner Strecke.

Wenn man einen Umweg fuhr.

Als Julius davor parkte und kurz einen Blick in den Rückspiegel warf, wurde ihm klar, dass das Rot seiner schmerzenden Wange perfekt zur Farbe der Einsatzfahrzeuge passte. Vielleicht würden sie ihn direkt für die Truppe anwerben wollen.

Kaum hatte er sich aus dem Wagen gewuchtet, kam Schwuppes schon mit ausgebreiteten Armen auf ihn zu.

»Und ich sag noch zu Fips, Flummi und Karre, dass du irgendwann hier auftauchst wegen dem toten Schlagersänger.« Die angesprochenen Jungs streckten ihre Köpfe aus einem Fenster der ersten Etage und grüßten jovial. »Wir haben sogar gewettet, wann du kommst«, sagte Schwuppes. Die nächsten Worte rief er zum offenen Fenster hinauf. »Und ich hab gerade eine Kiste Bier gewonnen!« Er umarmte Julius und klopfte ihm herzlich auf den Rücken. »Hast aber ordentlich zugenommen. Auf den Zeitungsfotos sieht das gar nicht so aus, ziehst die Wampe wahrscheinlich tüchtig ein, was?«

»Ich treibe halt nicht mehr so viel Leistungssport wie du«, sagte Julius grinsend, denn Schwuppes würde sich heute im Fußballtor kaum mehr bewegen müssen, da er es komplett ausfüllte.

»Das mit der Absperrung der Autobahn war keine gute Arbeit«, sagte Schwuppes und blies die Wangen auf. »Ich hab die Fotos in der Zeitung gesehen, so macht man das nicht. Zu kurz, zu wenig Absperrgitter, zu wenig Lichter, keine Anzeige für den Spurwechsel. Saumäßiges Glück, dass da keiner reingerauscht ist. Hätten mich mal vorher fragen sollen!« Sein Gesicht kam näher und sah so teigig aus, dass ein Bäcker davon kaum die Finger hätte lassen können.

»Was ist denn mit deiner Backe? Haste Zahnschmerzen? Weisheitszahn? Die glüht ja richtig.«

Julius war nicht danach, zu erzählen, dass er von einer Frau geohrfeigt worden war. Deshalb nickte er nur.

»Da musste was tun, sonst entzündet sich das fies! Stinker hat jetzt eine Praxis in Remagen, da fährst du gleich hin. Der macht kurzen Prozess mit dem Dreckszahn.«

»Ich bin aber bei …«

»Nee, ernsthaft, Julius, bei Weisheitszähnen ist keiner besser als Stinker.« Schwuppes tippte irgendetwas in sein Handy. »Der hat ordentlich Muckis, der reißt dir das Ding mit Stiel und Stängel aus, noch bevor du dich gesetzt hast!«

Vermutlich würde Stinker gleich den ganzen Kopf abreißen, wenn er mal in Fahrt war. Julius wechselte lieber das Thema. »Wegen der Absperrgitter: Habt ihr einen Verdacht, wer die …?«

»Von uns war das keiner!«

»Warum bist du dir da so sicher?«

»Na, weil wir alle wissen, wo der Schlüssel liegt. Keine Notwendigkeit, das Vorhängeschloss mit einem Bolzenschneider zu knacken.«

»Wenn ein Kollege den Schlüssel benutzt hätte, wäre aber klar gewesen, dass er ein Insider ist. Damit hätte er sich verdächtig gemacht.«

»Nee, nee, Julius. Du verstehst das nicht. Als Feuerwehrmann zerstörst du niemals wertvolles Material. Und das Vorhängeschloss war welches.«

»Ihr seid doch versichert und kriegt ein neues Schloss bezahlt.«

»Darum geht es nicht!« Schwuppes wurde ernst. »Das ist eine Sache der Ehre für jeden von uns. Und was meinst du, was wir gerade Ärger wegen dem Dreckseinbruch haben? Plötzlich heißt es, wir hätten die Absperrgitter besser schützen sollen.

Jahrelang wollten wir eine neue Schließanlage mit allem Zipp und Zapp, war natürlich nie Geld dafür da.« Schwuppes drehte sich wieder zu seinen Jungs. »Immerhin kriegen wir jetzt eine mit Technik aus den USA.« Die anderen Feuerwehrmänner hoben die Daumen. »Fehlt nur eine Selbstschussanlage, aber sonst hat die alles.«

»Noch mal zurück zum Einbruch«, sagte Julius. »Gab es Reifenspuren oder so? Zigarettenkippen? Irgendwas?«

»Nix, aber auch gar nix. Die Jungs und ich haben alles abgesucht, bevor die Polizei hier angerauscht ist.«

»Haste ihn schon gefragt?«, kam es von Flummi aus dem offenen Fenster.

»Der soll das machen!«, rief Karre.

»Genau!«, grölte Fips.

»Was meinen die?«, fragte Julius. »Was soll ich machen?«

»Die Jungs und ich, wir haben da so eine verrückte Idee. Sind drauf gekommen wegen der Absperrgitter. Auf unseren Feuerwehrfesten machen wir ja immer was Besonderes, das weißte ja.«

»O-kay ...«, sagte Julius, der keine Ahnung hatte, worauf das hinauslief.

»Und du grillst ja jetzt so viel, demnächst auch in deiner Fernsehsendung. Das finden wir alle super!«

»Woher wisst ihr das denn?«

»Ein guter Feuerwehrmann hört das Feuer, bevor es brennt«, sagte Schwuppes breit grinsend. »Also, wir hängen bei unserem Fest am nächsten Sonntag eins von den Absperrgittern an vier Ketten auf, machen darunter ein schönes Feuerchen, und du grillst da lecker was drauf. Machste das? Machste doch, oder? Wusste ich!« Er drehte sich wieder zum Fenster. »Er macht es!«

Im Fenster wurde gejohlt und gepfiffen.

»Als Dankeschön verrat ich dir was«, sagte Schwuppes plötzlich leiser werdend. Julius hatte gar nicht gewusst, dass dessen Stimme dazu fähig war. »Aber das musste für dich behalten. Die von der Polizei sollen das nicht wissen, auch nicht deine Anna. Das geht keinen was an.«

Julius nickte nicht, beugte sich nur weiter vor. »Bin ganz Ohr.«

»Wer auch immer unsere Absperrgitter geklaut hat, wollte auf Nummer sicher gehen, dass da keine Fingerabdrücke oder so drauf sind.«

»Davon war ich ausgegangen. Vermutlich haben der oder die Täter Handschuhe getragen.«

»Kann sein, aber dann hat das denen nicht gereicht. Alle Gitter sind an den Stellen, wo man die anpackt, mit Reinigungsmittel gesäubert worden. Aber nicht irgendein Zeug, nee, so ein ganz neues, das heißt ›Endless Summer‹. Meine Martina benutzt das auch, weil es angeblich wie Hawaii duftet.« Schwuppes schnaubte. »Ich sag dir, total ekelhaft. Da sitzt du auf dem Pott, und es riecht nach Mangos und Ananas und diesen Papayadingern. Wie willst du dich da richtig auf dein Geschäft konzentrieren?« Er schüttelte entschieden den Kopf. »Ich hab mir jetzt einen Moschus-Duft besorgt, den ich rumsprühe, wenn ich geschäftlich zugange bin, wenn du weißt, was ich meine.« Er zwinkerte. »Aber sag bloß meiner Martina nix! Ein wahrer Engel, aber wenn ich irgendwas im Haushalt verändere, kann die richtig eklig werden.«

»Von mir erfährt sie nichts«, sagte Julius, der Martina gar nicht kannte.

Schwuppes' Handy klingelte. »Ach, guck, ich hab eine Nachricht von Stinker. Dem hatte ich eben schnell eine SMS wegen deinem Weisheitszahn geschrieben. Er hat jetzt extra zwei andere Termine abgesagt und nimmt dich direkt dran. Musst aber sofort losfahren. Er wartet schon auf dich!«

Kurze Zeit später saß Julius auf dem Behandlungsstuhl des stiernackigen Stinker, der sich zwar enorm freute, ihn nach so langer Zeit mal wieder zu sehen, aber am Weisheitszahn nichts erkennen konnte. Allerdings sei eine komplette Röntgenaufnahme ebenso angebracht wie eine Zahnsteinbehandlung sowie eine Zahnreinigung. Als Julius vor dem Röntgenzimmer wartete, klingelte sein Handy. Es war Anna.

»Bin gerade beim Zahnarzt. Notfalltermin. Ich ruf dich gleich zurück, ja?«

»Du bist beim *was*? Beim Zahnarzt? Wieso? Heute Morgen war doch noch alles in Ordnung.«

»Erklär ich dir später.«

Julius konnte förmlich hören, wie Anna das Gesicht verzog. Sie mochte es gar nicht, wenn man ihr etwas später erklärte. Als Gott die Geduld ausgab, war sie wohl schon weg gewesen, weil ihr das alles zu lange gedauert hatte.

»Ich wollte auch nur kurz sagen, dass du Annemarie abholen kannst.«

»Was?«

»Abholen.«

»Wie, abholen?«

»Abholen halt. Mit dem Auto. Du sitzt am Steuer, drehst das Lenkrad, trittst auf das Gaspedal. Kriegst du hin.«

»Wo denn?«

»Na, wo wohl? Was meinst du denn, von wo ich anrufe? Aus dem Harem des Sultans von Koblenz? Bei mir im Polizeipräsidium natürlich. Ein Taxi wäre extrem teuer, und du bist schließlich Familie.«

Julius hielt es nicht mehr auf dem Stuhl. »Was macht Annemarie denn im Polizeipräsidium?«

»Das soll sie dir mal schön selbst erzählen. Wir sind mit ihrer Befragung auf jeden Fall durch. Hab dich lieb.« Anna legte auf.

Julius griff sich seine Jacke und lächelte die Vorzimmerdame entschuldigend an. »Meine Zähne haben es sich anders überlegt. Sie fühlen sich heute nicht adrett genug für eine Fotosession.«

Annemarie fand er auf einem Wartestuhl im Flur der vierten Etage, direkt neben Annas Büro. Man hatte ihr nicht nur Taschentücher, sondern auch einen Kaffee und Kekse gebracht.

»Da bist du ja endlich!«, sagte sie, in Tränen aufgelöst. »Ich warte schon ganz lange auf dich.« Sie klopfte mit der Handfläche auf den freien Stuhl neben sich. »Deine Anna war sehr nett zu mir, aber ich fühl mich trotzdem wie eine Verbrecherin. Dabei hab ich doch gar nichts angestellt! Willst du einen Keks? Die sind ganz lecker.«

»Nein danke, ich komme gerade vom Zahnarzt.«

»Bei wem warst du?«

»Bei Stinker.« Es kam ihm komisch vor, den Spitznamen des Zahnarztes zu nennen, aber er wusste einfach nicht, wie er wirklich hieß.

»Stinker? Zu dem würde ich nicht gehen, der soll Frauen immer sehr nahe kommen.«

»Tja, dann sollte ich da wirklich besser nicht hin. Er spürt bestimmt meine weibliche Seite.« Julius setzte sich. »Nun verrat mir erst mal, was du hier machst. Nein, warte, verrat mir vorher, warum du und Christian See zusammen einen Tisch bei mir reserviert hattet.«

»Aus demselben Grund, Julius, aus ein und demselben Grund.«

»Der da wäre?«

Annemarie nahm einen Keks. »Ach, es ist so traurig, Julius.«

»*Was* ist so traurig?«

»Alles!« Sie schob sich einen weiteren Keks in den Mund. Dort waren wohl noch Kapazitäten frei. »Ich kann das alles noch nicht glauben.«

»Sagst du jetzt endlich, worum es geht, oder muss ich erst drohen, dir die Kekse wegzunehmen?« Er griff sich den Teller.

»Du kannst ganz schön fies sein!«

»Ich bin den ganzen Weg gekommen, um dich zu kutschieren. Da darf ich ja wohl erfahren, worum es geht.«

Annemarie seufzte tief und griff sich seine Hand. »Ich kenne den Christian schon ganz, ganz lange.« Sie nahm sich mit der freien Hand einen weiteren Keks und atmete das Gebäck augenscheinlich ein. »Du weißt doch, früher hab ich manchmal in der Jugendherberge gearbeitet, und da war er mal mit seiner Schulklasse. Eines Abends hab ich ihn im Badezimmer singen gehört, glockenhell und wunderschön, mir kamen direkt die Tränen, so hat mich das berührt. Aber die anderen Jungs haben ihn dann geärgert. Da bin ich hin und hab den Lümmeln die Ohren lang gezogen. Danach hat den Christian keiner mehr angerührt! Ich hab ihm dann immer was extra zum Essen gegeben, von dem Schokoladenpudding, den ich in der Jugendherberge gekocht hab, mit lecker Eischnee drunter. Als Dankeschön hat er für mich in der Küche gesungen. Das war so schön, Julius!«

Zwei Kekse verschwanden gleichzeitig in ihrem Mund. »Ich hab dem Christian damals gesagt, dass er bestimmt mal ein großer Star wird. Und danach ist der Kontakt nie ganz abgerissen. Über die Jahre haben wir uns immer wieder geschrieben, und wenn er im Tal war, haben wir uns getroffen. Meist bei mir zu Hause, und ich musste ihm dann immer den Schokopudding kochen. Aber diesmal wollte ich ihn fein ausführen, zu dir. Es ging ihm ja nicht so gut, das hatte er mir geschrieben.«

»Was für Probleme hatte er denn?«

»Genau das hat deine Anna auch gefragt!«

»Und was hast du geantwortet?« Jetzt war Julius so nervös, dass er einen Keks essen musste.

»Dass er mir das nicht geschrieben hat. Vielleicht etwas wegen einer seiner vielen Frauengeschichten. Seine arme Frau musste ja ganz schön leiden, das hab ich ihm auch immer wieder gesagt. Aber er wollte nicht hören.«

»Das alles erklärt nicht, warum du hier im Kommissariat sitzt.«

Annemarie straffte mit erkennbarem Stolz die Schultern. »Ich bin die Leiterin vom Christian-See-Fanclub Ahrtal, dem ältesten Fanclub, den der Christian hat. Ist sogar ein eingetragener Verein.«

»Wie viele Mitglieder gibt es denn?«

»Na, mich! Seit letztem Jahr habe ich sogar eine Homepage.« Sie nahm Julius den Keksteller ab. »Du musst den kriegen, der den armen Christian umgebracht hat!«

»Meine Anna wird das schon hinbekommen.«

»Aber du hilfst ihr, ja? Das musst du mir versprechen. Sonst schlaf ich nicht mehr gut.«

»Versprochen.« Er umarmte sie. »Will doch nicht, dass meine Kusine schlecht schläft.«

»Deine Lieblingskusine!«

Bevor Julius etwas Unverfängliches erwidern konnte, öffnete sich die Tür neben ihnen und Anna schaute heraus. »Julius, kannst du gerade mal kommen?«

»Gern.«

Als er im Büro stand, schloss sie schnell die Tür hinter ihm. »Wir haben wenig Zeit.«

Julius sah sie schief an. »Du willst jetzt? Hier?«

»Was? *Nein!* Was du wieder denkst. Ihr Männer seid doch alle wilde Tiere!«

»Ich hab da so ein Glitzern in deinen Augen gesehen.«

»Du brauchst eine Brille.« Sie setzte sich an ihren Schreibtisch und drehte den Bildschirm so, dass Julius ihn sehen konnte. »Das Geldbündel ist untersucht worden. Wir haben Fingerabdrücke von Christian See darauf gefunden. Das ist aber nicht das Merkwürdige.«

»Sondern?«

»Das Blut darauf stammt nicht von Christian See.«

»Sicher?«

»Ganz sicher. Und noch mehr ist sicher.« Sie scrollte ein Dokument auf dem Bildschirm herunter. »Hier ist das Ergebnis.«

Julius sah genau hin. »Herkunft des Blutes: Mammalia?«

»Genau so habe ich auch geguckt. Mein Kollege aus der Rechtsmedizin wollte wohl einen auf dicke Hose machen. Dabei hätte er es auch viel einfacher schreiben können.«

»Wie denn?«

»Das viele Blut auf dem Geldbündel, das wir Christian See zuordnen, stammt nicht von einem Menschen.«

»Sondern?«

»Sondern von einem Tier.«

3

»EIN MANN WEINT KEINE TRÄNEN«

Dienstag, 4. September

Julius hatte vom Feuerflüsterer geträumt.

Kein Wunder, hatte er sich doch den restlichen Montag in die Rezepte von Bittor Arguinzoniz vom Restaurant »Asador Etxebarri« eingelesen, den man liebevoll so nannte. Der Baske hatte sich selbst die Kunst beigebracht, lodernde Flammen zu zähmen, hatte einen eigenen Grill kreiert und schwor auf Holz statt Kohle. Eiche für delikate Lebensmittel wie Fisch und Meeresfrüchte und Rebstock-Holz, das heißer brannte und Rind, Lamm oder Schwein Charakter verlieh.

Wegen des Fernsehprojekts war es wichtig gewesen, sich auf den aktuellen Stand der Grillkunst zu bringen, aber Julius' Gedanken waren immer wieder zurück zu dem Toten gewandert. Egal, ob er über gegrillte Gartenerbsen, Riesengarnelen oder über Arguinzoniz' Eiscreme gelesen hatte, die dieser aus der Milch seiner eigenen Büffelherde herstellte und zuvor auf dem Grill räucherte, immer hatte Christian See irgendwann angefangen, im Hintergrund zu singen.

Jetzt, wo die Fortbildung erledigt war, konnte er sich endlich wieder dem Fall widmen.

»FX, du bist die Leiche.« Julius schob seinen Maître d'hôtel in die Mitte der »Alten Eiche«.

Es war Dienstagmorgen, und Julius hatte das Restaurant-Team am eigentlich freien Tag früh für eine kriminelle Sonderschicht einbestellt.

»Eine schöne Leich tröstet wenig, wenn man selbst die Leich is«, sagte FX. »Soll ich mir einen Strick um den Hals legen, damit es authentischer ausschaut?«

»Der Chef hätte niemals diesen Beitrag über Familienaufstellung sehen dürfen«, moserte François. »Bildung kann manchmal ein echtes Problem sein.«

Julius packte ihn an den Schultern. »Du bist die Stalkerin.« Er stellte ihn hinter FX. »Den Kopf nicht wenden, die Blickrichtung bleibt. Und achte drauf, dass du feminin wirkst.«

»Das hab ich jetzt von meinem losen Mundwerk«, sagte François.

»Und du«, Julius trat vor seine Pâtissière Vanessa, »bist der Täter. Oder die Täterin. Beziehungsweise die Tätergruppe.«

»Ich bin also eine gespaltene Persönlichkeit ...«

Julius platzierte sie so vor dem Rolltisch mit den Spirituosen, dass sie hinter FX, alias Christian See, stand, aber nicht von Julia Berg, alias François, gesehen werden konnte.

»Du bist Schantalle de Malle«, sagte Julius zu seinem syrischen Tellerwäscher, der sich nicht traute, Einspruch zu erheben. Er stellte ihn vor FX. »Was spürst du Schantalle gegenüber?«, fragte er. »Abneigung? Zuneigung? Oder sogar sexuelle Anziehung?«

»Ähm, nichts«, erwiderte FX.

»Du nimmst das nicht ernst!«, sagte Julius.

»Und du nimmst des zu ernst«, konterte FX. »Vielleicht erzählst uns allen erst mal, was du herausgefunden hast, dann spüren wir eventuell mehr. Wenn auch sicher net sexuelle Anziehung.«

»Ihr dürft gar nichts wissen, eigentlich noch nicht mal, wer ihr seid. Ach, ich mach das alles falsch.«

»Du machst des auf Ahrtaler Art. Des is halt keine Familienaufstellung, sondern eine Heppinger Mörderaufstellung. Jetzt erzähl uns schon, was der große Meisterdetektiv rausgefunden hat.«

»Aber ihr rührt euch nicht. Ihr spürt tief in euch, ja?«

François drückte auf seinen Bauch. »Ich spüre in mir, dass ich heute noch kein Frühstück hatte. Hilft das?«

Julius verteilte Gläser, die er zuvor mit Naturwein gefüllt hatte. »Trinken! Es wird euch beim Einfühlen helfen. Ein Naturwein von den Scholls, Grauburgunder.«

»Kommen S' zum Eichendorff, da gibt's Gefühle glasweise«, rief FX. »Die schmecken allerdings komisch.«

Julius ging nicht darauf ein. In der Hand hielt er ein Notizbuch, in das er pedantisch alle Ermittlungsergebnisse eingetragen hatte. Die Kugelschreibermine hatte er dabei so fest aufgesetzt, als wollte er jedes Wort einmeißeln.

»Um zwölf Uhr vierzig ist Christian See in Köln/Bonn gelandet, er hatte nur Handgepäck dabei. Was in den nächsten Stunden passiert ist, wissen wir nicht. Auch nicht, ob er bei der Landung schon zehntausend Euro in bar bei sich hatte. Christian See wird erst abends wieder gesehen, um neunzehn Uhr siebzehn, als er die »Alte Eiche« betritt, aber nicht wieder verlässt. Dabei war er nie hier!«

Julius blickte in irritierte Gesichter.

Bis auf eins.

»Doch«, sagte Vanessa.

»Sehr gut!« Julius klatschte freudig in die Hände. »Endlich ist mal jemand in seiner Rolle. Der Mörder wusste, dass Christian See hier war.«

»Ich hab das nicht als Mörder gesagt«, antwortete Vanessa. »Sondern als Pâtissière, die an dem Abend eine Geburtstagstorte mit brennenden Wunderkerzen in die ›Eichenklause‹ geschoben hat.«

Alle drehten sich zu ihr.

»Du hast Christian See *gesehen*?«, fragte Julius und trat zu ihr. »Warum sagst du das erst jetzt?«

»Ist mir gerade erst klar geworden.«

»Und du bist dir sicher, dass es Christian See war?«

»Ja, schon. Gerade als ich dieses Monster von Torte reingeschoben hab, ist ein Mann aus Richtung Restaurant gekommen, also aus dem Durchgang, der eigentlich nur für uns vom Service ist, und dann fix durch die ›Klause‹ gegangen. Er war komplett in Weiß gekleidet.«

»Sonst nichts?«

»Er hätte mich beinahe umgerannt.«

»Das meine ich nicht.«

Vanessa überlegte, wobei sich ihre Augenbrauen wie magnetisch zusammenzogen. »Er hat etwas gesungen.«

»Ja?«

»War sehr hübsch. Ging direkt ins Ohr. Ich kann mich verhört haben, aber es klang wie ›Komm, trink ein Glas Wein mit mir / Es kommt von der Ahr, es kommt von hier.‹«

»Für dem See seine Verhältnisse ein überraschend sinniger Text«, kommentierte FX.

Julius notierte die Zeilen. »Ich muss nachher überprüfen, ob das ein altes Lied von ihm ist.«

»Ist es nicht«, sagte François und hielt sein Handy hoch. »Hab es gerade gegoogelt. Diese Textzeilen kennt das ganze Internet nicht.«

Julius nickte zufrieden. »Dann ist es vielleicht der Hit, von dem Schantalle de Malle gesprochen hat.«

Schantalle de Malle in Form des Tellerwäschers nickte. »Es ist mein Lied, das spüre ich ganz tief in meiner Schantalle.«

Alle prusteten, aber keiner traute sich, laut zu lachen.

Julius umrundete die Truppe wie ein Hütehund. »Wenn Christian See zu uns gekommen ist, um dank der zwei Eingänge unserer Restaurants einen Verfolger abzuschütteln, bedeutet dies zweierlei: Er wusste, dass jemand hinter ihm her war, und er wusste, dass er ihn bei uns abschütteln konnte.«

»Aber woher wusste er das mit unseren Eingängen? Er war nie hier«, warf François ein. »Und selbst vielen unserer Gäste fällt der Durchgang nicht auf.«

Julius klopfte ihm anerkennend auf die Schulter. »Guter Einwand! Ich vermute, Annemarie wird ihm von unserem Restaurant erzählt haben. Und wie ich das Plappermäulchen kenne, wird sie auch erwähnt haben, dass nebenan unser Bistro ist und die Kellner manchmal mit Essen dafür durch den Raum gehen – was sie nämlich immer aufregt.«

Er nahm einen Schluck des Weins – sein Gaumen wurde so pelzig, als hätte er an einem Biber geleckt. Schnell stellte er ihn wieder weg und trank etwas Mineralwasser hinterher.

»Nach seinem Kurzbesuch der »Alten Eiche« gelangt Christian See irgendwie zum Weingut Scholl. Ob er dabei noch haltmacht, wissen wir nicht. Auch nicht, ob er sich ein Taxi nimmt oder von den Scholls abgeholt wird. Und falls diese verschwunden bleiben, werden wir es kaum erfahren.« Julius schob zwei Servicemitarbeiter vor den Eingangstresen, die das Winzerehepaar darstellen sollten. »Bei den Scholls wird viel getrunken, Naturwein. François, das ist der Moment, in dem du alle auf den Stand bringen kannst, was genau es damit auf sich hat.« Als François zögerte, setzte er hinzu: »Du darfst dich jetzt bewegen.«

Der Sommelier schwenkte das Glas in seiner Hand demonstrativ. »Was ihr gerade trinkt, ist ein Riesentrend. Alle hippen Weinbars und Restaurants haben jetzt Naturwein auf der Karte. Kompakt gesagt ist die Maxime, Wein wirklich nur aus Trauben herzustellen. Bei der Erzeugung von Wein wird weder etwas hinzugefügt noch etwas herausgenommen. Deshalb sind strikte Naturweine – wie der in euren Gläsern – auch trüb.«

François hielt sein Glas hoch ins Licht, sodass es alle sehen konnten. »Es gibt etliche Abstufungen, wie streng man die Maxime nimmt. Manche lassen nur den Schwefel weg, andere vergären Weißwein wie Rotwein, also mit Maischestandzeit, wodurch die Tropfen dann ordentlich Gerbstoffe bekommen. Es gibt bei den Naturweinen auch welche mit richtig Zisch, die heißen dann ›Methode Rurale‹ oder ›Pet Nat‹. So verschieden die Techniken, so unterschiedlich die Ergebnisse. Von Weinen, die stinken wie ein Gülletank, bis zu solchen mit klaren Fruchtaromen. Wirklich verrücktes Zeug. Und da der Trend, obwohl er eigentlich die älteste Technik überhaupt darstellt, ganz neu in Deutschland ist, versuchen gerade alle Naturwinzer, an die Spitze der Hackordnung zu kommen. Die Scholls sind steil auf dem Weg nach oben. Mich wundert nur, dass ein Schlager- und Esoteriktyp wie Christian See davon gewusst hat.« Alle nahmen einen Schluck, nur François stoppte, als das Glas seine Lippen berührte. Mit leicht feuchten Augen senkte er es wieder.

»Es steckt mehr in Herrn Schmölsch, als wir dachten«, sagte

Julius. »Er hat am Abend seiner Ermordung diese Weine bei den Scholls getrunken und damit das Geldbündel sowie sein Hemd bekleckert. Am Telefon schwärmt er Frau de Malle von den Tropfen vor und lässt sich feinste Speisen von Antoine Carême schmecken. Schnitt. Jetzt kommen wieder ein paar Stunden, die fehlen. In der Zeit stiehlt jemand Absperrgitter bei der Freiwilligen Feuerwehr, stellt sie auf die Autobahn und knüpft Christian See auf. Nach der Aktion werden die Gitter mit ›Endless Summer‹ gesäubert.«

»Das ist ein Titel von Christian See!«, rief die Pâtissière. »Also ›Endloser Sommer‹. Lief bei uns immer auf dem Heimatfest.«

Julius tippte mit der Kugelschreiberspitze auf das Notizbuch. »Dann wurde es wohl nicht wegen seines exotischen Dufts ausgewählt. Nein, hier hat jemand Christian Sees Œuvre sehr genau gekannt.«

»Was mich interessieren tät, is, warum der Herr Mörder oder die verehrte Frau Mörderin des viele Geld net genommen hat. Ich mein, des stinkt net. Jetzt natürlich schon, mit dem ganzen Blut drauf von einem Tier, aber zehntausend Euro sind zehntausend Euro. Die verschmäht man doch net.«

Julius hatte allen vorher die Details erläutert. Auch dass am Fundort des Geldbündels kein anderes Blut gefunden worden war, es deshalb nicht von einem dort vorbeikommenden Tier stammen konnte.

»Wenn wir eine bestimmte Frage beantworten, wissen wir es«, sagte er.

»Und wie lautet die?«, fragte FX.

»Wer hat ein Motiv?«

»Jeder, der gute Musik liebt.« François grinste breit.

»Jemand, der verschmäht wird, wie die Stalkerin«, sagte Vanessa.

»Jemand, der nicht den Hit kriegt, den seine Karriere braucht, wie ich«, erklärte der Tellerwäscher alias Schantalle de Malle.

Die Tür zur Küche ging auf, und plötzlich stand Anna im Raum. »Was macht ihr denn hier?«

»Was sollen wir denn machen?«, fragte Julius unschuldig und gab seinem Trupp ein Handzeichen, damit sich alle wieder bewegten.

Es war eines von den Handzeichen, die keiner kannte. Deshalb bewegte sich auch niemand.

»Wieso steht ihr alle so komisch herum?«, fragte Anna. »Wie bestellt und nicht abgeholt. Sieht aus wie eine Familienaufstellung.«

»Was? Nein.«

»Ja, was denn dann? Ich will es verstehen.«

»Wir proben ein ... Dinner-Theaterstück«, erklärte Julius. »Das ist die Ausgangsposition.«

»Und wer ist der Mörder?«

Er lachte auf. »*Das* wird eine große Überraschung für dich! Ihr dürft jetzt alle wieder auf eure Posten gehen. Ach, und Vanessa, kümmer du dich bitte darum, dass ich heute Nachmittag etwas zum Grillen habe, das Fernsehteam kommt.«

»Ich? Aber wieso ich? Drei Torten muss ich heute backen und ein neues Dessert konzipieren. Ich weiß sowieso schon nicht, wo mir der Kopf steht!«

»Kein Wort mehr, kümmer dich drum. Ich verlass mich auf dich.«

Vanessa machte vor Julius einen Knicks, als wäre sie bei Hofe, dann verschwand sie kopfschüttelnd.

François beugte sich zu Julius und flüsterte ihm ins Ohr: »Falls du einen Jungen zeugen willst: Im 18. Jahrhundert haben sich die Franzosen dafür den linken Hoden abgebunden. Nur so als Tipp.«

»Woher weißt du ...?«

»Ich? Ich weiß doch gar nix.« François zwinkerte. »Bis später, Anna. Und Hals- und Beinbruch.«

Sie lächelte irritiert. »Bis später, du Spinner.« Als sie allein waren, schmiegte sie sich an Julius. »Es passt gerade sehr gut!«

»Tut es das nicht immer?«

»Nur für Männer«, antwortete Anna. »Wir Frauen sind kompliziertere Wesen.«

Julius sah auf die Armbanduhr. »Musst du denn nicht arbeiten?«

»Vor der nächsten Vernehmung hab ich ein wenig Zeit. Hast du Rotwein?«

»Das weißt du doch. Der Weinkeller ist voll davon.«

»Gerade kam etwas im Radio. Laut einer italienischen Studie haben Frauen, die regelmäßig Wein trinken, mehr Lust auf körperliche Nähe und intensiven Körperkontakt als solche, die keinen Wein konsumieren. Vor allem Rotwein steigert beim weiblichen Geschlecht die Lust. Wobei das besondere Gefühl durch Ethanol entsteht, das den primitiven Teil unseres Gehirns stimuliert.«

Julius wand sich aus der Umarmung. »Brauchst du etwa Stimulation bei solch einem Prachtstück von Mann?«

»Jetzt nicht mehr«, sagte sie. »Ich hatte nämlich schon einen Drei-Liter-Kanister.« Sie lachte und nahm seine Hand. »Komm, lass uns nach Hause gehen. Ich beeil mich auch, versprochen.« Jetzt kringelte Anna sich geradezu vor Lachen.

Und Julius konnte nicht anders, als mitzulachen.

🍷

Normalerweise betrat Julius Restaurants durch den Eingang – nur beim »Frais Löhndorf« machte er eine Ausnahme. Hier ging er durch den Kräutergarten hinein.

Das Restaurant des normannischen Kochs in Sinzig umschloss wie ein Hufeisen Beete mit Löwenzahn, Steinklee und Kapuzinerkresse. Julius schnupperte hier an einer Blüte und zerrieb dort ein Blättchen zwischen Daumen und Zeigefinger, es war eine wahre Freude. Die Tür zum Speisesaal stand offen, an einigen Tischen speisten Mittagsgäste kunstvoll angerichtete Speisen mit heimischen Kräutern. Julius ging schnurstracks durch zur offenen Küche, wo er seinen alten Freund Antoine Carême sicher beim Brutzeln vorfinden würde. Der kleine Koch hätte bei »Schneewittchen und die sieben Zwerge« problemlos eine der männlichen Hauptrollen ergattern können. Aber keinen von den großen Zwergen. Was ihm an Größe fehlte, machte er mit Herzlichkeit mehr als wett.

Doch diesmal kam er nicht strahlend wie eine Hundert-Watt-Glühbirne auf Julius zu. Der Strom schien komplett ausgefallen zu sein. Julius sah auch sofort, wieso: Antoine trug den rechten Arm in Gips. Sie begrüßten sich mit *la bise*, den drei Wangenküssen, die man sich in Frankreich zur Begrüßung gibt.

»Antoine, was hast du angestellt?«

»Ich will nicht über den Sache reden! Ein dummen Unglück. Und jetzt jeden will mir etwas auf die Gips schreiben. Sieht schon aus wie ein Litfaßsäulen! Aber ich kann nicht gut Nein zu die Menschen sagen.«

Julius zog einen Edding aus seiner Jackentasche, den er zur Beschriftung von Gefrierbeuteln immer bei sich trug. »Da können wir doch Abhilfe schaffen«, sagte er und hielt vorsichtig den Arm, um etwas daraufzuschreiben.

Antoine konnte es allerdings nicht lesen. »Was steht nun auf mein Arm?«

»Pfoten weg, sonst Ärger mit J. Eichendorff!«

»Danke, du bist ein echten Freund. Willst du ein Schluck Calvados? Aus meine Heimat! Von die schön Streuobstwiesen! So köstlich!«

Es gab Dinge, zu denen sagte man niemals Nein. Sie setzten sich an einen freien Tisch mit direktem Blick auf den Kräutergarten.

»À ta santé«, sagte Julius und hob das großzügig gefüllte Glas.

»À la tienne«, antwortete Antoine.

Der französische Apfelbrand lief wärmend den Hals hinunter und erinnerte wie ein flüssiger Tagtraum an das Pflücken von perfekt gereiften Äpfeln. Julius musste lächeln und sah Antoine an, dem es genauso ging und der versonnen in sein nun leeres Glas schaute.

Am besten näherte er sich dem Thema, das ihn hergeführt hatte, seitlich. »Schon gesehen? An der Ahrtalbrücke entsteht ein richtiger Wallfahrtsort für Christian See. Es gibt sogar

Händler mit Devotionalien. Könnten allerdings auch welche von Jesus sein. So ganz sicher bin ich mir da nicht. Die Ähnlichkeit ist ja frappierend.« Julius lachte.

»Nein, leider noch nicht gesehen.« Antoine hielt seinen Gipsarm hoch. »Damit komm ich ja nicht mehr raus.« Er goss ihnen nach. »À ta santé!« Flugs hob er eines der frisch gefüllten Gläser.

»À la tienne«, antwortete Julius und beugte sich verschwörerisch vor. »Mal unter uns: Du hast Samstagabend für das Weingut Scholl gekocht, nicht wahr?«

Antoine füllte wieder nach. »Ist den gut, oder ist den gut?«

»Den ist gut!«, antwortete Julius. »Den ist sogar sehr gut!«

»À ta santé!«

»À la tienne!« Julius beugte sich wieder vor. »Du kannst es mir ruhig sagen, Anna erfährt nichts davon.«

»Julius, ich brauch dich. Deshalb ist es so gut, dass du gekommen bist.«

»Ich helfe dir gern und immer, das weißt du doch. Aber jetzt lass uns erst einmal über den Abend bei den Scholls reden.«

Antoine füllte abermals nach. »Ich muss noch ein klein Schluck gegen die Schmerz in mein Arm trinken. À ta santé!«

»À la tienne!«

Julius' Welt wurde langsam angenehm wattig. »Wie war das beim Weingut Scholl? Vor allem mit Christian See?«

»Ich kann nicht mehr an die Herd stehen, Julius. Und heute an die Abend hab ich ein großen Gesellschaft. Kein Ersatzkoch nirgends zu bekommen. Du musst bei mir die Kochlöffel schwingen. À ta santé!«

»À la tienne!«, antwortete Julius, mehr aus Reflex. Er trank auch aus Reflex. Man konnte ihn einen Reflextrinker nennen. Ob das wohl eine medizinische Diagnose war?

»Du kochst heut Abend in mein Küche, und ich erzähl dir dafür allen Sach, die ich weiß. À ta santé!«

»À la tienne!«, antwortete Julius. Da, schon wieder dieser Reflex. Der ging wohl nicht mehr weg. Oder nur, dachte Julius und wusste, dass er gerade eine geniale Eingebung hatte, wenn man dem Reflex oft genug nachgab. Dann würde er irgendwann an Schwung verlieren. Genau so musste das sein. Ging gar nicht anders.

»Kochst du in mein Küche?«

»Latürnich!«, antwortete Julius grinsend.

»Dann solltest du nicht so viel von die Calvados trinken«, erwiderte Antoine und verkorkte die Flasche. »Und du musst mir dein Sommelier ausleihen.«

»François?«

»Meinen ist krank, und für die Abend muss ein da sein.«

»Das kann ich nicht tun. Ich bin doch kein Sklavenhalter, der seine Leute verschachert.«

Antoine löste den Korken vom Calvados, und Julius spürte sofort wieder diesen teuflischen Reflex. Schnell war ein weiteres Glas geleert.

»Na gut«, sagte er. »Aber nur einen Abend! Dafür werde ich ihm eine ordentliche Zulage zahlen müssen. Und seinem Commis, der dann für ihn ranmuss, auch.«

Antoine legte seine Hand auf Julius'. »Nein, das übernehmen ich. Wir sind schließlich gut Freunde!« Er blickte ihn an. »Was ist jetzt mit dein Fragen?«

»Ach so, ja.« Julius kramte in seinem wabernden Kopfinneren, was wollte er noch mal fragen?

»Den Scholls«, half ihm Antoine.

Julius nickte schwer. »Ganz genau, den Scholls! Du hast da doch gekocht.«

»Nicht gekocht, nur die Essen gebracht und fertig zubereitet. Zum Beispiel die köstlich Ofengemüse mit Gewürzaromen, Burgunder-Trüffel, Wildkräuter und Salbei-Vinaigrette.« Antoines Blick wurde versonnen; erst als Julius ihn an der Schulter schüttelte, sammelte er sich wieder. Der kleine Normanne konnte Unmengen Alkohol vertragen, aber irgendwann erreichte es selbst bei ihm das Nervensystem. »Als ich in die Weingut kam«, sagte er nun mit schwerer Zunge, »war das Stimmung schon groß. Den Schlagersänger hat ein Lied gesungen. ›Komm trink ein Glas Wein mit mir / Es kommt von der Ahr, es kommt von hier / Menschen leben, lieben, lächeln, trinken / Woll'n tanzend in der Welt versinken.‹«

Julius blickte ihn fassungslos an. Antoine hatte nicht nur gesungen, er hatte es auch in perfektem Deutsch getan.

»Ein schön klein Lied«, sagte Antoine. »Auch wenn das erste Zeile wie aus ein Volkslied klingt und den zweite wie von Max Giesinger.«

Julius berappelte sich wieder. »Was haben sie denn so miteinander gesprochen?«

»Viel! Den Chanson-Sänger wollte die Winzer groß machen, in ganz Deutschland.«

»Hast du ein dickes Geldbündel gesehen?«

Antoine schüttelte den Kopf. »Nein, mein Rechnung wird überwiesen.«

»Ich meine, bei Christian See, also dem Sänger, oder bei Stefan Scholl.«

»Non, keine Geld.«

»War da vielleicht irgendwo ein schwer blutendes Tier?«

»Was fragst du für ein Quatsch? Warum sollte da einen Tier bluten?«

»Vergiss die Frage.«

»Aber der ein Mann hatte ein klein Hündchen. Ein … wie heißt das hier … Rauhaardackel.«

»Der ein, ähm, der *eine* Mann? Wen meinst du?«

»Na, der ein. Da waren den Winzer, die Winzerfrau, die Sänger und der ein Mann. Die Sänger und den ein Mann kamen durch den Tür, als ich gerade das Eifel-Rinderrücken mit die gefüllte Rebenblätter vorbereitet hab. Ein so köstlich Gericht!«

Julius zerriss es fast vor Neugierde. »Wer war der Mann?«

»Weiß nicht, war so beschäftigt mit die Kochen, dass ich nicht hab gefragt. Den Mann hat noch mehr über die Wein geredet als den Winzer. Hatte tätowierte Unterarm und Schnauzbart. Vielleicht weiß den Fahrer von die zwei, wie sein Name ist.«

»Mit welchem Taxi sind sie denn gekommen?«

»Kein Taxi, ein Frau.«

Schon wieder eine Frau. Sie umschwirrten Christian See wie Mottinnen das Licht.

»Kanntest du sie?«

»Aber ja und du auch.«

»Jetzt sag schon.« Ob Antoine wohl schneller sprach, wenn man ihn schüttelte?

»Dein Kusine Annemarie.«

Nicht schon wieder Annemarie! Warum hatte sie Anna nichts davon erzählt? Oder ihm? Was stimmte mit dieser Frau nicht?

Antoine stand schwankend auf. »Ich muss die Apfelstrudel mit Pappelknospen-Eiscrème machen. Mit nur ein Hand, das dauert lang.« Er sah jetzt so traurig aus, dass Julius ihn am liebsten geknuddelt und ihm über das Köpfchen gestreichelt hätte.

Er tat es einfach. Dabei merkte er, wie wunderbar Antoine nach Calvados duftete. Der kleine Normanne roch, als hätte er in Apfelbrand gebadet.

Julius verabschiedete sich und war schon auf dem Weg zurück zum Kräutergarten, als ihm noch etwas einfiel.

»Eine letzte Frage: Ist dir an dem Abend vielleicht irgendetwas Komisches aufgefallen?«

»Nur den Prozession«, antwortete Antoine. »Als ich gefahren bin, kam ein Prozession mit Fackeln die Straße hoch zu die Weingut. Lauter anderen Winzer, gekleidet ganz in Schwarz und mit schlechten Laune auf die Gesichter.« Er blickte auf seine Armbanduhr. »Mein Küche ruft leider dringend ihre Meister.« Dann trat er nah zu Julius und flüsterte noch etwas in dessen Ohr: »Für gut Kind zu zeugen müssen dein Hoden ganz frei sein, Luft muss zirkulieren. Wegen die Temperatur! Ganz wichtig! Niemals eng Unterhosen und nicht zu lang sitzen! Auch nicht in die Sauna oder heiße Bäder, non, das ist nicht gut für dein testicule. Du schaffst das, wir alle glauben an dich und dein klein Julius!« Er kniff ihn in die Wange.

Es tat ganz schön weh.

Vor dem »Frais Löhndorf« zückte Julius sein Handy, als wäre es ein Revolver, mit dem er jemanden erschießen wollte. Schnell wählte er die Nummer seines Opfers.

Anna meldete sich.

Julius fiel mit der Tür ins Haus. »Na, du Plappermaul!«

Am anderen Ende der Leitung entstand eine Pause. »Sag mal, bist du betrunken? Um die Uhrzeit?«

»Lein!« Er schluckte. »Nein.«

»Ist auch egal, bin gerade absolut im Stress, die Medien setzen uns total unter Druck. Also was immer es ist, mach schnell, du betrunkenes Ding.«

»Hast du mit irgendwem darüber gesprochen, dass wir versuchen, schwanger zu werden?«

»Nein, natürlich nicht!«

»Dann verstehe ich nicht, wieso es alle Welt weiß.«

»Nur mit deiner Kusine Annemarie.«

»Was?«

»Bei der Befragung im Kommissariat war sie so niedergeschlagen, dass ich ihr etwas Erfreuliches erzählen wollte. Sie hat mir auch versprochen, es niemandem zu erzählen.«

Julius schnaubte verächtlich. »Die Wörter ›niemandem‹ und ›erzählen‹ schließen sich bei Annemarie aus. Genauso gut hättest du es im ›General-Anzeiger‹ inserieren können!«

»Ist doch eigentlich gar nicht schlimm«, beschwichtigte Anna. »Wir versuchen, schwanger zu werden, na und?«

»Du bekommst ja auch nicht ständig ungefragt Tipps dazu!«

»Irgendetwas Hilfreiches dabei?« Sie klang neckisch.

»Lass mich des Nachts in dein Gemach, und du wirst es erfahren.«

»Na, mal schauen, was sich machen lässt. So, ich muss wieder an die Arbeit. Benimm dich – und wehe, du fährst in deinem Zustand Auto!« Sie legte auf.

Oha, dachte Julius, darüber hatte er gar nicht nachgedacht. Wie kam er jetzt bloß zu Annemarie, um ihr die Leviten zu lesen und sie zu ihren Taxidiensten für Christian See zu befragen? Wenn er es am Telefon versuchte, würde sie womöglich einfach auflegen. Er musste schnell nach Dernau und dann schnell wieder zurück, denn das Fernsehteam wollte einen Vorstellungs-Clip mit ihm filmen. Es gab nur eine Möglichkeit – und der Möglichkeit würde das gar nicht passen.

Selbst als FX endlich vorfuhr, passte es ihm noch nicht. »Des steht net in meiner Stellenbeschreibung. Ganz bestimmt net! Wie schaust überhaupt aus? Wie ein sinkendes Schiff! Wenn man den Herrn Chefkoch einmal aus den Augen lässt, besäuft er sich direkt, als gäb's kein Morgen.«

»Alles Teil der harten Ermittlungsarbeit. Jetzt fahr los, Hamilton!«

»Wenn schon, dann Niki Lauda bitt schön.«

Er fuhr dann aber eher wie Tante Erna.

Julius sagte die Fahrt über nicht viel. Was daran lag, dass er schlief. Der Calvados hatte sich wohlig in seinem ganzen Körper ausgebreitet, bis er sich wie ein großer Apfel vorkam.

In Dernau angekommen bestand FX darauf, im Wagen zu bleiben. Und durchzulüften.

Als Annemarie die Tür öffnete, befand sich in ihrem Mundwinkel ein Klecks Sprühsahne. »Julius, wie schön, dass du da bist, komm rein, da werden sich die anderen aber freuen.«

»Die anderen? Welche anderen?«

Doch da schob sie ihn schon ins Wohnzimmer.

»Schaut mal, wer da ist: mein Julius!«

Die anwesende Damenrunde war entzückt. Sie saß an einem Tisch mit strahlend weißer Decke, darauf das beste Meissener Porzellan mit Goldkante, das geerbte Silberbesteck, eine Eissplittertorte, ein Riemchen-Apfel, ein Blech Butterkuchen und zwei entzündete Kerzenleuchter, die aussahen wie bei Kaiserin Sisi stibitzt. Mittendrin der gute Filterkaffee in einer roten Thermoskanne.

Annemarie sprach leise in sein Ohr. »Dein letzter Kuchen hatte etwas zu wenig Salz und etwas zu viel Zucker. Was hast du dir da nur zusammengebacken? Ich musste die Runde direkt noch mal einladen.« Dann sprach sie wieder lauter. »Du kennst ja alle: Ursel, Waltraud, Trina, Gertrud, Maria, die andere Maria, dann die Maria aus der Grafschaft, Karin, dem Hans seine Margitta und Tante Maria.«

Julius nickte. »Einen wunderschönen guten Tag, die Damen.«

»Wir reden gerade über dich«, sagte Tante Maria und zwinkerte.

Oh nein ...

»Gebt dem Jung was zu trinken«, rief die Maria aus der Grafschaft.

»Biste jeck! Dann ist doch tote Hose bei ihm«, fuhr dem Hans seine Margitta dazwischen.

»Ach so, ja, dann nicht«, zeigte sich die Maria aus der Grafschaft einsichtig. »Eine heiße Milch vielleicht? Mit Honig?«

Jetzt schaltete sich Gertrud ein. »Was er trinkt, ist nicht so wichtig, sondern regelmäßige Bewegung!«

»Quatsch«, sagte Waltraud. »Wichtig ist nur, dass die beiden oft genug in die Kiste springen. Während der fruchtbaren Tage solltet ihr alle zwei Tage Sex haben, aber nicht öfter, sonst nimmt deine Spermienqualität ab.« Sie schob sich ein Stück Kuchen mit viel Sahne in den Mund.

»Missionarsstellung ist gut«, sagte Ursel. »Stand im ›Goldenen Blatt‹. Da wird man schnell schwanger. War bei Heinz und mir auch so. Ratzfatz geht das.«

»Oder Hündchenstellung«, warf die andere Maria ein. »Hab ich gestern noch in der ›Apotheken-Umschau‹ gelesen, und die muss es ja wissen.«

Da Trina jetzt endlich den Mund leer gekaut hatte, konnte sie auch etwas Hilfreiches beitragen. »Am besten tut ihr es morgens um halb acht, das haben die Engländer rausgefunden. Da hat man am meisten von den Hormonen. Also sowohl Anna wie du.«

»Du musst dir das aufschreiben, Julius!«, forderte Margitta.

»Alles gespeichert«, sagte Julius und deutete auf seinen Kopf. »Wird umgehend umgesetzt.« Er wandte sich an Annemarie. »Kann ich dich kurz sprechen? Unter vier Augen? In der Küche?«

»Gibste ihm jetzt privat noch ein paar delikate Tipps, Annemariechen?«, fragte Tante Maria breit grinsend.

Annemarie giggelte nur damenhaft und folgte Julius in die Küche.

Dieser schloss die Tür hinter ihnen.

»Wie kann ich dir helfen, Lieblingsvetter?«

»Indem du mir sagst, ob du sie noch alle hast! Du holst Christian See am Tag vor seiner Ermordung bei mir an der ›Alten Eiche‹ ab und schöckelst ihn zu den Scholls, erwähnst das aber nicht gegenüber Anna oder mir?«

Annemarie drehte sich um und prüfte, ob die Tür zum Wohnzimmer auch wirklich geschlossen war.

»Ich wollte mich nicht verdächtig machen«, sagte sie leise.

»Genau das hast du aber getan!«

»Nicht so laut, Julius, die Bagage hat Ohren wie Luchse.«

»Dann erzähl jetzt, oder ich lasse meinen Bariton in voller Pracht erklingen. Und diesmal sagst du mir absolut alles, keine Geheimnisse mehr. Versprochen?«

»Ist ja schon gut. Aber in der Speisekammer.«

Gegen diese hatte jedes Dixi-Klo die Ausmaße eines Königspalastes. Julius stand Brust an Brust mit seiner Kusine, die darauf bestand, die Schiebetür zuzuziehen. Von der Decke hing eine nackte Birne, in den Metallregalen stapelten sich Dosen, Einmachgläser und Senftuben für eine bevorstehende Hungersnot.

»Also das war so«, begann Annemarie flüsternd, »der Christian hatte mich am Samstag angerufen und gesagt, diese schreckliche Stalkerin sei hinter ihm her und er müsse die dringend loswerden. Da hab ich ihm geraten, er soll zu dir und durch die ›Alte Eiche‹ gehen, ich würde ihn dann am Ausgang der ›Eichenklause‹ aufsammeln. Der liegt zwar nur ein paar Meter weiter, aber eben um die Ecke, deswegen hat meine Superidee auch funktioniert.«

»Und dann seid ihr direkt zu den Scholls?« Julius traute sich nicht, vollständig einzuatmen, weil das zu einer Sprengung der Speisekammer geführt hätte.

»Nein, wir mussten doch noch diesen Sömmi… Sommehler aus Berlin am Bahnhof in Bad Neuenahr abholen. Ein ganz fürchterlicher Kerl. Bah! Der passte gar nicht zu meinem Christian. Mit diesem Tünnes ging es dann zu den Scholls. Der Christian wollte, dass ich mit verkosten komme, aber dieser unverschämte Kerl mit seinem kleinen Kläffer meinte, ich solle lieber zu einem Kaffeekränzchen. Als würde ich nur Kaffeekränzchen abhalten!«

Julius dachte an die Damenrunde im Wohnzimmer und schmunzelte. »Hast du einen Namen?«

»Der hieß so wie der aus Dallas.«

»J.R.?«

»Nee, der andere, der Nette. Der irgendwann wieder unter der Dusche stand.«

»Bobby?«

»Genau, Bobby.«

Die Schiebetür wurde aufgezogen. Es war die andere Maria. »Was macht ihr zwei denn hier? Ich dachte, der Julius will mit der Anna Nachwuchs in die Welt setzen.«

Annemarie drückte sich an ihr vorbei. »Der Julius und ich, wir hatten was Geheimes zu besprechen, das euch neugierige Nasen gar nichts angeht. Aber jetzt sind wir fertig. Oder, Julius?«

»Kannst wieder Kuchen essen«, sagte er und blieb in der Speisekammer zurück. Mit dem Wissen, dass eine neue Figur den Spielplan dieses Mordes betreten hatte.

Und es war niemand Geringeres als der umstrittenste Sommelier Deutschlands.

Bobby Pizzer.

Auf der Rückfahrt drückte FX das Gaspedal durch, denn das Fernsehteam erwartete in der »Alten Eiche« ungeduldig den Star – dem gar nicht nach Star-Sein war. Julius wollte jedes Detail über Bobby Pizzer wissen. Und zwar sofort.

Hoffentlich hatte Pâtissière Vanessa alles vorbereitet, dann würde der Dreh schnell gehen. Fleisch auf den Grill, schön brutzeln, fertig wäre die Laube.

»Jay, my man, da bist du ja endlich!«, begrüßte ihn Ludger Maurer und streckte ihm eine Ghettofaust entgegen, was Julius handtechnisch überforderte. Er schlug wie bei Hau-den-Lukas mit seiner darauf.

»Ey, du Gorilla, spar dir deine Kraft fürs Grillen!« Maurer klopfte ihm lachend auf den Rücken. »Wir sind einsatzbereit! Du müsstest nur noch den Grill anheizen. Da haben wir uns nicht rangetraut, und deine bezaubernde Mitarbeiterin meinte, sie sei nur für süße Sachen zuständig.« Er senkte die Stimme zu einem Raunen. »Das glaub ich ihr sofort.« Mit einem Händeklatschen signalisierte er seinem Team, dass es losging. »Jay, schaff noch die beiden Katzen aus dem Bild, das wirkt total unprofessionell.«

Erst jetzt sah Julius, dass Herr Bimmel und Felix auf der Fensterbank lagen. Da hatten sie tatsächlich nichts zu suchen, aber er würde einen Teufel tun und sie wegschaffen. Sie hatten deutlich ältere Rechte als das Fernsehteam.

»Das sind meine beiden besten Mitarbeiter«, sagte er deshalb. »Solches Personal ist schwer zu bekommen!«

Maurer seufzte. »Von mir aus, aber wenn sie durchs Bild laufen, müssen wir die Einstellung neu drehen. So und jetzt los, wir starten damit, wie du den Grill anfeuerst.«

Julius trommelte sich auf die Brust. »Ugg! Mann Feuer machen!«

»Habt ihr das drauf?«, fragte Maurer sein Team. »Bist du etwa betrunken, Jay?«

»Im Ahrtal sind wir nie betrunken. Wir sind höchstens flüssig.« Julius lachte.

»Pass nur auf, dass du gleich kein Feuer fängst! Wobei das für den Clip eigentlich ganz gut wäre …«

Julius schaffte es, die Grillkohle zu entzünden, ohne Verbrennungen dritten Grades zu erleiden. Auf zum Grillen! Vanessa würde alles in den Kühlschrank geräumt haben, was er auf den Grill schmeißen konnte.

Das hatte sie auch.

Irgendwie.

Julius war so überrascht, als blicke ihm von innen ein Eisbär entgegen.

Dort lag eine Mango.

Erdbeeren.

Marshmallows.

Und Mandeln.

Sonst nichts.

Er musste mit seiner Pâtissière ein paar ernste Worte wechseln. Vielleicht auch nur drei. »Du. Bist. Gefeuert.«

»Jay, hau rein, das Licht ist gerade super! Wir halten drauf, mach ordentlich Tempo, das muss alles dynamisch, entschlossen und total kompetent wirken.«

Julius griff sich dynamisch ein paar Metallspieße, entfernte entschlossen die Strünke von den Erdbeeren und spießte sie total kompetent abwechselnd mit den Marshmallows auf. Als der grüne Kugelgrill zweihundertzwanzig Grad erreicht hatte, legte er die Spieße auf, und sofort stieg ihm köstlicher Karamellduft in die Nase. Als sich ein Grillmuster abzeichnete, nahm er die Spieße vom Rost, versah sie mit Puderzucker und als Garnitur mit frischer Minze. Voilà! Jetzt musste er natürlich direkt eine Materialprüfung vornehmen. Er pustete kurz und zog sich mit den Zähnen etwas vom Spieß. Das Zusammenspiel der extremen Marshmallow-Süße mit der Fruchtigkeit der Erdbeere und den leicht bitteren Röstaromen funktionierte wundervoll.

»Und gleich noch was, du bist ja unser Grill-König, kannst also einfach alles grillen, das muss man sehen!« Maurer wandte sich an den Kameramann, der eine Vokuhila-Frisur trug, als hätte er in den achtziger Jahren auf dem Fußballpatz gestanden. »Und du denk heute bitte dran, die Kamera anzumachen, wenn sie an sein soll, und aus, wenn sie nichts aufnehmen soll. Ist doch gar nicht so schwer, oder?« Er versetzte ihm einen Klaps auf den Hinterkopf.

Julius vermengte die Mandeln mit Zucker, Cayennepfeffer, Zimt und Vanillezucker. Parallel stellte er einen gusseisernen

Feuertopf, in der Grill-Szene als Dutch Oven bekannt, auf den Rost und ließ ihn heiß werden. Dann gab er Orangensaft und Wasser hinein und rührte so lange, bis die Flüssigkeit verdampft und die Mandeln geröstet waren.

»Fertig!«, sagte Julius. »Danke euch fürs Filmen.«

»Nein, Jay, was soll das denn gerade gewesen sein? Gebrannte Mandeln? Wir sind doch nicht bei ›Warten auf das Christkind‹! Mach was anderes, ja? Nix Süßes, bitte! Es muss aussehen, als hätten wir dich einen ganzen Tag am Grill begleitet.«

Julius blickte in den Kühlschrank, vielleicht hatte sich der Inhalt ja vermehrt. Doch die Mango war untätig gewesen und weiterhin solo. Hätte sie nicht wenigstens ein Tomahawk-Steak zu sich in den Kühlschrank einladen können?

»Was grillst du uns denn jetzt Feines, Jay?«

»Das hier ist ein schönes Stück …«, Julius senkte die Stimme und die Klarheit seiner Artikulation, »… Mango.«

»Was?«, fragte Maurer. »Ich hab dich akustisch nicht verstanden.«

»Es sieht aus wie maisgefütterte Hähnchenbrust«, sagte Julius. Den Zusatz »Wenn man sehr viel Phantasie hat oder blind ist« behielt er für sich.

Schnell löste er die Mango hälftig vom Kern und schnitt das Fleisch rautenförmig ein, dann pinselte er großzügig Öl darüber.

»Jay, stell dich doch nicht so vor den Grill, wir sehen doch gar nicht die schöne Hähnchenbrust!«

Weniger als eine Minute ließ Julius die beiden Mangohälften auf dem Grill, der Duft der süßen Frucht verbreitete sich in der Küche.

»Jay, ist das etwa schon wieder Obst? Hast du nicht eben was von Geflügel gesagt?«

»Nur dass es so aussieht«, murmelte Julius.

»Cut«, rief Maurer und sog scharf die Luft zwischen den Zähnen ein, als er zu Julius trat. Vertraulich legte er den Arm um ihn. »Jay, so geht das nicht. Zum einen grillst du nur Süßes, zum anderen bist du betrunken. Das kommt nicht so gut im Fernsehen, wir sind ja nicht mehr in den Siebzigern. Jetzt hau endlich was Blutiges auf den Grill. Von mir aus auch deine Katzen.« Er lachte schallend und schlug Julius auf den Rücken. »Nur Spaß!«

Herr Bimmel und Felix verzogen sich trotzdem.

Ein Lied pfeifend trat François in die Küche. »Oh, sorry, wollte nicht stören!« Er hob abwehrend die Hände. »Bin ich etwa gerade ins Bild gelaufen?«

»François, gut, dass du hier bist«, sagte Julius. Und zum Fernsehteam gewandt: »Kurze Pause, bitte.« Er ging mit seinem Sommelier in den Speisesaal. »Ich brauche deine Hilfe.«

»Stets gern zu Diensten.«

»Bobby Pizzer, was fällt dir zu ihm ein?«

François hüstelte. »Ich mach dir mal einen Wikipedia-Eintrag: einer der Kollegen, die sich selbst wichtiger nehmen als das Essen. Ein Selbstdarsteller, ein Enfant terrible, einer, der Naturwein predigt und Riesling Auslese säuft. Aber auch ein grandioser Entertainer und Provokateur, der viel bewegt hat im Denken über Wein. Früher in der ›Weinbar Lutz‹, heute in seinem eigenen Laden, dem ›Edelfest & dreckig‹. Früher Vollbart, heute Schnäuzer, immer ein paar Schritte vor dem Trend.«

»Du hast ihn richtig gern, oder?«

»Oh ja, wir sind so«, sagte François und kreuzte Zeige- und Ringfinger.

»Hat er einen Hund?«

»Ja, hat er tatsächlich. Einen Rauhaardackel namens Chewie.«

»Könntest du über das Internet vielleicht herausfinden, wo er sich gerade aufhält?«

»Was man als Sommelier eben so tut …«, sagte François und tippte auf seinem Handy herum. Plötzlich wurde er bleich. »O, jy kak!«

Julius kannte dank François so viel Afrikaans, dass er übersetzen konnte: Ach du Scheiße!

In diesem Moment erschien Ludger Maurer. »Jay, die Zeit drängt wirklich. Du musst jetzt reinhauen. Schwein, Rind, Wasserbüffel, mir egal. Lass es zischen und qualmen!«

Julius war es leid. »Lutgy, ich hab nix davon da. Die Lieferung mit Fisch und Fleisch kommt erst im Laufe des Tages.«

François blickte sein Handy so geschockt an, als zähle es gerade die letzten Sekunden bis zu seinem Tod herunter. Was hatte er bloß?

»Das ist eine Katastrophe«, sagte Maurer.

»Nein, ist es nicht«, erwiderte Julius, in dessen alkoholgetränktem Gehirn ein Rettungsring aufgetaucht war. »Die Lösung heißt ›Frais Löhndorf‹, da grill ich euch heute Abend alle erdenklichen Tiere. Und du hast dadurch gleich Material aus zwei Küchen, das du für den Clip dynamisch, entschlossen und total kompetent zusammenschneiden kannst.«

»Jay, du bist ein Genie. Besoffen, aber ein Genie. Das Team wird dich wegen der Überstunden hassen, aber mich machst du gerade sehr glücklich.«

Erst als Maurer wieder in der Küche verschwunden war, trat François mit sichtlich weichen Knien zu Julius und präsentierte ihm sein Handydisplay, auf dem ein Facebook-Eintrag von Bobby Pizzer zu sehen war:

Moin, Crowd, bin unter die Sängerknaben gegangen. Hört hier in meinen ersten Song rein, phatt produziert von Maestro Jan Delay. Die Nummer heißt ›Leben, lieben, lächeln, trinken‹ und feiert den pornösen Rotwein von der Ahr. Ab sofort als Download auf allen bekannten Plattformen zu erwerben. Bringt mich in die Charts! Bringt mich zum Schotter!

»Christian Sees geheimnisvoller Hit«, flüsterte Julius. »Ich muss dringend mit dem Burschen reden.«

François legte ihm eine Hand auf den Arm. »Lass mich. Ich kenne Bobby noch aus der gemeinsamen Zeit in Herzogenaurach. Mit dir wird er kaum sprechen, mit mir aber schon.« Er griff sich seine Jacke. »Mannomann, wie gern würde ich ein großes Glas Rotwein zur Stärkung trinken. Selbst wenn es billiger Merlot wäre.«

Julius grinste, das wäre für François ein großes Opfer. »Wenn du wieder ganz der Alte bist, darfst du dir eine Flasche aus meinem Keller aussuchen. Egal, welche.«

François nahm sein Gesicht in die Hände und drückte ihm einen dicken Schmatzer auf die Lippen. »Du bist der Beste. Und deshalb trinken wir die Buddel zusammen!«

Julius packte für die Aushilfsstelle im »Frais Löhndorf« seine Messer ein sowie seine liebsten Gewürze und Salze, einige Fonds und FX. Eigentlich sollte er ja François mitbringen, aber jetzt musste ein grantelnder Wiener reichen. Nachdem dieser von seinem Glück erfahren hatte, verschwand er kurz und kehrte mit einer schweren Holzkiste zurück, über deren Inhalt er nichts verraten wollte.

Als er mit FX im »Frais Löhndorf« eintraf, war das Restaurant bereits bis auf den letzten Platz besetzt. Das Licht unzähliger Kerzen spiegelte sich in den Fensterscheiben – und in den Gesichtern der Gäste, die allesamt in Weiß gekleidet waren, bis hin zu den Schuhen. Wohl eine »White Night«. Ob Antoine farblich passendes Essen vorgesehen hatte? Weißkohl mit weißem Thunfisch an Weißbrot?

Zuzutrauen war dem Normannen alles.

Als Antoine ihn begrüßte, waren seine Kochjacke, die Toque auf seinem Kopf und der Gips auf jeden Fall strahlend weiß. »Wo bist du geblieben? Die Gästen sind Bestien, die essen gleich den Dekoration, wenn nichts kommt auf die Teller.«

»Gab es denn nicht Brot und Butter?«

»Alles verputzt! Den sind wie Heuschrecken!«

In der Küche des »Frais Löhndorf« gab es nur Ungelernte sowie Auszubildende – und davon auch noch wenige. Die Schwierigkeit, in der Gastronomie gutes Personal zu finden, hatte also auch Antoine nicht verschont.

»Gleich kommt noch ein Filmteam«, sagte Julius. »Die nehmen mich beim Kochen auf.«

»Mir egal, solang du nun das Linsencreme mit Pastinaken und Curry abschmeckst.«

»Kein Problem.«

Zuerst aber begrüßte Julius alle in der Küche mit Handschlag, breitete dann seine Messer aus und wusch sich die Hände. Zwischenzeitlich war das Fernsehteam eingetroffen und hielt munter auf ihn drauf.

Julius wusste, was Maurer von ihm erwartete.

Antoine, der es sich auf einem Hocker in der Küche bequem gemacht hatte, nicht.

»Warum stellst du den Suppentopf auf die Grill? Den Pastinakenstreifen nicht auf die Rost! In die heiße Öl schwenken und salzen!«

Julius probierte die Pastinakencreme und gab einen Hauch Muskatnuss hinzu, der das tumbe Gemüse tanzen ließ. Dem Curryschaum spendierte er Zitronengras, damit die Frische mit der leichten Schärfe herumscharwenzelte wie zwei Frischverliebte.

»Du musst die erste Gang begleiten, wenn die Kellner ihn tragen herein.«

Das war die Gelegenheit, endlich die ominöse weiß gekleidete Gesellschaft in Augenschein zu nehmen!

Als er eintrat, erhoben sich die Anwesenden und klatschten. Artig verneigte sich Julius. Als er in die Senkrechte zurückkehrte, stand nur noch eine andere Person im Speisesaal. Zu seiner Überraschung war es seine Lieblingsgroßkusine Gisela. Zu ihrer Linken saß die drahtige Renate Ritter aus Rech, die früher mit ihrem Mann in der Genossenschaft gewesen war, bevor ihr Sohn Pascal das Weingut übernommen hatte. Eine der stillen, fleißigen Frauen, die das Tal groß gemacht hatten. Rechts von Gisela saß die rothaarige Rebecka Korbblütler, ehemals deutsche Weinkönigin, nun Winzerin. Ihr Ehemann hatte ein Weingut in Franken, und gemeinsam waren sie das aktuelle Dreamteam der deutschen Weinszene.

Gisela wandte sich an ihn und räusperte sich. »Im Namen der Ehrbaren Ahrtaler Weinbruderschaft von 1682 A.D. wollen wir dir, lieber Julius, unseren Dank dafür entrichten, dass du Antoine Carême am Herd vertrittst. Wir freuen uns sehr auf einen Abend mit Speisen vom Duo Carême-Eichendorff.«

Sie blickte ihn auffordernd an, damit er nun auch ein paar Worte sprach.

Leider hatte Julius nicht den geringsten Schimmer, welche Gerichte Antoine vorgesehen hatte. Aber jeder gute Koch musste eines können: improvisieren!

»Heute Abend gibt es ein leichtes Mahl und dazu viel guten Wein, ganz im Sinne meines Vorfahren, den ich an dieser Stelle zitieren möchte:

Viel Essen macht viel breiter
Und hilft zum Himmel nicht,
Es kracht die Himmelsleiter,
Kommt so ein schwerer Wicht.

Das Trinken ist gescheiter,
Das schmeckt schon nach Idee,
Da braucht man keine Leiter,
Das geht gleich in die Höh.«

Er verbeugte sich nochmals unter Applaus und Gelächter, dann ging er irritiert zurück in die Küche.

»Antoine?«

»Ja, mein Julius?«

»Was ist mit der Weinbruderschaft passiert?«

»Du warst wohl lange nicht mehr bei die Treffen.«

Das stimmte. Ebenso lange hatte er alle Newsletter und Jahrbücher links liegen lassen.

»Den Weinbruderschaft ist zu ein Weinschwesternschaft geworden«, erläuterte Antoine. »Es hat ein Putsch von die Damenwelt gegeben, sodass den Männer nun in den Unterzahl sind.«

Deshalb saßen an den Tischen also nur noch so wenige Herren, und diese wirkten wie mit Waffengewalt hergezwungen.

Statt Traditionsbesäufnis im Weinkeller gab es in der Weingeschwisterschaft nun wohl feine Speisen auf gestärkten Tischdecken.

»Jay, weiterkochen!«, mahnte Maurer. »Jetzt aber endlich Fleisch.«

Als Nächstes standen Fenchel, Morcheln und Waldlakritzsoße mit Hähnchen auf dem Speiseplan.

Als Julius begann, schlug Antoine die Hände über dem Kopf zusammen – oder versuchte es zumindest. Beinahe hätte er sich dabei einen weiteren Bruch zugezogen. »Julius, warum legst du den Hähnchenstücke auf die Rost? Mit Salz und Pfeffer würzen und in ein Bräter, dann auf den Hautseite in ein Butterschmalz-Öl-Mischung goldgelb anbraten!«

»Vertrau mir, Antoine, das Grillen verleiht dem Gang mehr Knusprigkeit.«

»Aber den braucht es nicht, sondern die fein Buttergeschmack!«

»Jay, perfekt, endlich was Herzhaftes. Genial! Gib ordentlich Feuer, lass die Flammen lodern.«

So ging es weiter von Gang zu Gang. Julius legte alles auf den Grill, was nicht drohte, durch den Rost zu flutschen. Doch das war nicht die einzige Überraschung für Antoine Carême. Nach dem Hauptgang kam er kopfschüttelnd aus dem Speisesaal.

»Deine FX empfiehlt nur österreichischen Weine! Wachau, Kremstal, Steiermark!« Er tobte geradezu und wirkte dadurch wie Rumpelstilzchen höchstselbst. »Dabei ist dies eine französisch-ahrtalerisch Restaurant! Woher hat er die Wein überhaupt?«

Jetzt wusste Julius, was sich in der schweren Holzkiste befunden hatte. Und wie perfide FX seinen Unmut über diese abendliche Sonderschicht ausdrückte. Rache durch österreichischen Wein – darauf musste man erst einmal kommen.

Das Fernsehteam hielt weiter drauf, doch Julius nahm es kaum noch wahr, war ganz in Gedanken. Denn das offene Feuer erinnerte ihn an den Fackelzug, den die Winzer hoch zum Weingut der Scholls veranstaltet hatten. Die Chancen standen gut, dass wenigstens einer oder eine davon draußen im Speisesaal saß – und ihm erklären konnte, was es damit auf sich gehabt hatte.

Er würde ihnen nur einen kleinen Wink geben müssen.

Oder sie … erleuchten!

Kurz instruierte er das Küchenteam und bediente sich im Vorratsraum, wo die Utensilien der kulinarischen Nachtwanderungen von Antoine Carême lagen.

So kam es, dass die Tomaten-Crème-Brûlée mit Lavendelhonig in einem Fackelmarsch hereingetragen wurde.

Vom vielen österreichischen Wein, den FX in rauen Mengen ausgeschenkt hatte, war die Gesellschaft bester Laune. Julius kam sich vor wie bei einer Damensitzung. Ein Mann von seinem Körpervolumen war es nicht gewohnt, von gierigen Frauenhänden betatscht zu werden, deshalb fehlte ihm völlig die Übung, den Griffeln auszuweichen.

»Das ganze Küchenteam wünscht guten Appetit bei diesem köstlichen Rezept von Antoine.« Es wurde applaudiert und gejohlt. »Wen der begleitende Fackelzug an etwas erinnert, der kann gern zu mir in die Küche kommen, und wir reden darüber. Sonst holt euch die Polizei!« Er lachte, und die Weingeschwisterschaft lachte mit, wobei viele wahrscheinlich nicht genau wussten, wieso. Aber nach einer gewissen Menge Wein war es sowieso völlig egal, worüber man lachte.

Jetzt hieß es warten.

Das Fernsehteam packte seine Gerätschaften ein.

Und Julius fing vor lauter Nervosität an, die restlichen Tomaten-Crème-Brûlées mit Lavendelhonig zu futtern.

Zu seinem Unglück waren es neun.

Dann erst trat jemand zu ihm.

Es war Gisela. Sie zog ihn am Ärmel nach hinten in Antoines kleines Büro.

»Hast du mich gesehen? An dem Abend, meine ich?« Leise schloss sie die Tür hinter ihnen.

»Nein. Aber jemand anders.«

»Wir haben alle Stillschweigen darüber geschworen, wer dabei war und was wir wollten.«

»Erzählst du es mir trotzdem?«

Gisela ließ sich auf Antoines Bürostuhl fallen und versenkte das Gesicht in den Händen. Dann strich sie sich über die Augen und blickte Julius an.

»Wenn man im Weinberg spritzt, gilt man in einigen Kreisen heutzutage schon als Verbrecher. Aber wie soll ich kostendeckend arbeiten ohne Spritzung? Weißt du, wie viele Stunden man mehr arbeiten muss, wenn man die konventionellen Spritzungen weglässt? Das bezahlt dir kein Kunde, der andere Preise gewohnt ist. Wir nehmen schon so wenig Mittel wie irgend möglich und nur solche, die verträglich sind. Jahrelang sagt keiner was, dann kommen die Scholls, und plötzlich ist es ein Riesenthema. Mit den Tanks dasselbe. Wir haben unsere ganzen alten Fässer rausgeschmissen und durch Edelstahl ersetzt. Jetzt fangen die Großen wieder an, auf alte Fuderfässer zu setzen. Kannst du die bezahlen? Ich nicht. Niemand bekommt seinen Wein heute noch so einfach verkauft wie vor ein paar Jahren, das Geld sitzt nicht mehr so locker. Und die Scholls tun jetzt überall so, als hätten sie allein die Weisheit mit Löffeln gefressen. Die ziehen sogar über uns her, machen unsere Weine schlecht. Das hat ihren Absätzen gutgetan, unseren dagegen gar nicht. Es ist wirklich existenzbedrohend für einige, Julius.«

»Das verstehe ich.«

»Ja, wirklich?« Gisela wischte sich eine Träne fort. »Ich glaube nicht.«

»Eins hast du mir noch nicht gesagt.«

»Was denn?«

»Warum ihr hoch seid.« Er reichte ihr ein Taschentuch.

»Weil ich mich schäme, dir das zu sagen. Weil wir betrunken und wütend waren nach unserem Weinbruderschaftsabend.«

Julius nahm einen Stuhl und setzte sich neben sie. »Ich verurteile dich sicher nicht, dafür kenne ich dich schon zu lange und weiß, dass du ein guter Mensch bist.«

Gisela lachte auf. »Ja, bist du dir sicher?«

»Ganz sicher.«

»Dann sag ich dir jetzt, was wir vorhatten.« Sie nahm sein

Gesicht in ihre Hände und strich mit den Daumen sanft über seine Wangen, als müsste er getröstet werden. »Wir wollten den Scholls drohen, ihr verdammtes Weingut niederzubrennen, falls sie sich nicht endlich ordentlich gegenüber uns anderen Winzern benehmen!« Sie lächelte entschuldigend. »Aber dann haben wir es sein gelassen.«

Julius atmete tief durch. »Warum?«

Was Gisela dann sagte, ließ Julius sprachlos werden.

Es heißt immer, ab dem zweiten Mord werde es einfacher.

So fühlt es sich aber nicht an.

Diesmal spüre ich das Wimmern des Menschen vor mir, als dränge es aus meinem eigenen Körper.

Doch es muss sein.

Er muss sterben.

Ich kenne sein Leben, es war ein schweres. Eines voller Rückschläge. Das Innere seines Wohnwagens ist zugemüllt, schimmlige Essensreste und halb leere Dosen finden sich auf Tisch und Küchenzeile. Es stinkt erbärmlich.

»Du bist bald erlöst«, sage ich.

Ich binde den Strick genau wie beim ersten Mal.

Er ist wieder bei Bewusstsein und starrt mich an. Das Blut glänzt in seinem Gesicht. Ich versuche, dem Blick auszuweichen, doch er verhakt sich in mir.

Solch ein Flehen.

Ich blicke mich um, sehe einen alten Schal an der Garderobe hängen. Straff binde ich ihn um seinen Kopf.

Es geht zu Ende, das habe ich ihm unmissverständlich erklärt. Auch warum er sterben muss und dass ich versuche, es so angenehm wie möglich für ihn zu gestalten. Da muss er mich nicht so vorwurfsvoll anstieren!

Er lebt in einem heruntergekommenen Wohnwagen auf einem einsamen Abstellplatz mitten im Wald. Es war wie eine Einladung.

Ich zerre ihn nach draußen, der Strick zieht sich um seinen dicken Hals zu.

Die Sache wird gleich schnell erledigt sein.

Er ist zu schwer, um ihn am Ast hochzuziehen. Sicher drei Zentner.

Deshalb werfe ich das Ende des Seils darüber und binde es an die verbeulte Stoßstange seines rostigen Ford Capri.

Der Gang geht nur schwer rein. Und der Wagen springt erst beim dritten Versuch an.

Ich fahre los, der Strick spannt sich, ich spüre das daran hängende Gewicht.

Langsam nach vorn.

Nicht zu weit.

Er muss nur hoch vom Boden.

Wenige Zentimeter reichen.

Ich gebe weiter Gas.

Plötzlich wird es etwas leichter, das Pedal zu treten.

Ich blicke in den verschmutzten Rückspiegel.

Er hängt und zuckt.

Wie ein Fisch an Land.

Dann endet es abrupt.

Ich stelle den Wagen ab und ziehe die Handbremse.

Ein Problem weniger.

Doch im Ahrtal gibt es noch eines.

Eichendorff schnüffelt herum.

Das gefällt mir nicht.

4

»WER LIEBT, HAT KEINE WAHL«

Mittwoch, 5. September

Auch für die Katzen stand ein Teller auf dem prall gefüllten Frühstückstisch, bedeckt mit Serranoschinken und Cheddar. Nur beste Ware, anderes rührten die beiden nicht an. Er hatte sie schrecklich verzogen.

Und war unheimlich stolz auf seine beiden Feinschmecker.

Als er Anna die Treppe herunterkommen hörte, setzte Julius seine Violine an. Er hatte eine kleine Melodie für sie eingeübt – um sie zum Lächeln zu bringen. Morgens war sie immer so zerknautscht und müde, es dauerte oft ewig, bis sie bereit war, ihr langes Schlaf-T-Shirt gegen Jeans und Bluse einzutauschen. Die Musik würde ihr helfen, schneller in den Tag zu kommen. Der Geigenbogen strich über die Saiten, um den Anfang von Christian Sees »Du bist der All-Inclusive-Deal der Liebe / Kein Wunsch, der bei dir offenbliebe!« zu spielen.

Die Melodie war deutlich hübscher als der Text.

Anna trat ein. Komplett angezogen und frisiert.

Julius ließ die Geige sinken.

»Spiel doch weiter, das war nett. Stammt von seinem vorletzten Album, oder?«

»Wie siehst du denn aus?«

»Gefalle ich dir etwa nicht?« Sie drehte sich um die eigene Achse.

»Nein, du siehst fabelhaft aus. Nur so angezogen.«

Anna setzte sich an den Frühstückstisch. »Mir ist schon klar, dass du mich lieber nackt siehst. Aber ich muss gleich los, hab eben eine Nachricht erhalten.« Sie deutete auf etwas in der Tischmitte. »Was ist das?«

»Blackpudding, eine Blutwurst mit Hafer, die man in Schottland angebraten zum Frühstück isst. Ich hab sie gegrillt. Getreu dem Motto: Alles ist besser, wenn es gegrillt ist.«

»Dann ist das Blubbernde da sicher Porridge?«

»Genau, der ist aber leider ungegrillt. Ich hab echt alles versucht.« Er zwinkerte ihr zu.

Herr Bimmel und Felix erschienen, sprangen ansatzlos auf ihre Stühle und fingen in einem fließenden Übergang an zu futtern, ohne vorher »Guten Appetit« zu wünschen.

Dafür wurden sie von Julius auch noch gestreichelt. Selbst wenn es so mit der Erziehung zu zwei vorzeigbaren Katern nie etwas werden würde.

»Womit hab ich dieses Festmahl verdient? Etwa durch die unvergessliche vergangene Nacht, in der ich schon schnarchend im Bett lag, als du kamst?«

»So ein Frühstück hast du eigentlich immer verdient, aber meist reicht die Zeit einfach nicht.«

Anna nahm sich grinsend einen Pancake. »Schleimer! Du willst mich doch nur dazu bringen, dich auf dem Laufenden zu halten. Wo steht der Ahornsirup?«

»Ich dich zu irgendetwas bringen? Niemals! Und: Hier ist er, mein Herz.«

»Ich weiß schon längst, dass du ermittelst. Und auch, dass du mir nicht alles erzählst, damit ich mir keine Sorgen um meinen verrückten Mann mache, der sich mal wieder in Gefahr bringt, weil er die Finger weniger von einem Geheimnis halten kann als Helene Fischer von einem Glitzerfummel.« Sie führte ein großes Stück Pancake mit viel Ahornsirup zum Mund. »Oh, ist der fluffig und köstlich!« Schnell nahm sie ein zweites Stück. »Früher hätte ich mich über dein Verhalten aufgeregt. Aber du bist, wie du bist. Darum habe ich dich damals ja auch geheiratet. Warum sollte ich das ändern wollen? Wer liebt, der lässt den anderen so sein, wie er ist. Liebe heißt auch, die Fehler des anderen auszuhalten. Es ist natürlich total unfair, dass ich keine Fehler habe, die du aushalten müsstest.« Sie blickte ihn an. »Das ist der Moment, in dem du mir beipflichten musst.«

»Finde ich schrecklich unfair, eine solch perfekte Frau zu haben! Aber ich ertrage es mit Würde und Frühburgunder!«

Julius nahm sich von der Blutwurst, aber auch einige Kippers, kalt geräucherte Heringe. So ein Stück Fisch am Morgen fühlte sich an, als werfe einen jemand angezogen in die Brandung der Nordsee. Er schüttelte sich.

»Köstlich, diese kleinen Fische. Apropos Meer und See. Wer hat deiner Meinung nach ein Motiv für den Mord an Christian See?«

Anna hob anerkennend den Daumen. »Sehr geschickte Überleitung!«

»Nur harmloser morgendlicher Small Talk zwischen einem liebenden Ehepaar, das sich von der Arbeit erzählt.«

Nachdem sie den letzten Bissen heruntergeschluckt hatte, tupfte sich Anna die Lippen ab. »Seine Ehefrau hat ein Motiv, die erbt nämlich. Summer Glow ist ihr Künstlername. Auch Christian Sees Konkurrenten hätten eines, weil sie jetzt seine Auftritte übernehmen. Aber es gibt niemanden, der alle seine Gigs übernimmt und deshalb genug profitieren würde.«

»Vielleicht seine Stalkerin, die denkt: Wenn ich ihn nicht haben kann, dann soll ihn keine haben?«

»Denken Frauen so?«, fragte Anna neckisch.

»Wenn ich es nicht weiß, dann keiner. Ich bin nämlich ein Frauenversteher.«

»Soso.«

»Seine Plattenfirma hätte auch ein Motiv. Auf Platz eins bis drei der Charts stehen jetzt Alben von ihm.«

»Denkbar«, sagte Anna. Aber sie sagte es auf eine merkwürdige Art. »Und dann hat es da noch diesen merkwürdigen Fackelzug gegeben. Ja, du musst gar nicht so überrascht gucken, ich weiß auch davon. Der ist dann aber wieder abgezogen, als klar wurde, dass Christian See im Weingut saß. Da war es dann mit der Mordlust des aufgebrachten Mobs vorbei.«

»Und die verschwundenen Scholls? Hätten die einen Grund?«

Anna atmete tief durch. »Julius, ich muss dir wohl etwas

zeigen, damit du dir dein süßes Köpfchen nicht ganz umsonst zermarterst. Du suchst nämlich in der völlig falschen Richtung.«

»Was meinst du damit?«

Sie stand auf. »Wenn ich mein Diensthandy hier liegen lasse, während ich mich frisch mache, und du zufällig wissen würdest, dass ich dein Geburtsdatum als Passwort gewählt habe, könntest du dir eine Mail ansehen, die heute Morgen von einer Kollegin aus Berlin kam und die dafür verantwortlich ist, dass ich schnell nach Koblenz muss.«

Sie verließ das Esszimmer.

Mit einem Griff hatte Julius das Handy an sich genommen und entsperrte es. Die Mail der Kollegin war noch offen.

Hey, Anna,
hier in Kürze der Stand: Wir halten die Medien so lange raus wie irgend möglich, aber mehr als zwei, drei Tage werden sicher nicht drin sein. Bis dahin können wir mit dem Täterwissen arbeiten.
Was wir bisher in Erfahrung gebracht haben: Bill Michael, bürgerlich Wilhelm Michaelis, einundsiebzig Jahre alt, dreimal verheiratet, fünf Kinder und vier Enkel, lebte in einem Wohnwagen in Rahnsdorf (das ist tief im Osten von Berlin). Nicht auf einem öffentlichen Stellplatz, sondern mitten im Wald. Ein Säufer vor dem Herrn. Seine Alkoholprobleme gingen ja durch die Medien, auch dass er seine Frau geschlagen hat (ich glaube, die zweite). Hat sein Lebtag Seemannslieder verschlagert und einen auf harter Seebär gemacht, dabei wurde er schon seekrank, wenn er nur ein Boot gesehen hat.
Unserem Rechtsmediziner zufolge geschah seine Erhängung zwischen fünf und sechs Uhr morgens. Zuvor wurde er mit einem Backstein ins Gesicht geschlagen, das hat sein Nasenbein völlig zertrümmert. Außerdem erlitt er dadurch eine Orbitabodenfraktur, das ist ein Bruch des Bodens der Augenhöhle. Entsteht, wenn etwas mit großer Wucht direkt auf das Auge trifft. Bill Michael wurde gefesselt, geknebelt

und am nächsten Baum mit ausreichend starkem Ast gehängt. Der Knoten ist der gleiche wie bei eurem Fall mit Christian See, das Seil sieht auch gleich aus. Also herzlichen Glückwunsch, wir haben einen Serienkiller!
Jetzt heißt es Verbindungen zwischen den beiden Opfern herzustellen. Aktuell sieht es nur danach aus, als hätten beide gesungen. Ansonsten weder privat noch beruflich verbandelt. Aber wir haben noch nicht richtig angefangen zu buddeln. Die Spusi ist noch dran wegen DNA-Spuren. Schick uns bitte alles, was ihr habt, und lass uns heute Nachmittag eine Video-Konferenz abhalten.
Grüße aus der Hauptstadt
Claudie Mellies

Anna kam zurück. »Oh, *da* liegt mein Handy. Habe es die ganze Zeit gesucht. Kann spät werden heute.« Sie gab ihm einen Kuss. »Mach nichts, was ich nicht … Ach, vergiss es, mach, was du willst.« Sie gab ihm noch einen Kuss, diesmal länger.

Als sie aus der Tür war, nahm Julius sein eigenes Handy, um einige Nachrichten zu schreiben. Ihm war eine verrückte Idee gekommen, und wenn er genug Verrückte fand, würde sie umsetzbar sein.

Natürlich konnte Julius solch ein generöses Frühstück nicht verkommen lassen und setzte sich erst einmal wieder hin, um den Köstlichkeiten schlemmend Ehre zu erweisen. Herr Bimmel und Felix halfen, so gut sie konnten.

Doch das genussvolle Schmatzen (Mensch) und Aufschlecken (Katzen) wurde harsch durch das Klingeln des Telefons gestört. Wer war nur so unsensibel? Spürte man denn nicht, dass unter seiner Nummer gerade gegessen wurde?

»Beim Frühstück«, meldete er sich wahrheitsgemäß.

»Ich leg das Telefon auf die Theke, dann bekommst du alles mit«, sagte eine flüsternde Stimme.

»Wovon reden Sie? Wer ist da überhaupt?«

»Ich bin's, François. Bobby hat in seinem hippen Restaurant jetzt ein Event namens ›Brunch ist tot‹, bei dem seine Köche

Frühstücksklassiker neu interpretieren, vom Corned Beef über Porridge bis Pancakes. Dabei krall ich mir den Burschen! Er steht hinten an der Theke. Stell bei dir auf stumm, sodass man dich nicht hören kann, sonst riecht Bobby den Braten.«

»Ja, aber wie geht das denn …?«

»Scht, er kommt!«

Julius vernahm ein Klacken. Er war jetzt wohl auf die Theke gelegt worden.

Es klingelte an seiner Haustür.

Aus dem Handy erklang eine lässige Stimme. »Ich fass es nicht, der François!« Natürlich konnte man Tätowierungen nicht hören. In Bobby Pizzers Stimme aber schon. »Hast du gerade auch ein Klingeln gehört, oder habe ich Hallus?«

»Also ich hab nichts gehört«, antwortete François. »Und ab jetzt wirst du sicher auch nichts mehr hören! Lass dich umarmen, Alter.« Man klopfte sich lautstark ab.

»Was führt dich her?«, fragte Pizzer.

»Ich besuche Verwandte und dachte, ich schau mal bei dir rein. Nachdem du nicht bei mir reingeschaut hast, als du an der Ahr warst …«

Es klingelte wieder. Julius hielt die Sprechmuschel des Handys zu – oder den Teil, von dem er vermutete, dass dort eine verbaut war.

»Da, schon wieder! Shit, ich muss echt mit dem Koks aufhören. Ist wohl schon bis in meine Ohren vorgedrungen.«

»Was für eine *dumme* Sache. Geht aber bestimmt von alleine wieder weg.«

»Woher weißt du denn, dass ich das Ahrtal besucht hab? War 'ne geheime Mission.«

Julius ging zur Haustür. Alle wussten, dass man ihn beim Frühstück nicht stören sollte: Post- und Paketboten, Nachbarn, Freunde, Familie. Es gab eigentlich nur eine Person, der das herzlich egal war.

Aber das konnte doch nicht sein!

Weilte sie zurzeit nicht in Spanien?

Julius suchte seine Kater. Als er sie unter dem Sofa kauernd erblickte, wusste er, dass tatsächlich die befürchtete biblische Plage vor der Haustür stand.

Mit einem entschlossenen Lächeln öffnete er sie.

»Hallo, Mutter. So eine unerwartete, überraschende … Überraschung.«

»Überschlag dich mal nicht bei der Begrüßung.« Sie drückte ihm einen Kuss mit der Wucht einer Ohrfeige auf die Wange.

»Wo ist Vater?«

»Den hab ich im Auto gelassen. Wir müssen allein reden.«

»Hast du wenigstens das Fenster einen Spalt offen gelassen?«

»Mir ist heute nicht nach Scherzen zumute.« Seine Mutter stürmte ins Wohnzimmer, unter dessen großem Sofa die Katzen weiter nach hinten robbten.

Julius hielt das Handy ans Ohr.

Bobby Pizzers Stimme war wieder zu hören. »Musst nicht meinen, ich wüsste nicht, dass du hier im Auftrag von deinem Provinzkoch unterwegs bist, der mal wieder Detektiv spielt.«

»Julius hat bereits etliche Mordserien gelöst, von ›spielen‹ kann deshalb keine Rede sein. Er ist nicht nur ein großer Koch, sondern auch ein großer Detektiv. Und wenn du die Lage eines Restaurants als Gradmesser für seine Qualität nimmst, bist du echt beschränkt. Michel Bras? Ferran Adrià? Magnus Larsson? Alles Provinzler?«

Julius wusste nicht, ob François die Komplimente nur gemacht hatte, weil er am anderen Ende mithörte. Doch er freute sich einfach mal.

»Mit wem redest du denn da?«, fragte seine Mutter.

»Mit der ›Alten Eiche‹. Ist wichtig.«

»Wichtiger als deine Mutter? Natürlich wichtiger als deine Mutter. Die ist dir ja völlig unwichtig. Deshalb erfahre ich es auch als Letzte, dass ihr Nachwuchs plant. Als Allerhinterletzte!«

»Tust du doch gar nicht, wir haben es niemandem gesagt.«

»Weißt du, wie ich mich fühle?«

»Nein, Mutter. Aber du wirst es mir sicher gleich sagen.«

Ihre Stimme bekam nun ein leichtes dramatisches Zittern. »Bin ich etwa nicht deine Mutter?«

»Doch, Mutter. Du bist meine Mutter.«

»Noch heute wache ich manchmal schweißgebadet auf, weil ich von deiner Geburt geträumt habe. Mir muss niemand etwas vom Fegefeuer erzählen, denn ich habe dich geboren. Du warst neun Pfund schwer! Kannst du dir das vorstellen? Die Zeitung hat damals darüber geschrieben. Ich hätte das Mutterkreuz in Gold erhalten sollen! Sag mal, hörst du mir überhaupt zu?«

»Ja, Mutter.« Julius lauschte ins Telefon, wo gerade wieder verständlich gesprochen wurde, nachdem zuvor viel in Küchengeräuschen untergegangen war.

»Ernsthaft, François, es geht dich nichts an«, sagte Bobby Pizzer.

»Der Mann ist tot!«

»Ja und trotzdem geht es dich nichts an. Halt dich da raus. Gerade du.« Pizzers Stimme wurde jetzt lauter. »Was willst du eigentlich von mir? Ich war mit Chris da, na und? Ich hab ihn auf Naturwein gebracht, weil er offen dafür war. Und Stephan Scholl ist ein großer Winzer, er ist nicht auf den Zug aufgesprungen, als der schon fuhr. Stephan ist der Zug. Das ist ein echter Visionär.«

»Ich fasse es nicht!«, sagte Julius' Mutter. »Leg sofort das Handy weg, das ist unhöflich. Hab ich dir denn gar nichts beigebracht?«

»Da muss ich gerade zuhören. Sonst brennt was an.«

»Dafür lässt du deine Mutter links liegen?«

»Nein, so würde ich das nicht formulieren. Setz dich. Nimm dir 'n Keks, mach's dir schön bequem.«

»Deine Mutter, die weint, weil du sie übergangen hast?«

»Ich habe dich nicht … Ach, warum rede ich mir den Mund fusselig!«

»Plötzlich redet der Herr, aber vorher bekommt er die Zähne nicht auseinander, obwohl ich bald Großmutter werde. Sicher hättest du so lange gewartet, es mir zu sagen, bis mein Enkelkind in die Schule kommt!«

»Wir, also Anna, sind noch nicht mal schwanger.«

»Weiß man's?«

»Ja, das weiß man. Wir probieren es doch erst seit ein paar Tagen ernsthaft.«

»Da redet man vorher mit seiner Mutter!«

»Brauche ich etwa deine Erlaubnis dafür, mit meiner Frau zu schlafen?«

»Nein, aber Tipps.«

»Mutter, ich will keine Tipps von dir. Ich will von niemandem Tipps, aber am allerwenigsten von dir.«

Julius hob den Zeigefinger vor die Lippen, ihr anzeigend, bitte still zu sein. Er konnte sehen, wie sie innerlich kochte.

»Ich weiß nichts von Geldbündeln oder Tierblut oder so einem Scheiß«, sagte Pizzer gerade.

»Bist du zusammen mit Christian See vom Weingut weggefahren?«, fragte François.

»Auch das geht dich nichts an. Bist du mit irgendwem zusammen hierhergefahren? Das geht mich nichts an.«

»Die Polizei wird dich das alles fragen.«

»Dann soll sie, deswegen muss ich dir aber immer noch nicht antworten.«

»Du stehst im Verdacht, Christian See umgebracht zu haben, um an seinen Song zu kommen, den du jetzt aufgenommen hast.«

Ein wütender Aufschrei war zu hören. »Als ich weggegangen bin, hat Chris noch gelebt, aber ich hatte da keinen Bock mehr auf den besoffenen Arsch.«

»Ich dachte, ihr wart Freunde.«

»Das dachte ich auch. Aber du weißt ja, wie Wein sein kann, jedes Glas häutet den Menschen wie eine Zwiebel, bis irgendwann das Innere sichtbar wird. Und das war bei Chris dem Erleuchteten verrottet. Um kurz vor Mitternacht bin ich abgehauen.«

»Mit dem Song. Mein Chef weiß, dass die Textzeilen von Christian See stammen.«

»Das ist mein Song, immer gewesen! Chris hat mir die Textzeilen geklaut. Beweis mir was anderes!«

»Du hast ein Mordmotiv.«

»Und du hast einen an der Klatsche.«

Julius' Mutter nahm ihm das Handy aus der Hand und legte es auf den Wohnzimmertisch. »So, jetzt hörst du mir mal zu: Iss nicht so viel, bevor ihr es versucht. Besser, es geschieht hungrig.«

»Wieso?«

»Schau dich an! Das war nach einem Fünf-Gang-Menü. Mit Petit Fours!«

»Was stimmt denn nicht mit mir?«

»Lass mich davon nicht anfangen.«

»Was …?«

»Und trinkt vorher nichts. Keinen Tropfen Alkohol. Das sag ich dir auch aus Erfahrung.«

»Wieso denn keinen Alkohol? Wir sind hier im Ahrtal, hier ist niemand nüchtern gezeugt worden.«

»Solche Kinder neigen zum Bettnässen.«

»Willst du sagen, das ganze Tal nässt sich in jungen Jahren ein? Ist das deiner Meinung nach auch der Grund, warum die Ahr manchmal über ihre Ufer tritt?«

»Red doch keinen Unsinn, ich will dir nur helfen. Dafür ist eine Mutter schließlich da.«

»Mutter, danke. Ich weiß das zu schätzen, aber wir bekommen es schon hin. Falls wir irgendwann Probleme haben sollten, wende ich mich an dich. Also wenn wir in zehn Jahren noch nichts zustande gebracht haben.«

»Wenn es ein Junge werden soll, musst du darauf achten, dass du während des Beischlafs die Zimmerdecke sehen kannst.«

»Lalala, ich will das nicht hören!«

»So war es auch bei dir. Dein Vater hat die Holzdecke gesehen und ich deinen Vater unter mir.«

»Mutter, ernsthaft, das Bild kriege ich doch nie wieder aus dem Kopf. Das verfolgt mich jetzt bis an mein Sterbebett.« Julius griff sich das Handy wieder.

»Ich hab jetzt echt keine Zeit mehr«, hörte er Pizzer sagen. »Da ruft gerade der Stephan Scholl aus dem Ahrtal an. Der will sicher wissen, was er mir schicken soll. Geh mir aus den Augen,

François, ehrlich. Verkauf deine öden Bordeauxs und verpenn im Ahrtal jeden Trend.«

Julius' Mutter entwand ihm abermals das Handy – und diesmal sprach sie hinein. »Wer immer da ist, können Sie nicht einmal kochen, ohne dass Julius alles mithören muss? Wie unfähig sind Sie eigentlich? Wissen Sie, was Sie sind? Eine Schande für Ihren Beruf, das sind Sie!«

»Dein Handy spricht mit mir«, sagte Bobby Pizzer stockend.

»Und dafür hat es genau die richtigen Worte gewählt«, erwiderte François.

Julius wusste nicht, ob er es falsch deutete, aber wenn Bobby Pizzer sagte: »Da ruft gerade der Stephan Scholl aus dem Ahrtal an«, bedeutete dies doch, dass er dessen Festnetznummer sah, oder? Was bedeutete, dass die verschwundenen Scholls wieder im Tal weilten.

Was schlussendlich bedeutete, dass er jetzt sofort mit seinem Käfer dorthin musste, bevor sie wieder weg waren. Auch wenn es seiner Mutter überhaupt nicht gefiel, dass er sich aus dem Staub machte. Sie nannte ihn bei seinem vollen Namen – das war die Höchststrafe.

Auf der Fahrt hielt Julius am Straßenrand, um etliche Telefonanrufe zu führen, mehrere Menschen anzubetteln und an ihre guten Herzen zu appellieren – obwohl er sich sicher war, dass einige gar keines hatten. Denn ihm war eine Idee gekommen. Eine total verrückte, aber in der Küche führten diese oftmals zu den interessantesten Ergebnissen. Manchmal galt es die unterschiedlichsten Zutaten zu kombinieren, um zu sehen, was sich ergab. Statt Lebensmitteln würde er Menschen nehmen. Und garen würde er sie auch nicht – aber ihnen gehörig Feuer unter dem Hintern machen.

Als er einige Zeit später vor dem Weingut der Scholls parkte, sah er sofort, dass er mit seiner Vermutung recht gehabt hatte: Die Scholls waren zurück.

Einen Naturwinzer hatte Julius sich früher als Naturburschen vorgestellt. Idealbesetzung: Heidis Großvater, der Almöhi. Als er Stephan Scholl bei einer Weinpräsentation kennengelernt hatte, wirkte er mit Mittelscheitel und Milchbubigesicht allerdings wie ein Bankangestellter, der sich einen Blaumann übergezogen hatte. Der Winzer stand gerade in einem wandlosen hölzernen Unterstand und hob ein Loch aus.

Tief und groß genug, um einen Menschen darin zu versenken.

Scholl grinste, als er Julius sah. »Kaum ist man eine Stunde im Tal, kommt schon der erste Besuch.« Er reichte Julius die erdverschmierte Hand. »Schön, dass Sie es sind, Herr Eichendorff.« Seine Stimme war freundlich.

»Die Polizei wird sicher auch bald eintreffen.«

Scholl grub weiter. »Soll ruhig kommen.«

»Wo sind Sie denn seit Sonntag gewesen? Alle haben Sie gesucht.«

»Becca und ich sind ans Meer, nach Cadzand-Bad. Am Strand spazieren gehen, Kopf durchpusten lassen, Haifischzähne sammeln und danach gut essen. Wir brauchten das.« Gleichmäßig wie eine Maschine hob Scholl Schaufel um Schaufel aus dem Erdreich.

»Warum gerade nach dem Abend mit Christian See?«

»Sie halten sich nicht gerne mit Small Talk auf, oder?«

»Na ja …«

»Ist schon okay. Ich weiß ja, dass Sie hier der lokale Sheriff sind. Und wenn ich einmal mit Ihnen reden muss, um danach im Tal meine Ruhe zu haben, soll mir das sehr recht sein.«

Julius hob abwehrend die Hände. »Das kann ich nicht garantieren.«

Scholl nickte. »Also was den Kurztrip ans Meer betrifft, das war so eine spontane Idee. Wir sind in der Nacht noch los. Es ist gut, manchmal so verrückte Sachen zu machen.«

»Ist Ihre Frau noch dort?«

»Nein, die ist im Büro. Da hat sich einiges gestapelt. Überall ist was zu tun. Wenn Sie mir helfen wollen, greifen Sie sich die andere Schaufel und schippen Sie die Erde nach da drüben.«

Julius krempelte die Ärmel hoch und packte mit an. »Sie müssen doch gewusst haben, dass alle nach Ihnen suchen.«

»Ja und? Müssen wir deshalb springen? Ob wir hier sind oder nicht, macht keinen Unterschied. Wir wissen nichts.«

»Manchmal weiß man etwas Wichtiges, ohne es zu ahnen. Ein Detail, ein Satz, ein kleines Körnchen Wahrheit, das ein ganzes Getriebe stoppen kann.«

»Sie sind ja ein Dichter, Herr Eichendorff. Müssen die Gene Ihres Vorfahren sein.« Scholl wischte sich mit dem Hemdärmel den Schweiß von der Stirn. »In mir sind auch die Gene meiner Vorfahren tätig. Lange wusste ich nicht, wer oder was sie waren. Mein Vater hat dann aber irgendwann Ahnenforschung betrieben. Er hatte auf einen Adeligen gehofft oder zumindest einen Großgrundbesitzer. Aber nichts dergleichen, eine Dynastie von einfachen Bauern. Mein Vater war enttäuscht, ich bin es nicht. Ganz im Gegenteil, ich bin stolz, Bauer zu sein. Früher war ich Unternehmensberater, aber ich wollte nicht mehr beraten, ich wollte selbst tun.« Er stieß auf einen Stein. »Reichen Sie mir bitte die Spitzhacke?«

Julius reichte sie ihm und war überrascht, wie kraftvoll der schmächtige Mann das schwere Ding schwang. »Und jetzt sind Sie Naturweinwinzer.«

Scholl schnaubte. »Naturwein ist nicht definiert oder zertifiziert. Jeder kann behaupten, er produziert welchen. Meiner Meinung nach ist es eine Lebenseinstellung. Entweder man macht es ganz oder gar nicht. Für mich ist es deshalb auch nur dann konsequent, wenn man auch biologisch arbeitet. Naturwein mit Glyphosat? Schwachsinn!«

»Auch viele Nicht-Biowinzer vermeiden Glyphosat.«

»Das war nur ein Beispiel. Natürlich gibt es nicht nur Schwarz und Weiß. Es gibt naturnah und nachhaltig und was weiß ich. Manches ist ein Marketing-Mäntelchen, manches wird wirklich gelebt. Ich habe mein privilegiertes Leben auf jeden Fall nicht aufgegeben, um jetzt Kompromisse einzugehen.«

»Kannten Sie Christian See gut?«

»Das war aber ein harscher Themenwechsel.«

»Sie scheinen mir ein Mann zu sein, der nicht um den heißen Brei herumredet.«

»Das stimmt. Und nein, ich kannte ihn gar nicht. Samstagabend habe ich ihn zum ersten Mal getroffen, Bobby Pizzer hatte ihn angeschleppt. See hat viel getrunken und viel geredet, aber kaum zugehört. Er war eine Enttäuschung. Von spiritueller Erleuchtung habe ich bei ihm nichts gespürt.«

»Pizzer ging zuerst?«

»Ja, aber See nur wenig später. Vielleicht zehn Minuten. Er wollte hinter Bobby her, zu Fuß durch die Dunkelheit. Na ja, es war eine helle Nacht, Vollmond.«

»Er hätte sich ein Taxi rufen können. Besser müssen bei dem holprigen Weg runter ins Tal.«

Scholl hob einen großen Stein aus der Grube. »Seine Verantwortung. Er wollte es so.«

»Und Sie sind kurz danach mit Ihrer Frau weggefahren? Mit ordentlich Alkohol im Blut?«

»Ich trinke keinen Alkohol. Ja, lächeln Sie nur. Ich bin nicht der einzige Winzer, der abstinent lebt. Mich fasziniert das Handwerk an sich, nicht das Ergebnis.«

Julius blickte hinab in die Grube. »Wofür ist die eigentlich?«

»Für Leichen«, sagte Scholl ernst. Dann lachte er. »Für die Amphoren dahinten. Ich grabe sie ein und lasse die Natur gewähren. Ganz alte Technik. Probieren wir jetzt das erste Mal in dem Maßstab aus. Und wissen Sie, wie wir den Spätburgunder nennen werden?«

»Erdsaft?«

Scholl schüttelte den Kopf. »Vino Furioso – wütender Wein! Latein passt gut in die römisch geprägte Region hier, und der Wein aus dem Ahrtal ist zu Recht wütend, weil die anderen Winzer alle Schindluder mit ihm treiben.« Er spuckte auf den Boden.

»Apropos Schindluder: Haben Sie eigentlich ein Tier?«, fragte Julius. »Einen Hund? Eine Katze?«

»Nein, weder noch. Warum fragen Sie?«

»Es war Tierblut an einem Geldbündel mit zehntausend Euro, das Christian See in der Nacht seines Todes bei sich trug.«

»Ich weiß weder etwas von einem Geldbündel noch von einem toten Tier.«

»Wissen Sie denn etwas von Bill Michael?«

»Ist das der mit dieser schrecklichen Coverversion ›Sie will 'nen Seebär'n als Mann‹?«

»Genau der.«

»Nee, den kenne ich nicht. Wieso? Ist der auch tot?«

»Äh, nein, wieso?«

»Na, weil Sie fragen.«

»Ich wollte nur wissen, ob Sie mit vielen Größen aus dem Showbiz zu tun haben.«

Stephan Scholl schien wenig überzeugt und zog die rechte Augenbraue empor.

In diesem Moment trat seine Frau Rebecca aus dem Haus und ging zu ihm. Als Julius die junge Winzerin sah, eine feingliedrige Frau mit kurzen roten Haaren und blasser, von Sommersprossen übersäter Haut, musste er an das denken, was ihm Gisela anvertraut hatte.

»Erinnere ich Sie an jemanden? Sie schauen mich so irritiert an?«, fragte Rebecca Scholl und reichte ihm die Hand zur Begrüßung.

»Nein, Entschuldigung. Ich war in Gedanken.«

Folgendes hatte Gisela ihm am Abend im »Frais Löhndorf« erzählt, mit leiser Stimme und stockend:

»Als ich zu den Scholls gekommen bin, hab ich den Winzer und einen tätowierten Typen in der großen Probierstube gesehen, sie saßen dort bei Kerzenschein. In der Toilette daneben war auch Licht an. Da hängt ein Vorhang vor dem Fenster, aber der war zur Seite geschoben – von den Schultern der Winzerin. Die knutschte dort nämlich wild mit Christian See, ihre Bluse hochgeschoben, der BH offen. *Das* war der Grund, warum ich keinen Schritt weitergegangen bin. Ich war in dem Moment so geschockt, Julius! Die treiben es da, und der Ehemann sitzt direkt nebenan. Zu drohen, etwas in Brand zu stecken, ist eine Sache, aber einen Ehebruch live zu erleben eine ganz andere. Als ich das mitgekriegt hab, ist mir auf einen Schlag bewusst geworden, wie hirnrissig unsere ganze Aktion war. Wir sind schließlich nicht mehr im Mittelalter – selbst im Ahrtal nicht! Es war nicht leicht, meine Truppe davon abzubringen, unsere Aktion durchzuziehen. Aber wären wir nur einen Schritt weitergegangen, hätten außer mir und meinen beiden Präsidiumsdamen auch alle anderen gesehen, was im Hause Scholl vor sich geht.«

Julius sah sich die Eheleute Scholl an, es gab keine Berührung zwischen ihnen, keinen Blick in die Augen des anderen. Die Winzerin war weder herausgekommen, um ihrem Mann zu helfen, noch um zu schauen, wie weit er war. Sie wollte nur prüfen, was es mit dem Besucher auf sich hatte.

»Ich bin wirklich froh, Sie beide endlich mal auf Ihrem Weingut besucht zu haben«, sagte Julius. »Als ich es das letzte Mal versucht habe, habe ich leider nur Ihren Kellermeister angetroffen.«

»Kellermeister?«, fragte Stephan Scholl. »Wieso Kellermeister? Wir machen doch alles selbst.«

Jeden Tag wurden nun Weinberge abgeerntet, die dunkelroten und goldenen Teppiche in den steilen Hängen verschwanden, um grünen Stoffbahnen Platz zu machen. Ständig fuhren Traktoren herum, das ganze Tal war ein einziges Tuckern und Prötteln. Überholen war wochenlang nicht drin, erst recht nicht mit einem Käfer. Sämtliche Notfallpralinen reichten nicht, um Julius das Warten zu erleichtern, während sich Fragen über die wahre Identität des angeblichen Kellermeisters in seinem Kopf überschlugen.

Er hatte einen Komplettsatz Schokoladenfinger, als er endlich im Weingut ankam, wo sein kurzfristig anberaumtes Kriminal-Experiment stattfinden sollte. Es trug den Namen »Rittergut«, weil der junge Winzer Pascal Ritter hieß. Manchem im Tal gefiel das Wortspiel nicht, von Anmaßung und Hochstapelei war die Rede. Julius dagegen schätzte Witz und Chuzpe des jungen Winzers. Dazu passte, dass er der Einzige war, der sich kurzfristig bereit erklärt hatte, die verrückte Idee umzusetzen.

Offiziell handelte es sich um eine Benefiz-Aktion für die Katzenschutzfreunde Rhein-Ahr-Eifel e.V., weil Christian See Katzen so geliebt hatte.

Als Julius aus dem Käfer stieg, lief Pascal Ritter bereits auf ihn zu, mit so hochrotem Kopf, als hätte er ihn gerade aus einem Ofen gezogen. »Sie sind alle schon da«, sagte er atemlos. Sein linkes Augenlid zuckte.

»Und haben sich noch nicht gegenseitig gesehen?«

»Das ist total kompliziert! Ich musste meinen Barriquekeller als Aufenthaltsraum umfunktionieren, genauso das Büro und das Flaschenlager. Ich habe allen dreien erzählt, sie dürften erst kommen, wenn ich es ihnen sage, weil sonst der Effekt für die Presse kaputt wäre.«

»Gut gemacht«, sagte Julius. »Haben Sie zufällig etwas Schokolade für mich? Meine Vorräte sind erschöpft. Selbst das Reserverad habe ich geleert.«

Ritter sah ihn irritiert an. »Gehen auch Schoko-Frühstücksflocken? Also ohne Milch?«

»Her damit. Aber wir reden nie wieder darüber!«

Schnell brachte er Julius das Gewünschte. »Und wie läuft es in Sachen Nachwuchs, Herr Eichendorff? Schon Erfolg gehabt?«

Julius wären fast die Frühstücksflocken aus der Hand gefallen. »Stand das jetzt etwa schon in der Zeitung?«

»Nein, aber man hört so einiges.«

»Ich kann mir schon denken, von wem. Ihre Mutter ist ja in der Weinbruderschaft, und Gisela hat ihr bestimmt …«

»Mit meinen Eltern gibt es eigentlich keinen Kontakt mehr, schon seit Jahren. Vor allem mit meinem Vatter. Nachdem er mir die Flächen überschrieben hat, bin ich raus aus der Genossenschaft, um mich selbstständig zu machen. Meinen Traum zu leben, wie man so sagt. Das hat er mir nie verziehen, weil unsere Familie zu den achtzehn Weinbauern gehört, die 1868 die Mayschoßer Genossenschaft gegründet haben. Und die ist ja die älteste noch existierende Winzergenossenschaft der Welt.«

Sie betraten die Kelterhalle. An der Wand hing noch ein groß aufgezogenes Foto des ehemaligen Familienglücks, so perfekt arrangiert, dass es sicher als Titelbild einer Preisliste gedient hatte. Vater Ritter ebenso korpulent wie stolz auf dem Sitz eines Traktors vor einem Weinberg, der kleine Pascal strahlend auf seinem Schoß mit einer Flasche Wein in den Patschehändchen. Er kam zu seinem Glück nicht auf den Vater, dessen Gesicht aussah, als wäre es aus alten Kartoffeln zusammengesetzt. Manchmal konnten Gene ein Fluch sein. Mutter Ritter stand vor dem Gefährt, damals eine hübsche Frau, die Haare mit einem bunten Tuch gebunden, Schweißperlen auf der Stirn und einen Bottich mit Trauben in die Kamera haltend.

Julius hatte jedoch keine Zeit, sich über die Vergangenheit Gedanken zu machen, denn die Sekunden der Gegenwart tickten laut.

Drei grüne, quadratische Plastikbottiche standen in der Halle nebeneinander, durch Trennwände separiert. Die Bottiche maßen ungefähr ein mal ein Meter, waren anderthalb Meter hoch und bis auf Kniehöhe mit Frühburgundertrauben gefüllt. Ohne Hilfe kam man weder rein noch raus.

Genau wie benötigt.

»Die Trauben musste ich heute sowieso reinholen«, erklärte Pascal Ritter. »Sonst hätten mir die Wespen alles kaputt gemacht. Die fressen die reifen Trauben ja nicht nur an, sondern höhlen sie von innen aus. Wenn dann die Witterung auch noch mies läuft, haben Botrytis und Essigfäule leichtes Spiel.«

Julius probierte die Trauben, sie schmeckten köstlich. Frühburgunder war der ahrtaligste Geschmack überhaupt. Es kam ihm manchmal vor, als würde seine Kindheit an Rebstöcken wachsen. »Sind die Fotografen da?«

»Ja, also mein bester Kumpel tut so, als wüsste er, was er tut. Was er nicht tut. Der hält heute zum ersten Mal einen Apparat in der Hand. Er weiß nicht mal, wie man das Ding anschaltet. Aber er hat immerhin den Deckel von der Linse bekommen.«

»Völlig egal. Aber ich sagte doch, wir brauchen drei.«

»Ich weiß, und die haben wir auch … irgendwie. Meine Freundin filmt mit ihrem Handy. Die weiß sogar, was sie tut. Und unser Azubi hat eine Spielzeugkamera von seinem Neffen ausgeliehen. Die sieht tatsächlich ziemlich echt aus. Solange man nicht zu nah rangeht. In Wirklichkeit kann man mit der Wasser spritzen.«

»Okay, dann nacheinander reinlassen. Zuerst seine Frau.«

Pascal Ritter ging zum Büro. Bevor er die Tür öffnete, zog er seine Hose ordentlich hoch und fuhr sich durch die Haare. Kurze Zeit später kehrte er mit einer atemberaubenden Schönheit zurück, deren Beine länger zu sein schienen, als Julius es für möglich gehalten hatte. Unfassbar hohe High Heels trugen zu diesem Eindruck ebenso bei wie ein knapp geschnittener Badeanzug aus Silberpailletten, der die Hüftknochen freiließ. Es war Summer Glow, Christian Sees Ehefrau, die Performance-Künstlerin, die bevorzugt mit Nacktauftritten Aufsehen erregte. Für ihre Verhältnisse war sie gerade extrem angezogen. Der Pagenschnitt ihrer pechschwarzen Haare erinnerte genau wie ihr Make-up an das Berlin der zwanziger Jahre. Sie ging wie auf einem Laufsteg, alle Blicke in der Kelterhalle folgten ihr.

Julius kam ihr entgegen, beide Hände zur Begrüßung ausgebreitet. »Vielen Dank, dass Sie so spontan bereit waren, dieses Projekt zu unterstützen! Und das, obwohl der Mord an Ihrem Ehemann erst so kurz zurückliegt. Nochmals mein Beileid dazu.«

»Wenn ich mir von Beileid etwas kaufen könnte, würde mir schon ganz Deutschland gehören.« Ihr Blick hätte Vulkane vereisen lassen können.

»Ich darf Sie in die Mitte bitten, Sie sind schließlich unsere wichtigste … Treterin.«

»Wer sind denn die anderen?«

»Freiwillige. Wir sind froh, dass wir so kurzfristig überhaupt jemanden für unsere Benefizaktion gewinnen konnten. Es sind nur ganz wenige so entgegenkommend wie Sie.«

Summer Glow stöckelte zu ihrem Bottich. »Was sollen denn

diese schrecklichen plastiziösen Trennwände? Sie zerstören jegliche Illusion von ländlicher Idylle!«

»Um Spritzer zu vermeiden.« Es war die unsinnigste nur denkbare Ausrede, deshalb blickte Julius schnell zu Pascal Ritter. »Band ab!«

»Sie meinen die CD?«

Julius nickte. In manchen Momenten merkte man sehr, wie alt man war.

Pascal Ritter schaltete einen Ghettoblaster ein, und Kölner Karnevalsmusik erklang.

»Das ist ja grässlich!«, rief Summer Glow. »Schalten Sie das sofort aus! Man versteht ja sein eigenes Wort nicht.«

»Wir müssen es nur zu Beginn spielen«, brüllte Julius über den Lärm hinweg. »Für unseren Sponsor. Machen wir gleich wieder aus. Treten Sie ruhig schon ein bisschen. Die ersten Schritte sind immer die besten!«

Pascal Ritter stützte Summer Glow, als sie ihre High Heels auszog, und half ihr in den Bottich. Da die Trauben noch nicht zu gären begonnen hatten, betrug ihre Temperatur nur um die zehn Grad. Ein heller Kiekser der Performance-Künstlerin verriet, dass dies nicht die übliche Temperatur ihres Badewassers war.

Julius nickte Pascal Ritter zu, der die zweite, und, nachdem diese im Bottich stand, die dritte Frau hereinführte. Jedes Mal penibel darauf achtend, dass keine Frau eine der anderen sah.

Als alle drei schön trampelten, flutete der Duft von Traubensaft den Raum wie eine große, köstliche Welle. Julius ließ die Musik ausstellen.

»Iiiih, da ist ein Tier drin! Kann da ein Tier drin sein?«, rief die Frau links.

»Nein«, antwortete Julius. »Also kein größeres. Nur kleine Insekten und Spinnen.«

»Das sagen Sie mir jetzt!«, kam es von rechts. »Wenn mich eine davon beißt, muss ich nachher Auftritte absagen.«

»Ist das etwa die De Malle?«, fragte Summer Glow. »Haben Sie ernsthaft diese untalentierte Schlampe mit dazugenommen?«

Julius nickte Pascal Ritter abermals zu, der daraufhin die Trennwände fortzog. Das Experiment ging in seine entscheidende Phase! Er hatte dafür gesorgt, dass drei Frauen, die mit Christian See in Zusammenhang standen und sich abgrundtief hassten, nun in einer Drucksituation waren, der sie sich nicht entziehen konnten. Julius hoffte, dass in dieser ein paar Fünkchen Wahrheit heraussprangen. In der Erregung sagte man häufig mehr, als einem lieb war.

Frauen-Schlammcatchen war eine Sache, eine kulinarisch gesehen völlig uninteressante noch dazu. Eine Maische-Schlacht war dagegen eine ganz andere und eine viel schönere, farblich wie ästhetisch.

Summer Glow begnügte sich nicht damit, die Ballermann-Sängerin zu beschimpfen, sie warf ihr auch gleich eine große Portion Traubenmatsche ins Gesicht.

»Untalentiert?«, konterte Schantalle de Malle. »Dass ich nicht lache! Chris hat meine Stimme und mein Talent geliebt! Er wollte mir seinen größten Song geben.«

Summer Glow lachte auf. »Er hatte nie vor, dir den Song zu geben. Er wollte nur ein Nümmerchen mit dir schieben. Weil du ja für alles zu haben bist.«

Unerwartet traf Summer Glow Traubenmatsche von links.

»Wegen dir durfte ich nicht mehr zu Chris!« Julia Berg begnügte sich nicht mit einer Handvoll Frühburgunder, sie legte konstant nach. »Du wolltest unsere große Liebe zerstören!«

»Meine Güte, die Irre auch noch«, jammerte Summer Glow. »Du warst nur ein Spielzeug für Chris. Und weißt du, warum er mit dir gespielt hat? Weil du ihm kostenlos die Fanpage geleitet hast und weil der Prozess um dein Stalking saugute Presse war. Du dachtest immer, ich stecke hinter der Anklage – als hätte ich mich über sein Fremdpimpern aufgeregt. So eine bourgeoise Scheiße interessiert mich doch überhaupt nicht. Da hätte ich auch viel zu tun gehabt. Ihr wart nicht die Einzigen und erst recht nicht die Besten. Chris hat mir immer alles genau erzählt. Oder woher sollte ich sonst wissen, wie sehr du darauf stehst, anderen die Zehen zu lutschen?«

Nun kamen gleich zwei Ladungen von links.

Summer Glow schien langsam Gefallen daran zu finden und strich sich die Matsche lasziv über den Körper, zu den vermeintlichen Fotografen eine sexy Schnute ziehend. Dann wandte sie sich wieder an Schantalle de Malle. »Und du, Nachtigall, kannst kein bisschen singen. Du weißt es, ich weiß es, er wusste es. Deshalb hast du nur die Songs von seiner Resterampe bekommen, bei denen das nicht allzu sehr auffiel.«

Sie lachte aus vollstem Herzen. Während immer mehr Geschosse von links und rechts abgefeuert wurden, lachte sie weiter und drehte sich dabei, obwohl sie auf diese Weise sogar ab und an Trauben in den Mund bekam. »Ein dionysisches Fest für Chris, den Liebesgott!«, rief Summer Glow und zog ihren glitzernden Badeanzug aus. Alle Fotografen hielten voll drauf, selbst wenn sie nicht wussten, was sie da eigentlich taten und ein Apparat nur eine verkleidete Wasserpistole war.

Dann bewarf Summer Glow Julius und den Winzer.

Und dann erst begann sie zu heulen.

Kochen war wie Sex. Wenn es zu schnell ging, verpasste man das Beste. Und ohne Gefühl artete es in Arbeit aus.

Als Julius in den Kochtopf blickte und wartete, dass die Milch kochte, hatte es nichts von Arbeit. Er war mit den Gedanken ganz und gar in der wundervollen Milch, hatte sich selbst förmlich in ihr aufgelöst.

Er hatte jedoch nicht mit dem Kochen begonnen, um sich in einen Zustand des kulinarischen Zen zu versetzen. Nein, Julius wusste, dass sich seine Gedanken ordneten, wenn er am Herd stand. Mit jeder klein geschnittenen Karotte, jeder gemörserten Nelke, mit jeder Zutat, die ein Gericht näher zur Vollendung führte, nahmen die Gedanken in seinem Kopf wie Zuschauer in einem Kinosaal am richtigen Ort Platz. Selbst bei vollem Haus, wenn es überall dampfte und zischte, wenn die Hitze aus Herden und Öfen strömte, als befände man sich in einem

Vulkan, herrschte in ihm eine aufgeräumte Ruhe. Er war mitten im Werden von Köstlichkeiten, alles hatte ein Ziel, und er durfte sich diesem nur nicht in den Weg stellen. Er musste alles fließen lassen, das Kochen wie das Denken. Die »Alte Eiche« war für ihn Rückzugsort statt Tretmühle.

Gerade kochte er ein Gericht, das ihm seine Mutter immer zubereitet hatte, als er noch klein gewesen war.

Grießbrei mit Rotwein.

Sie hatte es ihm meist dann gemacht, wenn er nicht schlafen gehen wollte. Nach dem Genuss des wohligen Breis war ihm sein Bett stets wie die heimeligste Höhle der Welt vorgekommen. Vielleicht würde er diesen Grießbrei bald für seinen Nachwuchs zubereiten, damit dieser ein ganz klitzekleines bisschen beduselt war. Natürlich verdampfte der meiste Alkohol, aber der homöopathische Rest wirkte Wunder. Es war wie bei »Mon Chéri«. Der Schwips davon zählte auch nicht. Selbst in der Fastenzeit.

Vorsichtig goss er Rotwein in die Milch und gab gehobeltes Marzipan hinein. Der Duft war ein kulinarisches Erlebnis. Wärme und köstliches Aroma waren per se eine großartige Kombination.

Sie ließen ihn für einen Augenblick vergessen, dass die drei Frauen nach der Traubenaktion nicht mehr mit ihm hatten reden wollen. Sie würden zukünftig wohl die Straßenseite wechseln, wenn er sich näherte. Immerhin hatte sich gezeigt, dass sowohl Julia Berg wie auch Schantalle de Malle ein Motiv gehabt hätten, Christian See zu ermorden – falls sie in Erfahrung gebracht hatten, welches Spiel er mit ihnen trieb. Summer Glows Motiv der Eifersucht hatte sich dagegen in Luft aufgelöst. Oder doch nicht? Was hatte ihr Heulanfall zu bedeuten gehabt? Nahm sie alles doch nicht so locker, wie sie vorgab? Was an ihr war Maskerade und was der wahre Mensch? Wusste sie es selbst überhaupt?

Es war an der Zeit, den Weichweizengrieß langsam einzurühren. Julius spürte, wie der Widerstand im Topf mit jeder Umdrehung des Schneebesens wuchs, weil der Grieß aufquoll.

Er liebte es, wenn Lebensmittel genauso an Gewicht und Volumen zulegten wie er.

Julius konnte wieder lächeln. Ab jetzt würde der Tag gut werden! Er war sich sicher, dass jeder Tag nur ein gewisses Maß an schlechten Nachrichten aufnehmen konnte – so wie ein Schwamm nur eine bestimmte Menge Wasser. Bei mehr weigerte sich ein Tag einfach und verwies auf den nächsten oder übernächsten.

Natürlich hatte er oft genug anderes erlebt. So als zöge ein Unglück weiteres an, und je größer ein Klumpen Unglück wurde, desto stärker schien dessen Anziehungskraft auf anderes Unglück zu wirken.

Aber nicht heute!

Der Rotwein-Marzipan-Grießbrei würde die Wende bringen.

Das Telefon klingelte.

Auf eine bedrohliche Art und Weise. Es war Julius schleierhaft, wie sein Telefon das hinbekam, vielleicht war es akustisch hochbegabt.

Er wischte die Hände am Touchon sauber und nahm ab.

»Bill Michael!«, sagte die Stimme am anderen Ende der Leitung.

»Angenehm, Julius Eichendorff. Ich dachte, Sie seien tot. Wie schön, dass dies nicht der Fall ist. Erhängt zu werden wird wirklich maßlos überschätzt.«

»Ich scherze nicht«, erwiderte Anna.

»Na, dann melde dich lieber richtig, wenn du jemanden anrufst«, flachste Julius.

»In diesem Moment melden alle Zeitungen von Flensburg bis zum Bodensee, dass Bill Michael ermordet worden ist. Komisch, oder?«

»Da hat euer Stillschweige-Abkommen aber nicht lange gehalten. Ich koche übrigens gerade meinen Spezial-Grießbrei, davon heb ich dir was auf, für die Nerven. Und ein wenig davon lasse ich antrocknen, um es dann auf den Grill zu werfen. Wer weiß, was passiert.«

Annas Stimme gab nun eindeutige Hinweise, wie wütend ihre Besitzerin war. Je tiefer sie sprach, desto ernster war es. Sie sprang gleich eine ganze Oktave in den Keller. »Weißt du, von wem die Presse die Info hat?«

»Du wirst es mir sicher gleich verraten.«

»Von Bobby Pizzer. Klingelt da was bei dir?«

»Ich hab nicht mit ihm gesprochen.«

»Julius!«

»Ehrlich, hab ich nicht! Eventuell habe ich Stephan Scholl gefragt, ob er Bill Michael kennt. Aber sonst mit niemandem ein Wort. Also alles ganz harmlos.«

»Ich fass es nicht.«

»Kein Wort über Mord oder Tod oder so ist gefallen.« Julius aß zur Beruhigung etwas Grießbrei – und verbrannte sich die Zungenspitze.

»Scholl wird Pizzer angerufen haben, und der hat dann mal bei Bill Michael nachgeschaut, den er nämlich kennt. Superleistung, Julius!«

»Nicht sauer sein. Wenn du sauer auf mich bist, können wir keinen süßen Nachwuchs in die Welt setzen.« Er nahm noch einen Löffel, pustete aber diesmal tüchtig.

»Stimmt, es wäre saurer Nachwuchs. Der schon sauer auf die Welt kommt, weil sein Vater, das alte Klatschweib, den Mund nicht halten kann!«

»Wir hätten dann einen sauren Drops.« Julius lachte. Was mit Grießbrei im Mund immer eine schlechte Idee war.

»Julius, das ist wirklich nicht lustig. Wie steh ich denn da, wenn das rauskommt? Und das tut es bestimmt, deshalb mach ich es jetzt lieber selber bekannt. Und ab heute erzähle ich dir über diesen Fall überhaupt nichts mehr. Eheliche Zweisamkeit ist auch fürs Erste gestrichen. Weil sonst am nächsten Tag die ›Tagesschau‹ darüber berichtet, was wir gemacht haben. Mit bewegten Bildern!«

Endlich hatte der Grießbrei die perfekte Konsistenz. »Mmmmm, köstlich!«

»Du nimmst mich nicht ernst. Das macht mich noch wütender!« Ihre Stimme klang nun fast so tief wie die von Ivan Rebroff.

»Doch, Schatz. Natürlich!«

Anna schnaufte. »Es kann heute spät werden. Wir müssen noch jemanden eingehend befragen.«

»Ah so. Wen denn, wenn ich fragen darf?«

»Darfst du nicht, aber in diesem Fall sag ich es dir, weil du es ohnehin erfährst.«

Julius blickte zum Küchenfenster, das zur Straße zeigte. War dort die ganze Zeit ein Schatten gewesen und hatte sich nun fortbewegt?

Sicher nur Einbildung. Aufgrund des vielen Rotweins, den er vor dem Kochen einer dringend nötigen Qualitätsprüfung unterzogen hatte.

»Es ist jemand, den du sehr gut kennst.«

»Wer denn?«

»Die einzige Person, die in den letzten Tagen sowohl mit Christian See als auch mit Bill Michael in Kontakt stand.«

»Und ihr Name?«

»Sein Name ist … Sitzt du?«

»Nein, aber ich stütze mich an der Küchenplatte ab.«

»Gut. Es ist dein alter Freund Antoine Carême.«

5

»ES FÄHRT EIN ZUG NACH NEUENAHR«

Donnerstag, 6. September

Die Wahrheit hinter den Morden an Christian See & Bill Michael

Der Top-Ten-Killer

– EXPRESS-Exklusiv –

(Bad Neuenahr/Berlin) Christian See und Bill Michael verbindet auf den ersten Blick wenig: Der eine sang zuerst Schlager, fand dann zur Spiritualität und verkaufte Meditations-CDs, der andere brummelte Seemannslieder und pflegte ein raues Außenseiter-Image. Wie der »Express« herausfand, verbindet sie mehr als gedacht. Und was sie verbindet, verbreitet bereits Angst in der Schlagerszene. Der Serienkiller, dessen Taten im Ahrtal begannen, mordet nach einer Top-Ten-Liste der deutschen Single-Charts, die vor genau einundzwanzig Jahren, fünf Monaten und drei Wochen veröffentlicht wurde:

Platz 1: Christian See »Mein Herz hat Flügel«
Platz 2: Bill Michael »Leinen los!«
Platz 3: Katharina Flutkiesel »Wunder gibt es immer«
Platz 4: Ronald König »Mich zu lieben«
Platz 5: Sophie d'Avignon »Ganz Marseille ist ein Theater«
Platz 6: Reinhold Juni »Unter den Wolken«
Platz 7: Victor Pierce »Goodbye Again«
Platz 8: Ronald König »Nicht ein Tag tut mir leid«
Platz 9: Hendrikje »Papa«
Platz 10: Ronald König »Südlich von dir«

Diese Top-Ten-Liste ging als »Goldene Woche des deutschen Schlagers« in die Musik-Geschichte ein. Erstmalig seit den 1950er Jahren belegten deutschsprachige Künstler mit ihren Titeln Platz eins bis zehn. Kinderstar Hendrikje stammt zwar aus den Niederlanden, sang aber nicht in seiner Muttersprache.

Der »Express« rief Katharina Flutkiesel in ihrem Haus auf Ibiza an und konfrontierte sie mit diesen Erkenntnissen. »Die Morde an Chris und Bill verstören mich zutiefst. Was für ein Irrer tut zwei Menschen, wunderbaren Kollegen, die nie etwas anderes wollten, als mit ihrem Gesang den Menschen Freude zu bereiten, so etwas an? Dass ich nun selbst eine Zielscheibe sein soll und aufgrund des dritten Platzes in dieser Liste das nächste Opfer, will ich mir gar nicht vorstellen. Aber ich werde natürlich trotzdem entsprechende Sicherheitsvorkehrungen treffen, Personenschutz beantragen, mein geliebtes Haus verlassen und woanders Unterschlupf suchen.«

Der Viertplatzierte der Todes-Liste, Ronald König, war leider zu keiner Stellungnahme bereit und untersagte, dass man Informationen über seinen aktuellen Aufenthaltsort verbreitet. Da König in der Liste nicht nur Platz 4, sondern auch die Plätze 8 und 10 belegte, könnte seine Ermordung dem Täter so attraktiv vorkommen, dass er sie vorzieht.

Andere Stars der deutschen Schlagerszene engagierten Bodyguards. Auf einer karibischen Insel halten sich nach »Express«-Informationen die Plätze 7, 9, 14 und 22 der Liste auf. Die Schlagerstars haben extra eine private zwanzigköpfige Sicherheitsfirma engagiert, um das Eiland in eine Festung zu verwandeln.

Warum der Täter gerade anhand dieser Liste mordet, ist aktuell noch völlig unklar. Die zuständige Polizeidienststelle in Koblenz will sich nicht an den Spekulationen beteiligen. »Express«-Polizeireporter Wolfgang Baensch, der mit dem Bestseller »Wenn Menschen zu Nummern werden« das Standardwerk zum Thema deutsche Serienmörder verfasste, hat dagegen bereits diverse Theorien: »Vielleicht ist der Täter derjenige, der es aufgrund der anderen zehn Künstler nicht in die Top Ten schaffte – das wäre dann das sich damals auf dem absteigenden Ast befindliche Duo Sandy & Ernie mit »Immer wieder montags«. Oder es ist jemand, dem in dieser Woche zu dieser Musik etwas Schreckliches widerfuhr. Vielleicht starb seine Familie bei einem Autounfall, während die Hitparade lief. Oder auf einer Party betrog ihn die Liebe seines Lebens zu diesen Liedern. Das sind zum jetzigen Zeitpunkt natürlich alles nur Spekulationen, aber genau solche müssen nun angestellt werden. Auch dazu, dass es einen aktuellen Auslöser für diese Mordserie geben muss, sonst hätte sie schon viel eher stattfinden können. Da muss die Polizei ansetzen. Zurzeit sehe ich aber nicht, dass sie das tut.«

Vierundsechzig verurteilte Serienmörder und Serienmörderinnen gibt es in der Bundesrepublik, die für über fünfhundert Morde verantwortlich sind. Der Kölner Kommissar Maximilian Humboldt gilt als ausgewiesener Experte für diese Tätergruppe. »Serienmörder töten aus unterschiedlichen Motiven. Holmes & Holmes unterscheiden vier Typen. Der visionäre Serienmörder ist in der Regel psychotisch und tötet aufgrund von Visionen oder weil ihm Stimmen die Taten befehlen. Der missionsorientierte Serienmörder tötet seine Opfer, weil sie ein bestimmtes Profil erfüllen, zum Beispiel als Prostituierte arbeiten, und wähnt sich in der Rolle eines Vollstreckers mit dem persönlichen Auftrag, diese von ihm als schädlich empfundene Personengruppe zu beseitigen. Der hedonistische Mörder tötet aus Mordlust und Nervenkitzel. Dem machtorientierten Serienmörder geht es vor allem darum, die Kontrolle über Leben und Tod in den Händen zu halten. Beim Top-Ten-Killer ist nach aktueller Faktenlage von einem missionsorientierten Täter auszugehen, der auf einem Feldzug gegen den deutschen Schlager ist.« Aus Kriminologenkreisen wird vehement gefordert, Humboldt in die Ermittlungen einzubeziehen. Gegenüber dem »Express« umriss der Kriminalist ein erstes grobes Täterprofil. »In Deutschland sind Serienmörder mäßig bis durchschnittlich intelligent und suchen sich ihre Opfer normalerweise aus einer Wohnumgebung in einem Radius von dreißig Kilometern. Nun haben wir aber einen Toten im Ahrtal und einen in Berlin, was bedeutet, dass dieser Täter sehr ungewöhnlich für die Bundesrepublik ist. Ein Fall, der Polizeigeschichte schreiben könnte, falls die Kollegen die Ermittlungen endlich richtig angehen.«

Julius spürte das Licht der Morgensonne wie Nadelstiche durch die Lider. Er hatte gestern Abend eigentlich nichts getrunken – aber das ziemlich oft.

Jetzt hatte er drei Kater.

Einer davon schaute ihn gerade mit großen Augen an. Herr Bimmel schnüffelte an Julius' Nase, dann leckte er ihm die Haare. Anscheinend war Julius' Fell nicht so gepflegt, wie der Kater es für angemessen hielt.

Ein wenig Zuwendung tat gut nach dem Streit, den er gestern mit Anna gehabt hatte. Sie hatte ihm auf Teufel komm raus nicht verraten wollen, was es mit Antoine Carême auf sich hatte, und ihm vehement verboten, mit ihm in Kontakt zu treten. Anna war richtig stinkig gewesen, weswegen Julius es für besser gehalten hatte, im Wohnzimmer zu schlafen. Auf dem viel zu weichen Sofa zu liegen war wie Sport für seine Muskeln. Zumindest fühlte es sich jetzt so an.

Er sollte Herrn Bimmel schnell etwas zu essen geben, sonst kam der noch auf die Idee, ihn anzuknabbern. Ein wenig Fenchelsalami müsste noch im Kühlschrank sein, falls Anna sie nicht gegessen hatte. Doch sie bevorzugte während eines Falls probiotischen Joghurt – komplett ohne Salami.

Als Julius in die Küche trat, stolperte er fast über etwas. Verschlafen hob er es auf, wobei ihn sein Rücken uncharmant an die vergangene Nacht erinnerte. Es handelte sich um eine zerknüllte Zeitungsseite, die neben dem Mülleimer lag. Anna musste sie dorthin geworfen und nicht getroffen haben. Jetzt, wo Julius sie in der Hand hielt, sah er, dass sie nicht einfach nur zerknüllt war, sondern so festgedrückt, als hätte Anna sie wieder und wieder gepresst. Es dauerte etwas, bis er sie auseinandergefaltet und glatt gestrichen hatte. Der Artikel behandelte die neuesten Erkenntnisse zur Mordserie.

Julius setzte sich.

Ohne es explizit zu sagen, kritisierte der Artikel die Arbeit der Koblenzer Kripo, ja sprach ihr sogar die Kompetenz ab. Arme Anna, und das nach dem Streit mit ihm.

Blumen würden heute Abend nicht reichen, um ihre Laune zu heben. Er würde einen Film mit Romy Schneider schauen müssen. Oder eher zwei.

Herr Bimmel maunzte.

»Oh, hab dich ganz vergessen, Tiger. Sekunde!« Julius trat schnell zum Kühlschrank und kam mit praktisch portionierter Beute zurück.

Herr Bimmel stellte sich auf die Hinterbeine, doch Julius gab ihm die Scheibe Salami nicht, sondern ließ sie über ihm baumeln.

»Eine Sache verstehe ich bei dem Artikel nicht. Stell dir vor, das hier wäre eine Maus.«

Herr Bimmel schien sich das sehr gut vorstellen zu können, denn er langte mit der Pfote danach.

»Wenn du eine Maus fängst und sie an einem hohen Baum aufhängst«, Julius demonstrierte es zu Herrn Bimmels hörbarem Missfallen mit der Salami, »dann um anderen Mäusen zu zeigen, was du mit ihnen machen willst, oder? Als Drohung.«

Herr Bimmel sprang auf den Tisch, doch die Salami-Maus schwebte immer noch zu hoch.

»Wenn du dann eine zweite Maus fängst, wäre es sinnvoll, mit dieser das Gleiche zu tun. An einen hohen Baum damit.« Julius nahm eine zweite Scheibe Salami. »Aber nein, in diesem Fall hängst du sie ganz tief, sodass niemand sie sieht.«

Mit einem Haps hatte Herr Bimmel sich die Salami geschnappt und sprang damit vom Tisch, bevor Julius sie wieder zweckentfremden konnte.

»Du verstehst, was ich meine, oder?«, fragte Julius den Salami schlingenden Kater. »Warum spektakulär und riskant bei Christian See und unspektakulär sowie auf Nummer sicher bei Bill Michael? Hätte der nicht auch von einer hohen Brücke baumeln müssen? So bestand doch die Gefahr, dass die Polizei diesen Mord unter der Decke hält. Und das soll ein Serienkiller riskieren, der sich auf einer Mission befindet?«

Herr Bimmel hatte die Scheibe Salami verschlungen, die andere hatte Julius gedankenverloren selbst gegessen. Im Magen des Katers wurde nun Raum nicht ausgefüllt, den dieser für eine zweite Salamischeibe vorgesehen hatte. Er hob den Kopf, schnüffelte, dann tapste er zu Julius' Jacke, die über einem Stuhl hing. Nach weiterem Riechen begann er, an der rechten Tasche zu kratzen.

Julius schaute sich das interessiert an. »Was hast du? Meinst du, da steckt ein Leckerli drin? Ist aber ganz bestimmt nicht der Fall, alter Freund.«

Herr Bimmel schien anderer Meinung, und so fasste Julius in die Tasche. Er zog den Hundert-Euro-Schein heraus, den er aus Christian Sees Bündel entwendet hatte. Sein Kater interessierte sich nicht für Wein, also konnte es nur um das Blut an der anderen Seite gehen. Herr Bimmel fixierte sie, als sei sie dick mit Leberwurst bestrichen.

Julius hatte sich ihr bisher nicht gewidmet, da er kein Bedürfnis verspürte, an menschlichem Blut zu schnuppern.

Doch es stammte ja nicht von einem Menschen.

Deshalb führte er den Geldschein zur Nase und sog die Luft tief ein.

Das roch fast wie …

Konnte das sein?

Nein!

Oder?

Wieder roch er daran.

Doch, ganz bestimmt!

Stinkwütend griff Julius seine Jacke und machte sich auf den Weg zum Käfer. Dabei übersah er das Post-it an der Innenseite der Haustür: »Nicht mehr ermitteln, auf gar keinen Fall! Sonst werde ich suspendiert!«

Da es ein wunderschöner Septembertag war, an dem die Sonne zeigen wollte, wozu sie noch in der Lage war, fand Julius die Hausbesitzerin in ihrem Garten an einem Holztisch sitzend, auf dem eine Wachstuchtischdecke mit Klatschmohnmuster lag. Die Hände der Frau steckten in einem unförmigen Berg Fleisch, der sich aus der Entfernung nicht genau bestimmen ließ. Es mochten Eingeweide sein oder Hirn. Als Julius sich näherte, hörte er, dass die Frau leise sang, während ihre Finger matschend durch das Fleisch fuhren.

»Es fährt ein Zug nach Neuenahr / Mit mir allein als Passagier. / Mit jedem Weinberg, der zieht vorbei / Fährt er mich weiter weg von dir.«

Der Körper der Frau verdeckte nun, was sie tat, doch Julius hörte weiter schmatzende Geräusche. Ein Schauder lief ihm über den Rücken.

»Was um Himmels willen tust du da?«, fragte er.

Annemarie drehte sich um. »Ich ehre Christians Andenken«, sagte sie. »Auf diese Art fühle ich mich ihm ganz, ganz nah.«

Erst jetzt erkannte Julius, dass sich der Fleischberg auf einer drehbaren Holzplatte befand. Sekunden nachdem Annemarie dieser einen leichten Stoß versetzt hatte, blickte Julius in die Augen von Christian See. In seine Mett-Augen.

Annemarie hatte den Kopf ihres geliebten Christian aus Mett nachgebildet. Julius musste zugeben: wirklich lebensecht. Und der Sänger hatte noch nie so sehr zum Anbeißen ausgesehen.

Annemarie schien Julius' Überraschung zu spüren. »Ich hab es mit Töpfern versucht, Julius, drei VHS-Kurse lang. Was das ein Geld gekostet hat! Aber egal, was ich getöpfert hab, zum Schluss sah es immer aus, als wäre einer mit dem Trecker drübergefahren. Das war nicht schön. Dann hab ich es mit Seidenmalerei versucht, da suppte immer eine Farbe in die andere rein, alles wurde braun und sah aus wie Linsensuppe. Danach hab ich mit Wachs experimentiert, aber das war eine Riesensauerei. Weißt du, das waren alles nicht meine Materialien. So ein Material, das muss ja auch zu dir passen, also menschlich, und bei mir ist das Mett. Mir fiel plötzlich ein, wie alle immer meine Frikadellchen loben und wie perfekt die Form bei denen ist. Und auch beim Falschen Hasen, den kann man bei mir ja nicht von einem richtigen unterscheiden. Ich sag immer: Selbst echte Hasen würden darauf reinfallen.« Sie kicherte. »Was führt dich her?«

»Was machst du denn mit der Büste, wenn sie fertig ist? Anbraten?«

»Quatschkopf! Die frier ich ein.«

»Liegen da noch andere Köpfe in deiner Tiefkühltruhe? Und sind die alle aus Mett, oder hast du auch Originale?«

»Sag mal, was denkst du denn von mir?« Annemarie rollte eine Haarsträhne aus Mett.

Julius baute sich neben dem Tisch auf, die Arme vor der Brust gekreuzt. »Beim toten Christian See wurde ein Bündel Geldscheine gefunden. Aber das weißt du sicher längst.«

»Ich habe keine Ahnung, wovon du redest.« Annemarie rollte die Haarsträhne so dünn, dass sie riss.

»Oh doch, meine liebe Blutsverwandte. An einem Ende des

Geldbündels war Rotwein von den Scholls, am anderen war Blut.«

»Wie schrecklich!«, sagte Annemarie, während sie versuchte, Christian Sees Nase noch schlanker zu gestalten. Plötzlich hielt sie das ganze Ding in der Hand.

»Heute habe ich mal dran geschnuppert. Roch nach Blut, aber auch ganz leicht nach Essigsud, Lorbeer, Pfefferkörnern, Nelken und Zwiebeln.«

»So was! Das ist ja merkwürdig.« Als Annemarie Christian Sees rechtes Auge glätten wollte, drückte sie es ein.

Jetzt sah er aus wie ein Zombie.

Vermutlich nah am aktuellen Aussehen des Vorbilds.

Julius stützte sich auf die Tischplatte – und roch, dass Annemarie halb und halb genommen hatte.

»Schwarzsauer von Entenklein«, sagte Julius. »Deine Spezialität. Ich kenne niemanden sonst, der so eine Sauerei kocht. Als Andenken an deinen Dieter, dessen Vorfahren aus Ostpreußen stammten.« Er hob drohend den Zeigefinger. »Wenn du jetzt wieder abstreitest, Bescheid zu wissen, beiße ich herzhaft in Christian Sees Kopf. Obwohl nicht mal Zwiebeln drauf sind. Ich hab nämlich noch nicht gefrühstückt!«

Annemarie legte ihre mettverschmierte Hand auf Julius'. »Ist ja gut. Das Geld stammt von mir.«

»Und wieso ist da Schwarzsauer dran? Wolltest du die Scheine markieren?«

»Nee, Quatsch, das war ein Unglück! Ich wollte das Geld immer bei mir haben. Auch als ich am Samstag die Suppe gekocht hab. Hatte das Bündel ins Gewürzregal gelegt. Und als ich das Salz rausgenommen habe, flog es runter und rein. Ich hab es natürlich direkt rausgeholt und abgetupft. Aber Blut kriegt man schwer raus, weißt du ja.« Sie blickte ihn entschuldigend an.

»Weiter«, sagte Julius.

»Wie, weiter?«

»Warum hast du Christian See zehntausend Euro gegeben?«

Annemarie strich dem Schlagersänger zärtlich über die fleischigen Haare. »Du darfst es aber keinem sagen.«

»Ich verspreche dir überhaupt nichts. Spuck es endlich aus.«

»Für mein Museum. Also unser aller Museum.«

»Noch ergibt dein Gerede keinen Sinn.« Julius bekam langsam tatsächlich Hunger auf Mett. Vielleicht könnte er gleich eine Handvoll stibitzen. Ein Ohr oder so.

»Ein Christian-See-Museum im Ahrtal! Genau dort, wo sein erster Fanclub gegründet wurde. Da, wo seine Karriere wegen einer klugen Köchin mit Gespür für Talent begann.«

»Ich verstehe immer noch nicht. – Brauchst du eigentlich das ganze Mett für die Büste?«

»Finger weg!« Annemarie hob drohend die Hand. »Christian hat das Geld für Ausstellungsstücke bekommen. Er hat versprochen, mir Sachen dafür zu geben, die viel mehr wert sind. Aber er wollte es nicht offiziell und über Banken laufen lassen, da sonst die Steuer alles viel teurer für mich gemacht hätte.«

»Ein Engel, dein Chris.«

»Ja, nicht? Aber jetzt ist das Geld weg, und Ausstellungsstücke habe ich auch keine. Deswegen versuche ich es mit Mett. Diese Madame Tussaud hat schließlich ein weltberühmtes Wachsfigurenkabinett eröffnet.«

»Und Frau Burbach bald ein weltberühmtes Mettfigurenkabinett.«

»Von dir mache ich auch eine Büste«, versprach Annemarie.

»Nicht nötig«, erwiderte Julius. »Es würde meine Katzen zu sehr verwirren.«

Es klingelte an der Haustür. Annemarie wischte sich die Hände an der Kittelschürze ab, schlappte ins Haus zur Eingangstür. Als sie zurückkam, wurde sie von einem Mittfünfziger begleitet, der mit seinen grauen Schläfen und den fein geschnittenen Gesichtszügen an den Schauspieler Sky Du Mont erinnerte – nur wirkte er bei Weitem nicht so sympathisch.

»Das ist der Herr Kommissar Humboldt, Julius. Er hat gesagt, dass ich ihn aufs Kommissariat begleiten soll.«

Das war doch der aus dem »Express«. Wie war er bloß so schnell Teil der Soko geworden? Und was sagte Anna dazu? Julius konnte es sich lebhaft vorstellen.

»Und Sie, Herr Eichendorff, begleiten mich ebenfalls.« Humboldts Stimme war wie ein Wetzstein. »Wir haben miteinander zu reden. Aber ohne Ihre Frau.«

Es war lange her, dass Julius im Koblenzer Polizeipräsidium gesessen hatte, um befragt zu werden. Ihm war gar nicht aufgefallen, wie muffig der Teppich roch, wie fahl das Licht schien und wie drückend die Stimmung wirkte. Sonst war er immer hier, um Anna zu überraschen oder auf Feiern die Speisen anzurichten. Fast alle kannten ihn deshalb, grüßten ihn heute aber so kurz angebunden, als hätte man ihnen verboten, ein Wort mit ihm zu wechseln. Julius fühlte sich, als wäre er aus dem Fußballverein geworfen worden.

Auch Annemarie sagte nichts, wie schon die gesamte Fahrt über. Kommissar Humboldt hatte es ihr untersagt. Und er konnte sehr bestimmend sein.

Jedes Mal, wenn sich eine Tür öffnete, schaute Julius, ob es Anna war, die ihn endlich begrüßte und aufklärte. Die ihn beruhigte. Doch nie war sie es.

Die Polizei ließ einen gerne schmoren, das wusste Julius von Anna. Bei vielen reichte das schon, um sie weich zu kochen. Eine Stunde im Gang und es hatten sich genug Ängste angesammelt, um alles auszuspucken, was man wusste. Waterboarding war in Koblenz nicht nötig.

Leider lagen seine frisch aufgefüllten Notfall-Globuli, eine Tüte Rumkugeln, im Käfer. Aktuell hätte ihm aber sogar Notfallknäckebrot geholfen. Er wollte irgendetwas kauen.

Die Tür zu Annas Büro öffnete sich, und Humboldt schaute heraus, der Blick zuckend, als stünde er unter Starkstrom.

»Kommen Sie beide bitte herein.«

Humboldt hatte Annas Grünpflanzen in eine dunkle Ecke gestellt und die Fotos von Julius' berühmtesten Gerichten abgehängt. Die Schmutzränder an der Raufasertapete kündeten von dem Verlust.

»Setzen Sie sich.« Humboldt blickte sie nicht an, sondern nur seine Hände, deren Fingerspitzen er aneinanderlegte. »Normalerweise würde ich Sie einzeln befragen. Aber was ist hier schon normal? Der eine Verhörraum wird gerade neu gestrichen, und in dem anderen stapeln sich Akten.« Er schaltete ein Aufnahmegerät an und stellte es auf den Tisch.

»Donnerstag, der 6. September, elf Uhr vierunddreißig. Anwesend sind Kriminalhauptkommissar Maximilian Humboldt, Annemarie Burbach und Julius Eichendorff.« Nach der Zeugenbelehrung wandte sich Humboldt an Annemarie. »Frau Burbach, hat Ihr Vetter Sie zu dem Mord an Christian See befragt?«

»Darf man mit Verwandten denn nicht darüber reden? Jeder im Tal redet doch darüber.«

»Beantworten Sie meine Frage.«

»Wir haben nur über Mett gesprochen. Er ist da ja Experte. Ob halb und halb oder nur Rind besser ist, wenn man eine Büste moduliert.«

»Modelliert«, korrigierte Humboldt. »Ich darf Sie daran erinnern, dass eine Falschaussage strafbar sein kann.«

»Und ich darf Sie daran erinnern, dass ich noch nicht mal etwas zu trinken bekommen habe!«

Julius musste grinsen. Annemarie ließ sich nichts gefallen, von niemandem.

»Ich weiß ja wohl am besten, über was ich mit dem Julius gesprochen habe«, ergänzte sie. »Über Mett nämlich.«

»Glauben Sie ernsthaft, ich traue Ihnen? Einer Frau, die uns mehrfach nicht nur Informationen vorenthalten, sondern auch bewusst belogen hat? Einem fanatischen Fan, der aus Mett den Kopf seines Idols formt?«

»Ich hab auch schon den Kopf von meinem Dieter geformt. Und da beschwert sich keiner drüber. Im nächsten Jahr will ich den Kölner Dom aus Mett angehen. Den lass ich dann vom Kardinal segnen.«

Humboldt knallte beide Hände flach auf den Tisch. Annemarie zuckte zusammen.

»Sind Sie in der Nacht von Christian Sees Ermordung nochmals zum Weingut gefahren?«

»Nein.«

»Ich wiederhole die Frage: Sind Sie nochmals hoch zum Weingut der Scholls?«

»Nein.«

Humboldt legte eine unterschriebene Textseite vor sie. »Das ist eine eidesstattliche Versicherung Ihrer Nachbarin Frau Triblewska, dass Sie um kurz nach zwölf noch einmal in Ihren Wagen gestiegen sind.«

»Ich bin Zigaretten holen.«

Dabei rauchte sie gar nicht, dachte Julius. Und wandte den Kopf ab, damit Humboldt sein Grinsen nicht sah.

»Ich sehe Ihr Grinsen, Herr Eichendorff. Das hier ist kein Spiel, Herrschaften. Wir benötigen alle Informationen zur Tatnacht, sonst müssen noch mehr Menschen dran glauben. Ihre Kooperation ist kein Gefallen, den Sie mir tun müssen, sondern Ihren Mitmenschen.« Humboldt schob einen weiteren Bogen Papier über den Tisch zu Annemarie, dieser zeigte eine Karte des Ahrtals mit einer rot markierten Wegstrecke. »Wir haben die GPS-Daten Ihres Handys ausgewertet, Frau Burbach. Sie waren um null Uhr vierzehn noch mal am Weingut und sind um null Uhr sechsundzwanzig wieder gefahren.«

»Hatte ich total vergessen.«

»Frau Burbach!«

»Das war ja alles so aufregend.«

Wieder dreist gelogen. Die Burbach-Gene. Irgendwann würde einer von ihnen in die Politik gehen und die Welt unterjochen. Dann würde Mettwurst-Kneten sicher an Kunstschulen unterrichtet.

Doch Humboldt hatte recht, die Sache war ernst. Auch einen anderen Aspekt betreffend. Falls Annemarie des Mordes verdächtigt wurde, würde Anna der Fall entzogen. Zeugin war eine Sache, Verdächtige eine andere, wenn ein verwandtschaftliches Verhältnis bestand.

Deshalb galt es jetzt der Verwandtschaft beizustehen.

»Annemarie vergisst manchmal Dinge«, sagte Julius. »Das war schon immer so, ab und zu verschwinden mehrere Stunden aus ihrem Kopf. Und ganz ohne Alkohol.«

»Das, was Julius sagt, das stimmt.«

Humboldts Hände verkrampften sich so sehr, dass die Adern hervortraten. »Können Sie denn wenigstens versuchen, sich wieder zu erinnern?«

»Aber ja. Kaffee hilft dabei. Und Kekse. Beim letzten Mal, als ich hier war, gab es Kekse.«

»Beim letzten Mal, als Sie sich den Unterlagen zufolge an nichts erinnert haben.«

»Waren wahrscheinlich zu wenig Kekse«, sprang Julius ihr zur Seite.

Humboldt blickte sie an, das Zucken seines Blicks war stärker geworden. »Sie verarschen mich beide! Und vergeuden meine Zeit!«

Julius sah Annemarie streng an.

Sie hob das Kinn und setzte sich betont gerade. »Mir fällt eben ein, dass ich tatsächlich noch mal da war. Ich hatte mir Sorgen gemacht. Weil der Christian mit diesem komischen Typen dahingefahren war. Aber als ich ankam, waren nur noch die Scholls im Weingut und stritten sich. Der Christian war weg und auch dieser Tätowierte.«

Humboldt lehnte sich vor. »Das war alles? Dafür haben Sie zwölf Minuten gebraucht?«

»Ich hab den Christian dann gesucht. Dachte mir, dass er vielleicht zu Fuß gegangen ist. Hätte sich natürlich auch von einem Taxi abholen lassen können.«

»Hat er nicht, das haben wir geprüft. Wir vermuten, dass Sie ihn wieder mitgenommen haben.«

»Ich? Nein!« Annemarie stand auf. »Dann wäre der Christian jetzt nicht tot!«

Humboldt schwieg.

Annemarie sah gar nicht ein, sich wieder zu setzen. »Kaum bin ich drei Schritte gegangen, hab ich ihn gesehen.«

»Sie haben Christian See gesehen?«

»Ja, aber er war nicht allein. Christian hat mit einer Frau geküsst.«

»Wer war die Frau?«

»Das weiß ich doch nicht!«

»Ja, aber wieso denn nicht?« Humboldt schien kurz davor, sich die Haare zu raufen.

»Da störe ich doch nicht. Ich bin wieder zurück zu meinem Auto.«

»Haben Sie denn überhaupt nichts erkannt? Größe, Frisur, Kleidung, irgendetwas?«

»Nee, ich hab direkt weggeguckt. Ich mag das nicht, wenn sich welche küssen, auch nicht im Fernsehen, da schau ich immer direkt woandershin.«

Anna stürmte aus dem benachbarten Büro herein. Sie nickte Annemarie kurz zu, würdigte Julius dagegen keines Blickes. Aus dem Zimmer ertönte ein Lied, der Radiomoderator sprach über die Anfangstakte. »Neu eingestiegen auf Platz drei in den deutschen Singlecharts DJ B. Pizzer mit ›Leben, lieben, lächeln, trinken‹.«

Annas Stimme übertönte das Lied, mit so viel Druck sprach sie. »Antoine Carême ist endlich zu einer Aussage bereit und will erklären, wie es wirklich zu der Verletzung an seinem Arm kam, als er mit Bill Michael unterwegs war. Ich glaube, wir haben ihn!«

Annemarie musste noch in Koblenz bleiben, doch Julius durfte gehen. Humboldt ermahnte ihn allerdings, sich nicht mehr einzumischen.

In der »Alten Eiche« herrschte Hochbetrieb, das Mittagsgeschäft brummte, der September war Hauptsaison an der Ahr. Von überallher kamen die Menschen, um den Rotweinwanderweg zu gehen. Und alle fanden, sie hatten sich danach ein ordentliches Essen verdient. Aus dem Ahrtal kehrte niemand schlanker zurück, als er gekommen war.

Julius begrüßte die Gäste im Speisesaal und ging dann durch zur Küche, wo er FX ächzend neben vier Weinkartons vorfand.

»Die soll ich für den Herrn Südafrikaner in den Weinkeller schleppen. Des kann er mal schön selber machen.«

»Stell sie ihm wenigstens an die Kellertreppe. Sei so gut, du bist doch solch eine Seele von Mensch.«

»Ein Arsch von einem Mensch, des bin ich. Aber ein fescher!« FX hob den ersten Karton und trug ihn rüber in den Speisesaal.

Das Team der »Alten Eiche« war wie ein perfekt austariertes Uhrwerk. Nein, es war sogar noch besser, denn wenn ein Schräubchen fehlte, übernahmen andere dessen Aufgabe. Nur dadurch konnte sich Julius seine Ausflüge leisten – und sich nun an den Grill stellen.

Die Post hatte heute mehrere Pakete gebracht, über die er sich sehr freute.

»Kohle ist nicht gleich Kohle«, sagte er zu niemand Bestimmtem. Einige nickten, andere blickten sich um, ob irgendwo eine versteckte Kamera angebracht war. »Ein guter Koch ist immer auch Alchemist, der versucht, aus unterschiedlichen Zutaten Gold herzustellen. Dafür sind Experimente nötig!« Er öffnete die erste Packung. »Das hier ist Kokoskohle, aus Kokosnussschalen. Raucharm, versprüht keine Funken, spritzt nicht und ist geruchsneutral. Eignet sich besonders gut für Long Jobs wie Pulled Pork, Ribs oder Brisket.« Aus dem zweiten Paket zog er eine weitere Tüte. »Bambus! Gepresste Späne. Glühen durch ihre dreiundneunzigprozentige Kohlenstoffreinheit im Optimalfall mit einer Temperatur von bis zu tausend Grad Celsius.«

Diesmal nickte niemand, stattdessen versuchten alle, etwas Abstand zu Julius und dem Grill zu gewinnen.

»Doch Hitze ist nicht alles!« Julius öffnete das letzte Paket. »Whisky-Wood-Chips sowie hochwertige Buchen- und Akazienholzkohle, zu hundert Prozent biozertifiziert, chemie- und giftstofffrei, verleiht dem Grillgut einen einzigartigen Geschmack.« Julius roch und leckte mit der Zungenspitze daran.

In diesem Moment trat das Fernsehteam ein.

»Jay, bleib so, das nehmen wir auf!« Ludger Maurer hob den

Daumen. »Kannst du auch reinbeißen? Wie in ein Gold-Nugget?«

»Nein«, antwortete Julius. »Und ihr lasst mich heute mal ganz in Ruhe arbeiten. Filmaufnahmen hin oder her. Alles muss dann immer schnell, schnell gehen. Natürlich ist Grillen meistens eine Garmethode mit relativ kurzer Zeit und hoher Hitze. Aber umso genauer muss man vorbereiten, was und wie man etwas tut. Sonst scheitert man kläglich. Man muss beim Grillen ständig Herr der Lage sein, weil es Kochen in Zeitraffer ist. Grillen, das ist der Hundert-Meter-Lauf des Kochens! Marinieren dagegen ist ein Marathon. Und doch gehören beide zusammen.«

Maurer drehte sich zu seinem Team. »Habt ihr das? Oh, ich bete, dass ihr das habt.«

Julius sah ihn an. »Ich komme gerade von einer Befragung bei der Polizei in Sachen Mordserie und brauche heute mal ein bisschen Zeit für mich.«

Ludger Maurer rieb sich demonstrativ die Hände. »Das wird ja immer besser! Ist absolut super, wenn du zu dem Serienkiller befragt wurdest, das ist ein aktueller Aufhänger für unsere Kochshow. Damit bringen wir dich jetzt schon in dieses Morgenmagazin und machen dadurch Werbung dafür. Nur der Mörder solltest du nicht sein.«

»Nein? Sicher?«

»Ja, absolut. Wir bekommen nie eine Drehgenehmigung für den Knast.«

»Also falls ich es bin, lasse ich mich besser nicht schnappen?«

»Ganz genau, guter Mann!« Maurer lachte. »Irgendjemand, den wir noch dazu einladen sollen? Die bei ›Frühschicht‹ haben gerade dieses Konzept, wo ein Gast einen anderen trifft, den er schon immer mal kennenlernen wollte. Ob Gina Wild oder den Bundespräsidenten, wünsch dir was!«

Es gab tatsächlich einige Personen, die Julius gerne mal treffen würde. Andere Köche, Musiker, Schauspieler, Schriftsteller, die Liste war lang.

Sein Handy summte, eine SMS war eingetroffen. Sie stammte

von Anna. »Wehe, du ermittelst weiter! Keine Gespräche mit Antoine, keine mit irgendwem!!! Das kostet mich sonst meine Stelle! Wegen dir haben sie mir in einer Nacht-und-Nebel-Aktion schon diesen Arsch von Humboldt vor die Nase gesetzt! Wünsche eine schöne Woche auf dem Sofa!!!«

Neun Ausrufezeichen in einer einzigen SMS waren sogar für Anna Rekord.

Er durfte also mit niemandem reden?

Es sei denn, das ließ sich nicht vermeiden, oder? Dann konnte er schließlich nichts dafür.

Julius blickte zu Ludger Maurer. »Bobby Pizzer. Den oder keinen. Und er darf nicht wissen, dass ich der andere Studiogast bin. Es muss eine Überraschung sein. Das Zusammentreffen mit mir kommt dann viel besser.«

»Jay, du bist genial! Der geht doch gerade durch die Decke mit seinem Song.« Er drehte sich zu seinem Kameramann. »Du hast den doch als Klingelton, oder? Spiel mal ab.«

Der Kameramann frickelte ein Handy aus seiner schwarzen Lederjacke und drückte ein paarmal drauf, bis die ersten Töne erklangen.

»Komm trink ein Glas Wein mit mir / Es kommt von der Ahr, es kommt von hier / Menschen leben, lieben, lächeln, trinken / Woll'n tanzend in der Welt versinken.«

Vanessa sah von ihrer Pâtisserie-Station auf. »Das ist aber nicht das Lied, das Christian Sec gesungen hat.«

Julius legte die Kohle auf den Tisch, die er die ganze Zeit noch in der Hand gehalten hatte. »Nicht?«

»Nein, das ist bloß ähnlich. Wie eine schlechte Kopie. Man kann das Original erkennen, aber es kommt nicht ran.«

Julius ging zu Maurer. »Wie schnell kann ich in die Sendung? Morgen?«

»Du bist ja von der ganz schnellen Truppe. Anfragen kann ich, aber normalerweise planen die eine ganze Woche durch. Da müsste schon jemand abspringen.«

»Sag ihnen, morgen oder gar nicht. Und dass ich ein wenig über den Mord erzählen kann.«

»Jay, ich erkenne dich gar nicht wieder!«

Dann fiel der erste Schuss.

Der zweite folgte kurz danach.

Aus dem Speisesaal drangen Schreie.

Die Küchenbrigade erstarrte, nur Julius nicht, der sich den Deckel eines großen Kochtopfs griff, in dem seit Stunden ein Fond köchelte. Er trat durch die Schwingtür, während weitere Schüsse fielen.

Die Gäste hatten unter den Tischen Schutz gesucht, einige hielten ihre Handys ans Ohr und riefen um Hilfe.

Die Schüsse schienen von der Treppe zum Weinkeller abgefeuert zu werden, dort musste sich der Schütze aufhalten.

Etwas streifte Julius am Ohr. Er erwartete einen höllischen Schmerz, der durch seinen Kopf schoss, erwartete warmes Blut, das über die Wange rann, und einen Schock, der ihm die Sinne raubte.

Doch nichts davon war der Fall.

Stattdessen passierten mehrere Dinge gleichzeitig.

Ein Mann stand auf und rannte zum Ausgang, den Kopf mit den Armen geschützt. Julius sah ihn zwar nur von der Seite, doch er war sicher, dass er ihn kannte. Aber woher bloß?

Jetzt zog er eine Waffe und schoss in den Raum.

Diese Schüsse klangen anders.

Gleichzeitig fielen Julius die pilzförmigen Korken auf, wie man sie aus Sektflaschen kannte. Sie lagen verstreut im Speisesaal.

Sein Blick sondierte die Treppe zum Weinkeller. Dort standen die drei Kartons mit Weinen der Scholls.

Oben wiesen sie nun zahlreiche Löcher auf.

Julius war sofort klar, was hier geschehen war. François hatte FX deshalb gebeten, die Kartons in den Weinkeller zu tragen, weil er Sorge hatte, dass die Naturweine bei höherer Temperatur nachgärten. Vermutlich handelte es sich um eine schäumende Spielform der Naturweine, den Pétillant Naturel. Übersetzt bedeutete es »Natürlich prickelnd«. Das Besondere war, dass die Flaschengärung nicht erst auf der Flasche startete, sondern der Winzer einen bereits gärenden Most in die Flasche umfüllte. Dort gärte er dann unter hermetischen Bedingungen zu Ende, was zur Kohlensäurebildung führte. Der Zeitpunkt der Umfüllung des Mosts war von entscheidender Bedeutung. Wer hier Fehler machte, schuf Bomben.

Wieder knallte eine.

Doch Julius kümmerte sich nicht darum. Er wollte jetzt nur eines: den Fliehenden erwischen.

Es war eine schlechte Idee, die »Alte Eiche« zu verlassen, ohne die Gäste darüber zu informieren, dass sie nicht in Gefahr waren.

Und es war eine geradezu hirnrissige Idee, hinter einem bewaffneten Mann herzurennen, wenn man selbst unbewaffnet war.

Doch das fröhlich sprudelnde Adrenalin in Julius' Blutbahnen ließ ihn all das vergessen.

Er hielt es für eine grandiose Idee.

Mehr noch: für die einzig mögliche.

Der Fliehende war gute hundert Meter entfernt und schloss hektisch einen schwarzen Lancia Delta auf. Julius sah seinen Käfer am Straßenrand stehen. Im richtigen Licht wirkte er geradezu schnittig.

Am schnittigsten sah der Wagen im Dunkeln aus, wenn man nicht erkennen konnte, um was für ein Gefährt es sich handelte.

Mit quietschenden Reifen raste der Lancia an Julius vorbei Richtung Bad Neuenahr. Julius schloss den Käfer auf, quetschte sich umständlich hinein und bekam ihn schon beim dritten Versuch gestartet. Nachdem er den Durchfahrtsverkehr abgewartet hatte, wendete er in drei Zügen und folgte dem Lancia mit pröttelndem Motor. Dem Käfer machte es nichts aus, dass er das Gaspedal durchtrat. Es gab Wagen, die sich hetzen ließen, und es gab in sich ruhende Charaktere wie Julius' Käfer.

Den Lancia sah er in der Ferne davonziehen.

Das Gute an einer Verfolgungsjagd im Ahrtal waren die Ampeln. Sie tauchten an den unsinnigsten Stellen auf. Deshalb verschwand der Lancia nie vollends aus Julius' Blick. Sie passierten Ahrweiler, Walporzheim, Marienthal und schließlich Dernau, wo der Lancia nach der Tankstelle rechts abbog, die Panoramastrecke Richtung Grafschaft nehmend. Als sie durch Alteheck und Esch fuhren, bekam Julius den Eindruck, der schwarze Sportwagen habe kurze Aussetzer. Längst musste der Flüchtende gemerkt haben, dass ein alter Käfer ihn verfolgte. An der T-Kreuzung zur 257 nahm der Lancia nicht den Weg Richtung Autobahn, wo er Julius problemlos hätte abhängen können, sondern den nach Kahlenborn – und zog sofort davon.

Verdammt!

Julius wurde von einem E-Bike überholt. Der sicher Achtzigjährige auf dem Sattel grüßte ihn freundlich.

Was hatte er sich nur dabei gedacht, mit dem Käfer einen Lancia zu verfolgen? Genauso gut hätte er ein Bobby-Car nehmen können.

Doch als er aus Kahlenborn herausfuhr, sah er den schwarzen Wagen am Straßenrand stehen, Rauch stieg aus der Motorhaube empor.

Ohne Fahrer.

Der lief gerade einige Meter weiter – und bog nach rechts ab.

Julius wusste, wohin es dort ging.

Der Bursche hatte keine Chance!

Schnell bog er mit seinem Käfer auch dorthin ab und nahm den nächstbesten freien Parkplatz. Über dem Eingang verkündete ein Schild mit schwungvoller Schrift »Sommerrodelbahn Altenahr«.

Da kein Eintritt erhoben wurde, war der Kerl einfach durchgerannt.

Jetzt hatte er ihn! Julius musste ihn nur einholen.

Sein Kochkörper war allerdings ebenso wenig für das Laufen gemacht wie der Käfer für die Rennstrecke. Ab und an musste er zum Gehen wechseln. Und ein paar Pausen einlegen. An einen Baum anlehnen war auch nicht schlecht.

Als er endlich in der Anlage ankam, saß der Flüchtende bereits in einem der Schlitten. Anscheinend ohne bezahlt zu haben, denn zwei ältere Männer mit Sommerrodelbahn-Jacken redeten auf ihn ein. Einer trug einen prächtigen weißen Vollbart, der andere eine Schiebermütze. Ansonsten war nichts los, was am kühlen Wetter liegen mochte, wobei die Bahn selbst bei leichtem Regen geöffnet hatte.

Als Julius sich näherte und völlig außer Puste auf den Flüchtenden deutete, sagte der Vollbart zur Schiebermütze: »Er gehört zu Julius Eichendorff, alles gut! Fahr hoch.«

Und schon wurde der Schlitten des Flüchtenden emporgezogen.

»Wie schön, Sie mal hier zu sehen, Herr Eichendorff«, sagte der Vollbart zu Julius, als dieser sich bis zum Startpunkt geschleppt hatte. »Auch mal eine Runde? Geht heute aufs Haus.«

Der Flüchtende war bereits drei Schlitten entfernt und wurde stetig hinaufgezogen.

»Stoppen Sie das Ding«, sagte Julius atemlos. »Oder besser: rückwärts laufen lassen.«

Die beiden Alten lachten. »Haben Sie Schiss?«

»Nein, der Mann ist ein Verbrecher. Ich muss ihn aufhalten.«

»Ja, klar. Jetzt setzen Sie sich erst mal rein.« Der Vollbart bugsierte Julius in den Sitz. »Nach so einer Fahrt geht es einem gleich viel besser. Die Beine schön ausstrecken, genau so. In der Mitte, das ist die Bremse. Bei ihrem Gewicht in den Kurven ruhig mal benutzen!«

Und schon zog das Seil ihn empor. Zweihundert Meter würden es sein, das wusste Julius. Zweihundert Meter mit ständiger Angst, hintenüber zu kippen. Seine Hände verkrampften sich um die Bremse – obwohl sie bergauf völlig nutzlos war.

»Ich kriege dich, hörst du das!«, rief er in Richtung des Flüchtenden.

Der drehte sich nicht mal um.

Das war schlecht.

Er schoss nicht auf Julius.

Das war gut.

Julius dachte kurz darüber nach, auszusteigen und brüllend zu ihm zu rennen. Doch der Schlitten war zu weit entfernt, die

Steigung zu steil, und für Brüllen fehlte ihm die Luft. Er konnte nur warten und sich im Schneckentempo ziehen lassen. Bei der Abfahrt würde er ihn sich gleich schnappen!

Endlich tauchte die letzte Biegung vor ihm auf. Danach würde es abwärts gehen. Über einen halben Kilometer mit sieben Kurven. Julius war noch gar nicht richtig losgefahren, da bremste er schon. Und wie er bremste. Mit all der Panik, die in ihm steckte. Er bremste so sehr, dass er den Bremshebel abbrach.

Und an Tempo zulegte.

Da er einen Bilderbuch-Kochkörper besaß, beschleunigte der Rollschlitten mit enormem Tempo. Julius schrie, doch das ließ ihn kein bisschen langsamer werden. Rasant näherte er sich den leeren Schlitten vor sich. Schnell hatte er den ersten getroffen und schob ihn vor sich her, dann folgten zwei und drei. In den Edelstahlkurven schlidderte sein Rodel enorm in die Höhe und drohte ein ums andere Mal aus der Bahn zu schießen. Julius spürte den Wind zischend im Gesicht.

Jetzt konnte er den Rodel des Flüchtigen erkennen.

Bald würde er bei ihm sein.

Wenn er richtig gezählt hatte, folgten nur noch zwei Kurven, dann gelangten sie wieder zum Startpunkt. Der Bursche würde es sicher nicht wagen, drei Männer zu erschießen, er konnte nur weiter fliehen, aber diesmal würde es ihm nicht gelingen!

Doch als Julius aus der Kurve kam, sah er einen leeren Rodel auf der Strecke stehen – auf den er mit vollem Tempo zuraste.

Abseits der Bahn lief der Mann Richtung Wald davon.

Aber als Julius' Rodel krachend den stehenden rammte, unterlief ihm ein Fehler.

Er drehte sich erschrocken um.

Und zeigte sein Gesicht.

Es war der Kellermeister der Scholls.

Der gar nicht ihr Kellermeister war.

6

»SECHS UHR FRÜH IN DEN STRASSEN«

Um seine Nerven zu beruhigen, stellte Julius auf dem Rückweg das Radio an. Leider spielten sie Christian Sees »Das war deine letzte Chance zum Glück«. Ein Lied, mit dem er die Trennung von seiner ersten Frau verarbeitet hatte. Oder besser gesagt: kein bisschen verarbeitet hatte. Und Julius musste an Anna denken, an den Streit, den sie hatten, an den nächsten Streit, den sie haben würden. Er schaltete aus.

Im Rückspiegel verschwand der schwarze Lancia. Er hatte ihn sich genau angesehen und mit dem Handy abfotografiert. Im Inneren war der Wagen regelrecht abgerockt gewesen, leere Verpackungen, überall Krümel von Backwaren, auf dem Boden etwas, das wie rotes Wachs aussah, und Schokoladenflecken. Der zweite Teil des Kennzeichens wies darauf hin, dass der Fahrer Fan des 1. FC Köln war: BM-FC 1144. Julius hatte überlegt, an dem Wagen zu warten, bis der Eigentümer zurückkehrte, aber das konnte dauern. Er rief in der »Alten Eiche« an, damit sein Team sich bei der Beobachtung abwechselte.

Von all dem konnte er Anna nicht berichten. Sie wäre viel zu wütend, um ihm zuzuhören. Und was er ihr zu erzählen hatte, würde sie nur noch wütender machen. Wieder einmal hatten ihn Nachforschungen in Gefahr gebracht. Die Angst um ihn konnte er ihr nicht zumuten. Er musste schweigen. Und alle in der »Alten Eiche« auch. Die polizeilichen Ermittlungen zu der Schießerei durften auf keinen Fall mit ihm oder dem Mord an Christian See in Verbindung gebracht werden.

Immerhin versuchte sein Ahrtal ihn die Sorgen vergessen zu lassen, das Wetter klarte auf. Es war unfassbar schön, wenn die Farben im Herbst in die Weinberge einzogen. Tauchte die Sonne nach einem kurzen Regen auf, funkelten die Hänge, als würden keine Trauben, sondern Edelsteine an den Rebstöcken wachsen. Vor ihm in der berühmten Lage Dernauer Pfarrwingert waren Dutzende Lesehelfer unterwegs, um die vollreifen Trauben trocken und gesund in kleine Bütten zu ernten. Es galt das gute Wetter auszunutzen, denn wenn es im Herbst plötzlich warm und feucht wurde, verbreiteten sich Pilzkrankheiten rasend schnell.

Auf einmal sprang jemand auf die Straße und hob wedelnd die Arme, damit er anhielt.

Es war seine Mutter. Sie trug alte Kleidung und rote Gummihandschuhe, in einer Hand hielt sie eine Rebschere.

Julius trat auf die Bremse und kurbelte das Fenster herunter.

Seine Mutter beugte sich zu ihm hinein. »Du kommst ausnahmsweise mal zum richtigen Zeitpunkt. Park den Wagen und red mit Renate Ritter.«

»Warum? Ich hab gerade keine Zeit.«

»Wenn ich dir sage, du redest mit Renate, dann tust du das auch. Oder glaubst du, ich bitte dich leichtfertig um etwas?«

»Du bittest mich nicht, du befiehlst.«

»Das von einem Sohn, der noch etwas gutzumachen hat! Der es nicht für nötig hielt, die eigene Mutter über seinen Nachwuchs zu informieren.«

»Es gibt noch keinen Nachwuchs! Und wie es momentan aussieht, wird es auch nie welchen geben, weil … Ach, Himmelherrgott, ich park ja schon den Wagen. Worüber soll ich denn überhaupt mit der Ritter reden?«

»Das soll sie dir mal schön selbst erzählen. Die arme Frau ist dahinten in der dritten Reihe.«

Nachdem Julius einen Platz für seinen Käfer gefunden hatte, machte er sich auf den Weg zu Renate Ritter. Pralle Frühburgundertrauben wurden währenddessen Bütte für Bütte auf den Anhänger eines Traktors geladen. Ihr Duft lag in der Luft wie ein köstliches Versprechen. Der Sommer hatte es gut mit dem Tal gemeint und dem Herbst gesagt, er solle es nicht verderben. Normalerweise führten die Spitzenwinzer mehrere Selektionsdurchgänge in den Weinbergen durch, schnitten zuerst faule oder unreife Trauben heraus, bevor die Hauptlese begann. In diesem Jahr war das nicht nötig gewesen, alles war reif und gesund.

Renate Ritter aß gerade ein paar Beeren, als Julius in ihren Rebgang trat. Eine drahtige Frau mit ernstem Gesicht, in das die Sorgen viele Furchen gezogen und keinerlei Platz für Lachfalten gelassen hatten. Er hatte sie zuletzt beim Essen der Weinbruderschaft gesehen, wo sie an Giselas Vorstandstisch gesessen hatte.

»Hallo, Frau Ritter, meine Mutter hat gesagt, ich soll mal mit Ihnen reden. Sie wollte aber nicht verraten, worum es geht.«

Renate Ritter strich die rechte Hand an der Hose ab und reichte sie ihm zur Begrüßung. »Ihre Mutter meinte, Sie könnten vielleicht meinem Jungen helfen. Dem Pascal. Sie kennen ihn ja schon von dieser merkwürdigen Sache mit den drei Frauen in den Bottichen.«

»Dabei hat Ihr Sohn mich toll unterstützt. Und ganz kurzfristig.«

»Dem geht es gerade gar nicht gut.« Renate Ritter arbeitete weiter, alles geschah mit sicherer Hand, ruhig und stetig. Ihre Bewegungen hatten nichts von dem Aktionismus ungelernter Saisonkräfte, sondern waren vom Wissen durchdrungen, dass ein Herbst lang werden konnte und viele Trauben gelesen werden wollten.

»Wieso? Er wirkte eigentlich gut drauf.«

»Nach außen sieht das bei ihm immer so aus. Er lässt keinen in sich reingucken, das war schon als Kind so. Hat alles für sich behalten. Aber ich weiß, dass ihm finanziell das Wasser bis zum Hals steht. Weil ich ihm immer noch die Steuererklärung mache – das darf sein Vater aber nicht wissen!«

»Pascals Flaschenlager war ziemlich voll«, sagte Julius nachdenklich.

»Er ist ein großes Wagnis eingegangen, als er die Genossenschaft verlassen hat. Wollte halt auf eigenen Beinen stehen. Jetzt ist er nur noch am Arbeiten, aber die Konkurrenz ist groß. Es fing eigentlich ganz gut an, da stiegen seine Verkäufe stetig. Aber dann …«

Julius konnte es sich denken. »Dann kamen die Scholls.«

»Ja, dann kamen die Scholls. Ein Weinhändler führt meist nur einen Betrieb von der Ahr. Unser Tal ist einfach nicht so bekannt, und weil es so klein ist, wird das auch so bleiben. Über die Scholls wurde überall geschrieben, die waren in jeder Zeitung und jedem Magazin, da haben die Weinhändler natürlich deren Weine gelistet. Und Pascal konnte sehen, wo er bleibt. Jetzt sitzt er auf seinen Weinen.«

»Dabei sind sie gut, auch die Etiketten. Sehr wertig.«

»Tja, aber was hilft ihm das? Es ist so schwer mit einem neuen Weingut!« Die Sorgenfalten in Renate Ritters Gesicht vertieften sich. »Das haben an der Ahr auch schon millionenschwere Investoren erfahren müssen. Die dachten, sie rollen mal eben das Feld von hinten auf. Mit teurem Weingutsneubau oder Spitzenlagen. Aber der Markt ist klein, und an Großkopferten wie Schultze-Nögel, Ninnat, der Porzermühle, Peter Breitstiefel oder den Pikbergs kommt mein Pascal sowieso nicht vorbei. Er muss es als spannende Neuentdeckung schaffen, aber dafür hat man eben nur ein paar Jahre Zeit. Danach ist man …«

»… eine unspannende Altentdeckung«, vollendete Julius den Satz. Wenn man diese wundervolle Natur sah, dachte er, all die reifen Trauben an den wie Bonsaibäumchen gehegten Rebstöcken, konnte man sich nicht vorstellen, dass jemand bei dieser Reichhaltigkeit ein profanes Geldproblem haben konnte. »Aber wie kann ich Ihnen da helfen?«

Ein Flehen erschien in Renate Ritters Augen. »In Ihrem Restaurant essen doch die ganzen wichtigen Leute, denen können Sie den Wein von meinem Pascal doch servieren. Dann spricht sich das schnell rum. Und andere Köche von teuren Restaurants kennen Sie auch.«

»Ja, schon …«

»Könnten Sie denen nicht meinen Jungen empfehlen? Ich will mir gar nicht ausmalen, was er tut, wenn er scheitert.«

Das klang ja fast, als wäre Julius an einem Selbstmord schuld, wenn er sich nicht für Pascal Ritter ins Zeug legte. »Ich habe seine Weine ja schon gelistet, nehme sie aber gerne auch noch ins aktuelle Weinmenü auf.« Obwohl François im Dreieck springen würde, wenn er ihm in seiner Weinauswahl herumpfuschte. »Und falls mich ein Kollege nach einem Weingutstipp an der Ahr fragt, werde ich Ihren Sohn empfehlen.«

»Das wird nicht reichen, Herr Eichendorff. Sie müssten alle Ihre Kollegen anrufen und sie bitten, Pascal zu helfen. Ihnen vertraut man, und seine Weine sind alle gut, die werden sich in den Restaurants von allein verkaufen. Das kostet Sie nur einen Nachmittag, aber rettet ein ganzes Weingut.«

»Wir könnten ein Winzer-Dinner in der »Alten Eiche« veranstalten. Da präsentiert er dann seine Weine einer zahlungskräftigen Klientel.«

Renate Ritter wandte sich wieder zu den Reben. »Danke für Ihre Mühe, aber das wird immer noch nicht reichen. Pascal steht das Wasser wirklich bis zum Hals. Wenn er nicht schnell eine Lösung findet, muss er die diesjährige Ernte als Fassware deutlich unter Preis verkaufen und kann sein eigenes Weingut und damit seinen großen Traum begraben.« Sie lächelte gequält. »Ich weiß gar nicht, warum ich Ihnen das erzähle, Herr Eichendorff. Es ist nicht Ihr Problem, wirklich. Es tut mir leid, dass ich Sie in eine unmögliche Situation gebracht habe. Danke für alles, was Sie tun.« Sie umschloss mit beiden Händen Julius' Hand. »Auch dafür, dass Sie herauszufinden versuchen, wer den armen Christian See umgebracht hat. Das ganze Tal spricht davon.«

Er drückte ihre Hand. »Ich ermittele nicht mehr. Aber für Ihren Sohn werde ich tun, was ich kann. Versprochen.«

Sie schnitt die nächsten dunkelvioletten Trauben ab und legte sie sanft in die grüne Bütte. »Christian See haben die Weine von meinem Pascal sehr gut geschmeckt, das hat er ihm gesagt. Der hätte sicher etwas für Pascal tun können, aber jetzt ist er ja leider tot.«

»Er war bei Ihrem Sohn? Wann?«

»An dem Tag, bevor er … bevor diese schreckliche Sache passierte. Am Nachmittag. Ich war gerade da, um Pascal Essen vor die Haustür zu stellen. Ich koche immer noch für drei und bringe ihm dann was, er hat ja keine Freundin, die das für ihn übernehmen würde. Mein Mann weiß natürlich nichts davon.«

»Um wie viel Uhr war das?«

»So gegen zwei Uhr nachmittags. Da hab ich Christian See durch das Fenster in der Probierstube gesehen, und da das Fenster auf Kipp stand, konnte ich auch etwas hören. Ich habe nicht gelauscht, nicht dass Sie das denken! So etwas tu ich nicht.«

»Nein«, sagte Julius. »Das macht ja niemand im Ahrtal.«

Renate Ritter sah ihn schief an. »Wirklich!«

»Haben Sie etwas aufschnappen können?«

»Sie sagten doch gerade, dass Sie nicht mehr ermitteln?«

»Ja, aber neugierig bin ich trotzdem.« Julius musste grinsen. »So was kann man ja nicht einfach abstellen.«

»Sie sind ein lustiger Mann, Herr Eichendorff.«

»Wenn Sie wüssten! Meine Frau kommt manchmal aus dem Lachen kaum mehr raus. Haben Sie denn etwas gehört?«

»Leider nein. Nur dass der Herr See danach zum Weingut vom heiligen Nikolaus wollte. Er machte wohl eine kleine Tour zu verschiedenen Betrieben an der Ahr.«

Und keiner der besuchten Winzer hatte der Polizei etwas gesagt! Das war so typisch für dieses Tal. Einerseits redete man mit jedem Doof, andererseits behielt man alles Wichtige für sich. Nikolas Rosch, genannt »der heilige Nikolaus«, war ein Extremfall. Der eigenbrötlerische Winzer redete grundsätzlich wenig, und alles, was mehr Hirnzellen als ein Rebstock hatte, konnte er nicht leiden.

Es würde also ein großer Spaß werden, mit ihm zu sprechen. Nicht zu ermitteln, nur zu sprechen. Falls das Gespräch auf Christian See käme, wäre das purer Zufall.

Kaum saß Julius wieder im Wagen, klingelte sein Handy. Hoffentlich wurden die Geräte bald so intelligent, dass sie wussten, ob man überhaupt Lust hatte zu telefonieren. Er kannte die Nummer im Display nicht.

»Eichendorff, im Weinberg!«

»Hier ist Schantalle«, sagte eine Frauenstimme. »Wir müssen

reden. Ich bin in der Lourdes-Kapelle. Haben Sie Zeit? Oder sind Sie gerade bei der Weinlese?«

Schantalle de Malle wollte ihn sprechen? Und das nach der Aktion im Weingut Ritter?

»Worum geht es denn?«

»Erzähl ich Ihnen dann. Kommen Sie oder nicht?«

Julius zögerte. »Na gut.«

»Okay, bis gleich.«

Auf der Fahrt zur kleinen Kapelle bei Bachem wurde Julius wieder einmal bewusst, in was für einem Miniatur-Wunderland er lebte. Ein Mini-Fluss in einem Mini-Tal mit Mini-Bergen – da passte eine Mini-Kapelle wunderbar hinein. Das Ahrtal war Großmannssucht nicht dienlich. Wer hier lebte, bekam jeden Tag vor Augen geführt, dass Welteroberungen woanders starteten.

Einer der vielen Gründe, warum er es so liebte.

Die Lourdes-Kapelle lag oberhalb der Himmelsburger Straße versteckt im Bachemer Wiesental. 1948 war sie von einem Schuhmacher erbaut worden – aus Dankbarkeit für seine glückliche Heimkehr aus dem Zweiten Weltkrieg. Später war die Kapelle niedergebrannt und verwüstet worden. Nichts an ihr war deshalb echt, die halbkugelförmige Grotte sah nur aus wie ein Werk der Natur, bestand aber aus Schlackesteinen. Die Figuren der Muttergottes von Lourdes und der heiligen Bernadette waren Nachbildungen. An diesem Platz war auch niemandem die Gottesmutter Maria erschienen oder irgendein nachrangiger Engel oder dahergelaufener Heiliger. Trotzdem pilgerten Menschen hierher und fühlten sich Gott ein bisschen näher.

Anscheinend auch Schantalle de Malle.

Die letzten Meter musste Julius über groben Kies gehen, den ein wohlmeinender Bürger in einer Nacht-und-Nebel-Aktion ausgeschüttet hatte. Leider schaffte es nun niemand mit Rollstuhl oder Rollator mehr zur Kapelle. Und damit genau diejenigen, die so ein Lourdes-Kapellchen gern besuchten. Gut gemeint war manchmal doof gemacht.

»Ave Maria« stand über dem Eingang der Kapelle, deren Dach ein kleiner offener Turm samt Glocke krönte. Julius schlug ein Kreuz und trat ein. Kerzen über Kerzen erleuchteten das Dunkel, etliche Blumensträuße standen vor der weißen Muttergottes. Gerade als Julius dachte, was für ein besinnlicher Ort dies war, klingelte wieder sein Handy. Die auf dem kleinen Gebetsbänkchen kniende Frau blickte sich um. Sonst war niemand da. Wo steckte Schantalle de Malle? Julius lächelte entschuldigend.

Der Anruf kam von Antoine, er drückte ihn weg und stellte auf lautlos. Obwohl Julius nur zu gern gewusst hätte, ob es dem kleinen Normannen gut ging – und was es mit ihm und Bill Michael auf sich hatte.

»Hallo, Herr Eichendorff«, sagte die Kniende.

»Guten Tag, entschuldigen Sie bitte das Klingeln.«

»Kein Problem. Schön, Sie zu sehen.« Die Frau stand auf und reichte ihm die Hand.

»Kennen wir uns?«

Sie lachte. »Ja und nein. Sie kennen mich nur mit Perücke, falschen Wimpern und viel Make-up in meiner Rolle als Schantalle de Malle. Als Susanne Hain haben Sie mich noch nicht kennengelernt.«

Jetzt erst erkannte Julius die Ballermann-Sängerin. Die Bräune in ihrem Gesicht war verschwunden, auch die langen blonden Haare, sie trug jetzt einen braunen Bob. Ihre Lippen wirkten nicht so aufgeblasen, und auch ihr Busen hatte nun Normalmaß.

»Gefütterter Push-up-BH«, sagte Susanne Hain, die seinen Blick bemerkt haben musste. »Eigentlich bin ich ein braves katholisches Mädchen. Aber mir ist klar, dass Sie mir das wahrscheinlich nicht abkaufen.«

Die Veränderung war nicht nur äußerlich, auch ihre Stimme hatte sich verändert, war weniger schrill. Und weder duzte sie ihn, noch nannte sie ihn Herzchen.

»Na ja, immerhin sind Sie in dieser Kapelle.«

»Um zu beten. Für ein kleines Wunder.«

»Ich bin tatsächlich überrascht, dass Sie an Gott glauben.«
»Nicht immer. Aber wenn ich ihn brauche, erinnere ich mich an ihn. Falls er so barmherzig ist, wie man sagt, wird er mir das nicht übel nehmen.«
Julius stellte eine Kerze senkrecht, die umzufallen drohte. »Ich bin überrascht, dass Sie nach der Aktion im Rittergut noch mit mir reden.«
»Die hat mir klargemacht, dass Sie mit allen Mitteln versuchen, Chris' Tod aufzuklären. Und zurzeit ist nichts wichtiger.« Susanne Hain holte eine Kerze aus der Handtasche und entzündete sie. »Die ist für ihn. Seit seinem Tod stelle ich jeden Tag eine hier auf.«
»Sie haben ihn in der Nacht seines Todes noch getroffen, nicht wahr? Wie Sie mir selbst erzählten, hat Christian See Sie aus dem Weingut angerufen, daher wussten Sie, wo er steckte. Die Leiterin des hiesigen Fanclubs hat eine Frau mit ihm gesehen, nachdem er das Weingut Scholl in der Nacht verlassen hat. Das waren Sie.«
»Diese verrückte Alte, die keiner richtig ernst nimmt?«
»Ich finde sie sehr sympathisch.«
»Bitte?« Kurz wurde Susanne Hains Stimme wieder schriller, die Züge affektierter.
»Ein herzensguter Mensch.«
»Wenn Sie meinen.« Susanne Hain schloss die Augen und strich sich mit den Fingerspitzen beruhigend über die Lider.
»Wieso kamen Sie in dieser Nacht zu ihm? Um diese Uhrzeit?«
»Das wissen Sie doch, Herr Eichendorff. Es war eine laue Spätsommernacht. Chris rief mich an. Oder besser: bestellte mich zu sich.«
»Sein Handy wurde überprüft, in der Nacht gab es keine Telefonate.« Das hatte Anna ihm gesagt, als sie noch miteinander redeten.
»Chris hatte zwei. Eins davon war klein und rot, er nannte es sein ›Adventure Phone‹, weil er es für seine Abenteuer nutzte.«
»Das hat die Polizei aber nicht gefunden.«

»Er trug es immer in der Innentasche seines Leinensakkos. Nah am Herzen, wie er sagte. Nah am Schwanz wäre passender gewesen. In jedem Hafen eine andere, so war das bei ihm. Sie meinen vielleicht, Rockstars hätten viele Groupies, aber da kennen Sie die deutsche Schlagerszene schlecht.« Susanne Hain richtete ihre Kerze auf, die etwas schief stand. »Für mich war das mit Chris aber mehr als Sex. ›Liebe‹ ist ein großes Wort, ich benutze es oft in meinen Liedern, aber selten im wahren Leben.«

Julius' Handy brummte. Kurz blickte er darauf, es war wieder Antoine. Er machte sich Sorgen um den alten Freund, doch er konnte jetzt unmöglich drangehen. »Bei Ihrem nächtlichen Treffen haben Sie doch sicher auch über den Hit gesprochen.«

Sie nickte. »Ja, das Lied war mir sehr wichtig.«

»Aber er gab es Ihnen in dieser Nacht nicht?«

»Er hat mich weggeschickt, nachdem wir …« Sie schien in Hörweite der Muttergottes nicht deutlicher werden zu wollen.

»Warum? Hatten Sie Streit?«

»Nein, gar nicht. Wir hatten uns für den nächsten Tag zum Frühstück verabredet. Chris sagte, dann würde er mir das Lied geben. Er wollte nur noch zwei Kleinigkeiten daran ändern, dann wäre es perfekt.«

»Aber warum hat er Sie dann weggeschickt? Wollte er allein sein?«

»Er wollte sich noch mit jemandem treffen.«

»Hat er gesagt, mit wem?«

Sie schüttelte den Kopf. »Aber er schien sich darauf zu freuen.«

»Also eine Frau?« Das wäre dann die dritte gewesen, mit der er in dieser Nacht etwas gehabt hatte. Nahm der Mann Tabletten, oder vergrößerte Schlagermusik die Libido?

»Das kann man bei Chris nie ausschließen.« Sie zog eine weitere Kerze aus der Handtasche. »Die ist für mich.« Sie stellte sie direkt neben die für Christian See.

»War es bei ihm denn auch Liebe, was Sie betraf?«

Sie zuckte mit den Schultern. »Man blickte nie wirklich in ihn hinein.«

»Wann haben Sie ihn allein gelassen?«

»Um kurz vor zwei.«

Julius blickte Susanne Hains Kerzen an, sie flackerten unruhig. »Sie haben ein Motiv für den Mord an Christian See, und Sie sind aktuell die Letzte, die ihn gesehen hat.«

»Was meinen Sie, warum ich diese Kerze gerade angezündet habe?«

»Eine wird da nicht reichen.«

Susanne Hain lächelte und holte eine weitere aus ihrer Tasche. »Wobei die eigentlich dafür ist, dass ich das Lied noch bekomme. Wenn alle Stricke reißen, gehe ich zurück in meinen Lehrberuf. Die suchen händeringend Personal.«

»Was waren Sie denn?«

»Eigentlich dasselbe wie heutzutage auf Mallorca.«

»Animateurin?«

»Nein, Kindergärtnerin.« Sie blickte auf die Flammen ihrer Kerzen, die nun alle hoch und hell loderten.

»Warum erzählen Sie mir das alles?«

»Weil Sie ein Mensch sind, dem man vertrauen kann. Ich spüre so etwas ganz genau. Sonst überlebt man als Frau in der Schlagerbranche nicht.«

»Meine Frau sagt immer, ich blicke so treudoof wie eine Kuh. Leider gebe ich keine Milch.«

Sie schmunzelte, es sah ganz bezaubernd aus. »Chris hat noch etwas gesagt, und das wollte ich Ihnen erzählen. Deswegen hab ich Sie angerufen, weil es Ihnen hoffentlich hilft, dieses Arschloch zu finden, das Chris auf dem Gewissen hat.« Sie bekreuzigte sich zur Sicherheit. »Chris sagte zu mir, er müsse ein großes Unrecht wiedergutmachen. Noch in dieser Nacht. Er gab sich gerne mysteriös.«

Julius trat näher zu ihr. »Sie haben doch eine Vermutung, das spüre ich.«

»Ja, die habe ich. Aber ich weiß nicht, ob sie von einer eifersüchtigen Frau kommt oder einem rationalen Geist.«

»Seine Ehefrau?«

»Sie gewinnt durch Chris' Tod. Das Erbe wird nicht von

schlechten Eltern sein, vor allem jetzt, da seine Alben noch mal durch die Decke gehen. Vom Finanziellen her war es der richtige Zeitpunkt für seinen Tod. In ein paar Jahren hätte ein toter Christian See niemanden mehr interessiert.«

»Aber warum sollte sie Bill Michael töten?«

»Wahrscheinlich hatte sie noch eine Rechnung mit ihm offen. Wie eigentlich jede Frau, die jemals mit ihm zu tun hatte. Bill war ein schmieriger Widerling.«

»Sie kannten ihn?«

»Mehr als mir lieb war. Seine Finger hatten Saugnäpfe, ständig klebten sie an einem. Einmal hat er sogar versucht, mich zu vergewaltigen. Und es ist keine Entschuldigung, dass er besoffen war. So was darf man in keinem Zustand versuchen!«

Julius nickte zustimmend, dann betrachtete er die keusche Muttergottes. »Christian Sees Frau könnte es auch aus Eifersucht getan haben.«

»Nein, Summer wusste sehr genau, wen sie heiratete. Das hat sie ja auch bei Ihrer Maischebottich-Aktion klargemacht. Und sie ist klug genug, zu verstehen, dass man Männer nicht ändern kann.«

»Ach?«

»Man kann ihnen einige Sachen abgewöhnen, aber ihr Kern lässt sich nicht ändern. Den kann man nur brechen. Doch wer das tut, merkt schnell, dass man plötzlich nicht mehr mit dem Mann lebt, in den man sich einmal verliebt hat. Liebe heißt immer auch, den anderen so zu lassen, wie er ist. Das ist der schwerste Teil, aber auch der Wichtigste.«

»Könnten Sie das bitte meiner Frau erzählen? Vor einigen Tagen hat sie mir etwas Ähnliches gesagt, aber jetzt scheint sie es vergessen zu haben.«

Susanne Hain lächelte. »Von mir aus gern. Aber von Schantalle de Malle nimmt niemand Beziehungstipps an.«

»Wenn Sie so etwas Kluges singen würden, wären Sie ganz oben in den Charts.«

Jetzt lachte sie. »Sie hören wohl nicht oft Schlager, oder?«

»Na ja, also …«

»Ist schon gut.« Sie stand auf. »Ich muss los, hab noch einen Auftritt zusammen mit Teddy Marco bei einer Christian-See-Remember-Party in Hillesheim.« Sie gab ihm einen Kuss auf die Wange. »Passen Sie gut auf sich auf, Herr Eichendorff.«

»Wieso sagen Sie das?«

»Nur so. Ein Gefühl. Vielleicht sollten Sie auch eine Kerze aufstellen.«

»Nicht nötig, ich hab meinen Schutzengel geheiratet. Und jetzt werde ich ihm erzählen, was Sie mir über Männer und Frauen gesagt haben.«

»Viel Erfolg dabei!« Mit einem augenzwinkernden Lächeln verließ Susanne Hain die Kapelle.

Um draußen in der richtigen Welt wieder Schantalle de Malle zu werden.

Auf dem Rückweg nach Heppingen versuchte Julius mehrfach, Antoine zu erreichen, doch erfolglos. Er konnte ihm noch nicht einmal etwas auf den Anrufbeantworter sprechen, da sein alter Freund immer noch nicht wusste, wie er einen installierte. Moderne Technik erschien ihm wie Zauberwerk. Wobei der Normanne unter »modern« alles ab 1970 verstand.

Ebenso unerfreulich war, dass Annas Wagen vor dem Haus stand.

Jetzt käme ein Gespräch.

Eines, das ihn so durchschütteln würde, als bräche in Maria Laach ein Vulkan aus. Eines von der grundsätzlichen Sorte, in dem es ans Eingemachte ging. Julius liebte Eingemachtes, aber in Beziehungen ließ er es lieber schön im Schrank stehen. Es wurde schon nicht schlecht.

Dreimal atmete er tief durch, dann schritt er entschlossen zur Tür. Brust raus, Bauch rein – soweit das ohne Bauchmuskulatur möglich war. Zackig schloss er die Tür auf und hängte mit Nachdruck seine Jacke an die Garderobe.

Annas Jacke hing nicht dort.

»Hallo?«

Niemand antwortete. Vielleicht war sie im Garten.

Dann hatte er noch Zeit, sich ein wenig schön zu machen. Bei Streitgesprächen war es wichtig, möglichst vorteilhaft auszusehen. Wenn Anna dachte: Was habe ich mir da nur für ein Prachtstück von Mann geangelt?, war es für sie schwieriger, gleichzeitig zu denken: Wie konnte ich nur bei diesem unverbesserlichen Dickkopf enden?

Doch die Toilettentür war verschlossen.

Alles klar.

»Schatz, ich bin's, Julius. Also gleich nicht erschrecken, wenn du rauskommst.«

Keine Antwort.

»Ich weiß, dass du sauer auf mich bist. Und ich weiß, wie gut du sauer sein kannst. Wäre Sauersein olympische Disziplin, hättest du ein Dutzend Goldmedaillen.« Er lachte, um die Stimmung zu lockern. Doch sie blieb auf der Stufe einer voll ausgeprägten Leichenstarre.

Julius legte seine Hand sanft auf die Tür. »Ich verstehe, dass du nicht mit mir reden willst, aber vielleicht könntest du mir wenigstens zuhören. Ja? Bitte!«

Keine Antwort war auch eine Antwort.

»Die Sache ist die, du kannst mich nicht ändern. Versteh das bitte nicht falsch, aber es ist einfach so. Bei allen Männern. Es ist, als würdest du einem Stahlträger sagen, er solle sich biegen wie eine Pappel im Wind. Er kann es nicht, selbst wenn er wollte. Ich bin ein Stahlträger. Du nicht, du bist von Natur aus eine Pappel. Eine wunderschöne, kluge Pappel!«

Wieder war nichts aus der Toilette zu hören. Er konnte beruhigt weitermachen.

»Was ich damit sagen will: Ich kann es nicht abstellen, mit anderen über den Fall zu reden. Sonst platze ich. Und vor allem kann ich nicht aufhören, mit dir darüber zu reden. Wie soll das auch gehen? Sollen wir schweigend nebeneinandersitzen? Falls du nichts erzählen willst, lass mich wenigstens reden. Ich hab viel Neues herausgefunden, dass dir weiterhelfen könnte. Darüber, was Christian See am Nachmittag und in der Nacht vor seinem Tod getan hat. Jetzt bitte nicht böse sein, Schatz! Du machst das bis jetzt super und hörst dir alles in Ruhe an. Finde ich große Klasse! Du hast einen etwas merkwürdigen Mann geheiratet, aber das wusstest du ja von Anfang an. Aber ich habe auch gute Seiten – zum Beispiel mein Käse-Omelette!« Julius versuchte es nochmals mit einem Lachen.

Anna nicht.

»Jetzt komm mir nicht mit diesem Quadratarschloch von Kollegen, dieser Pfeife aus Köln. Dilettanten erkenne ich auf den ersten Blick, und das ist einer. Nur heiße Luft produziert der. Von dem lassen wir zwei uns nicht einschüchtern, oder?«

Hinter ihm wurde die Haustür aufgeschlossen, und Anna trat herein. »Was machst du denn da vor der Toilette?« Sie legte ihren Schlüsselbund auf die Kommode.

»Ich rede die ganze Zeit mit dir.«

»Während ich beim Bäcker bin, um ein bisschen Kuchen für meinen Kollegen und mich zu holen?«

»Dein Kollege? Welcher Kollege?«

Die Toilettentür öffnete sich, und Maximilian Humboldt trat heraus. »Ich mache es kurz: Aufgrund dessen, was Sie, Herr Eichendorff, mir gerade erzählt haben, sehe ich mich gezwungen, Sie, Frau Kollegin, von diesem Fall abzuziehen. Damit entfällt auch unser geplantes Gespräch.« Er wandte sich an Julius, ein triumphierendes Funkeln in den Augen. »Und falls Sie die polizeilichen Ermittlungen auch nur im Geringsten behindern sollten, werde ich Sie dafür belangen. Trotz oder eher wegen Ihrer Frau, denn Sie beide sollten es besser wissen. Durch Ihren amateurhaften Firlefanz gefährden Sie Menschenleben! Sie Stümper!« Er wollte zur Tür, doch Anna hielt ihn am Ärmel fest.

»In diesem Haus darf nur einer meinen Mann beleidigen, und das bin ich! Er hat durch seinen Firlefanz mehr Fälle gelöst, als Sie in Ihrem ganzen Leben schaffen werden. Denn was Sie Firlefanz nennen, ist effektives Ermitteln. Und jetzt verlassen Sie umgehend unser Haus. Wir wollen Sie hier nie mehr sehen!« Sie drückte Humboldt hinaus und warf die Tür hinter ihm krachend ins Schloss.

Bevor Julius etwas sagen konnte, hob sie abwehrend die Hände.

»Ich will gar nicht hören, was du ihm gesagt hast. Weil ich es mir denken kann. Dass du irgendetwas herausgefunden hast und weiterermitteln willst.«

»Ja, aber da war noch mehr! Es ging auch um dich und mich und um Pappeln und Stahlträger.«

»Mir egal. Ich will dich hier erst mal nicht mehr sehen. Und das mit dem Kind kannst du auch vergessen, solange du es nicht schaffst, dich verantwortungsvoll zu benehmen. Sieh zu, wo du unterkommst.«

»Aber das ist mein Haus!«

»Streite jetzt nicht mit mir, sonst machst du alles nur noch schlimmer.« Sie kämpfte mit den Tränen.

Julius wollte sie umarmen, an sich drücken und sagen, wie leid ihm alles tat. Was ihm allerdings nicht leidtat, war, dass er ermittelte. Denn er wusste, dass man ihm im Ahrtal Dinge sagte, die Anna nie erfuhr. Und sie wusste es auch. Deshalb ließ er das mit dem Umarmen schweren Herzens.

»Ich hol mir nur ein paar Sachen von oben«, sagte er leise.

Anna nickte. »Und ich mache in der Zwischenzeit die Katzenklos sauber.« Ihre Stimme war dünn wie Papier, das an den Seiten immer weiter einriss. »Verabschiede dich nicht. Das ist gerade alles schwer genug für mich. Geh einfach.«

Es begann zu dämmern, als Julius sich in seinen Käfer wuchtete. Er holte mit zittrigen Fingern den Zündschlüssel aus der Jackentasche und steckte ihn ins Schloss – doch er startete den Wagen nicht.

Denn er wusste nicht, wohin.

Er wollte weder zu FX oder zu François noch zu Annemarie. Zu Antoine Carême durfte er ohnehin nicht. Julius wollte mit niemandem sprechen. Er wollte allein sein. Aber jemand kratzte an der Fahrertür und miaute. Julius öffnete sie, und Herr Bimmel sprang schnurstracks auf seinen Schoß und begann, mitfühlend zu schnurren. In allen Haustierratgebern stand, dass Katzen nicht spürten, wenn es ihren Besitzern schlecht ging. Was für ein Glück, dass Herr Bimmel sie nicht las.

»Guter Kater«, sagte Julius. »Kommst du mit mir dummem Kerl?«

Herr Bimmel hob das Köpfchen, um sich am Kinn kraulen zu lassen. Ein klares Ja!

Um den Kater nicht zu stören, fuhr Julius die wenigen Meter bis zur »Alten Eiche« im Schritttempo. Er parkte nicht an der Haupt-, sondern an der am Restaurant entlangführenden Seitenstraße, wo er ein wenig vor neugierigen Blicken geschützt war. Für den Kater kurbelte er an der Seite das Fenster so weit herunter, dass der Kletterkünstler zum Jagen herauskonnte.

Hier würde er die Nacht verbringen, in seinem Käfer, das hatte er schließlich als junger Mann auch getan. Leider schien der Wagen durch den Regen der letzten Jahrzehnte eingelaufen zu sein, denn Julius schaffte es trotz mehrmaligen Herumwuchtens nicht, sich auf dem Vordersitz in irgendeine Schlafposition zu bringen.

Also musste er auf die Rückbank umziehen. Zwei eingepackte Hosen faltete er sich als Kopfkissen, seine Jacke wurde zu einer viel zu kurzen Decke. Als er endlich halbwegs komfortabel lag, kuschelte sich Herr Bimmel an ihn. Für den Kater schien es völlig egal zu sein, ob er im Haus oder hier im Wagen bei Julius schlief. Er wusste, was wirklich wichtig war: die richtige Schlafgesellschaft. So ein kleines Tier, aber von so großer Klugheit!

Als Betthupferl aß Julius einige der Notfallpralinen aus dem Handschuhfach. Doch heute schmeckten sie nicht und halfen noch weniger. Schlafen konnte er lange auch nicht. Zu viel spukte in seinem Kopf herum. Ein Plan nach dem anderen, wie er Anna beschwichtigen könnte. Dabei wusste er ganz genau, dass er ihr erst einmal Zeit lassen musste. Ab und an hörte er einen Wagen vorbeifahren oder Katzen schreien. So fremd hatte sein kleines Tal noch nie für ihn geklungen.

Als er schon dachte, der Schlaf käme in dieser Nacht nicht mehr zu ihm, sank er wie ein schweres Daunen-Plumeau auf ihn herab.

Als Julius erwachte, spürte er Hitze auf seiner Haut und Schweiß auf seiner Stirn. Und als er die Augen öffnete, sah er die Flammen, sie loderten außen am Wagen, an allen Seiten, und versuchten, einzudringen. Er konnte hören, wie das Feuer gierig die Luft einsog. Er konnte das heiße Metall riechen, die schmelzende Farbe, das brennende Plastik. Der Rauch drang durch alle Ritzen ins Innere, bald würde er nichts mehr sehen können. Er musste raus, sofort!

Doch wo war der Kater? Hatte er sich schon in Sicherheit gebracht? Julius tastete panisch nach ihm und schrie seinen Namen. Unter dem Sitz wurden seine Hände fündig, der Kater kauerte auf der Fußmatte, hatte sich zu einem kleinen Bündel zusammengezogen und fauchte vor Panik.

Julius langte nach dem Türgriff, ließ ihn aber sofort wieder los, denn er glühte vor Hitze. Der Rauch wurde immer dichter, wurde zu einer schwarzen Wand. Julius wusste, es blieb kaum noch Zeit. Er beugte sich hinunter und hob den verstörten Kater mitsamt der Fußmatte hoch, klappte sie fest um das spuckende und kratzende Tier. Dann trat er mit dem Fuß gegen die Fahrertür.

Nichts rührte sich.

Julius trat nochmals, jetzt mit beiden Füßen und aller Kraft, während Herr Bimmel versuchte, sich freizuwinden.

Wieder gab die Tür nicht nach.

Julius band sich die Jacke um die Hand und versuchte so, die Fahrertür zu öffnen. Aber sie hatte sich bereits zu sehr verzogen. Er versuchte verzweifelt, das Fenster herunterzukurbeln, schaffte es jedoch nur bis zur Hälfte.

Julius spürte, wie seine Kräfte nachließen, bald würde er den Kater nicht mehr festhalten können. Der beißende Rauch drang in seine Lungen, ließ ihn röcheln, legte sich auf seine Augen, ließ sie tränen, er schien sogar in seinen Geist zu fahren und die Welt um ihn herum zu rauben, immer schwärzer wurde sie.

Dann riss jemand die Tür auf.

Packte Julius am Arm und zog ihn heraus, zog ihn auf den kühlen Beton der Straße. Julius spürte, wie der Kater sich freikämpfte, davonlief. Und er hörte über dem eigenen Husten das Zischen eines Feuerlöschers.

Flach auf dem Rücken liegend holte er Luft, immer wieder Luft und nahm durch die geschlossenen Lider wahr, wie das grelle Flackern weniger wurde.

»Alles gut, Herr Eichendorff?«, hörte er eine Stimme. »Der Brand ist gelöscht, Feuerwehr und Notarzt sind unterwegs.«

Julius stützte sich auf und öffnete die schmerzenden Augen. Über ihm befand sich das Gesicht von Stephan Scholl und vor ihm sein schwarz verkohlter, noch rauchender Käfer.

»Wo ist mein Kater? Wo ist Herr Bimmel?« Julius sah sich panisch um.

Dann erblickte er seinen Vierbeiner. Er saß vor dem Eingang zur Küche der »Alten Eiche« und leckte sich ein in vollendeter Eleganz ausgestrecktes Hinterbein.

Julius musste lachen, doch schnell wurde daraus ein Hustenanfall. Stephan Scholl klopfte ihm auf den Rücken und half ihm auf die Beine.

»Ich verdanke Ihnen mein Leben!«

Der junge Winzer winkte ab. »Ich kam gerade zufällig vorbei und sah den brennenden Wagen. Sonst wäre ein anderer gekommen.«

Julius sah sich um, da war kein anderer. Da war nur Scholls Auto, ein Prius, der quer auf der Straße parkte, die Fahrertür stand noch offen. Er packte sich den Winzer und umarmte ihn. »Sie haben frei essen bei mir bis an Ihr Lebensende! Mit Ihrer Frau! Wo ist sie? Ich muss sie auch umarmen!«

»Die liegt im Bett. Ich konnte nicht schlafen, da hilft mir Rumfahren immer, um den Kopf frei zu bekommen.«

»Ich bin wahnsinnig froh, dass Ihr Kopf nicht frei war!«

Scholl lächelte gequält.

In diesem Moment raste die Feuerwehr mit Blaulicht um die Ecke. Am Steuer erkannte Julius seinen alten Kumpel Schwuppes. Und er begriff sofort, dass sich etwas Wichtiges würde regeln lassen.

»Herr Scholl, tun Sie mir bitte einen Gefallen und erzählen Sie niemandem hiervon. Kann das unter uns bleiben?«

»Die Polizei wird sicher …«

»Kann das unter uns bleiben?«, fragte Julius mit Nachdruck.

»Klar kann es das.«

»Danke.«

Schwuppes würde auch dichthalten. Vielleicht musste Julius dafür auf dem Weihnachtsfest Printen und Dominosteine grillen, aber Schwuppes würde es tun – und die Kollegen Rettungssanitäter ebenfalls dazu verpflichten. Anna durfte nie erfahren, was gerade geschehen war. Sie würde ihn wieder zurücknehmen, aus Mitgefühl. Doch das wollte Julius nicht. Wenn sie ihn wieder in seinem Haus aufnahm, dann nur aus einem einzigen Grund: weil sie ihn so liebte, wie er war.

Jetzt musste er dringend nach Mainz. Das Frühstücksfernsehen rief.

Wo er Bobby Pizzer mal ordentlich aus der Reserve locken würde.

Abschrift der Sendung »Frühschicht«, Freitag, 7. September, zweiter Interview-Block. Angefertigt für die Staatsanwaltschaft Koblenz.

Studio der »Frühschicht« (Live-Sendung). Auf dem roten Sofa sitzt Moderatorin Nadine Wilmsmeier im beigefarbenen Hosenanzug und lächelt in die Kamera. Sie nimmt eine Weinflasche vom Tisch und hält sie in die Kamera.

Moderatorin: Unser erster Gast heute ist der Experte schlechthin für diese Art von Wein. Es handelt sich dabei nämlich um einen sogenannten Naturwein. Was es genau damit auf sich hat, wird er uns nun erklären: Kult-Sommelier Bobby Pizzer von »Edelfest & dreckig« mit seinem Rauhaardackel Chewie!

Bobby Pizzer kommt von rechts ins Bild. Er trägt ein T-Shirt mit der Aufschrift »Achtung! Wein von frei laufenden Beeren!«. Auf seinem Unterarm steht tätowiert »Riesling's not for Sissies«.

Bobby Pizzer: Moin, Frau Wilmsmeier. Schon was getrunken?

Moderatorin: *(lacht)* Nicht um die Uhrzeit!

Bobby Pizzer: Das ist ein Fehler! Riesling zum Beispiel macht richtig gut wach.

Moderatorin: Was haben wir denn hier für einen Tropfen?

Bobby Pizzer: Den hab ich gestern bei einer Weinhändlerin in Köln gekauft. Das ist ein badischer Spätburgunder ohne Schwefel, der enorm durch Dekantieren gewinnt. Wirklich geiles Zeug. Unfiltriert, handgelesen, vegan.

Moderatorin: Sind denn nicht alle Weine vegan?

Bobby Pizzer: Nee, es gibt Schönungen mit Eiweiß oder der Hausenblase, die ist vom Beluga, also einem Stör.

Moderatorin: Aber dieser Spätburgunder ist ein echter Naturwein?

Bobby Pizzer: *(schnaubt verächtlich) Den* echten Naturwein gibt es überhaupt nicht. Das stellen Sie sich viel zu einfach vor. Es sind ganz viele Entwicklungen, die darunter zusammengefasst werden. Fakt ist, dass Naturwein dem konventionellen Weinmarkt seine Versäumnisse demonstriert. Er generiert nämlich enormes Interesse bei einer jungen Kundschaft, die vom normalen Zeug nichts wissen will. Während dem klassischen Wein die Kundschaft buchstäblich wegstirbt, gewinnt Naturwein eine junge, kaufkräftige und weinfröhliche Klientel. Dadurch werden Weinprüfer und Offizielle, Winzer und Händler aufgerüttelt, über Kriterien und Konventionen in Sachen Qualität und Stil nachzudenken. Hier werden Grenzen der Wahrnehmung aufgebrochen, werden über Generationen gewachsene Konventionen in Frage gestellt, wird der selbstgefälligen Behäbigkeit von Winzern und Handel der Spiegel vorgehalten!

Moderatorin: Das klingt ja wirklich ganz schön kompliziert. Sie wissen sicher, dass wir zu jeder Sendung einen Gast einladen, der sich jemanden wünschen darf, den er immer schon mal treffen wollte.

Bobby Pizzer: Also ich durfte mir niemanden wünschen.

Moderatorin: Ganz genau. Denn *Sie* waren der Wunsch! Und hier kommt der Mann, der Sie heute unbedingt dabeihaben wollte. Er ist etwas später eingetroffen als geplant, umso mehr freuen wir uns, dass er jetzt da ist. Herzlich willkommen: Sternekoch Julius Eichendorff aus Heppingen im schönen Ahrtal!

Auftritt Julius Eichendorff von links. Begrüßt Moderatorin mit Wangenkuss, dann Bobby Pizzer mit Handschlag. Setzt sich neben ihn auf das rote Sofa.

Bobby Pizzer: Sie riechen wie Grillkohle. Lagen Sie auf dem Rost?

Julius Eichendorff: Überrascht Sie das etwa?

Bobby Pizzer: Ach, mich überrascht eigentlich gar nichts mehr.

Moderatorin: Herr Eichendorff, gleich wollen wir mit Ihnen auch über den armen Christian See sprechen, der ja quasi vor Ihrer Haustür gefunden wurde. Aber vorher geht es kulinarisch zu. Eine Ihrer Spezialitäten ist das Grillen. Was legen Sie heute für uns auf den Rost?

Julius Eichendorff: Wildschweinsteaks, die passen sehr gut zu Naturweinen. Wie denen von den Scholls im Ahrtal. Wo manchmal Freunde an einem Tisch sitzen, manchmal aber auch Feinde. *(Geht zum bereits aufgebauten Grill.)* Ich liebe Wildschweine sehr, das sind kluge Tiere, die nicht unnötig das Maul aufreißen. Nein, die wissen ganz genau, wann sie still zu sein haben im Wald. Weil sonst etwas passiert, das sie nicht wollen. Oder etwas entdeckt wird, das lieber geheim bleiben sollte. *(Er summt die Melodie des Liedes »Heute trinken wir alles, was wir lieben« von Bill Michael.)*

Bobby Pizzer: Zuerst schickt er mir seinen Sommelier auf den Hals und jetzt diese Scharade hier!

Moderatorin: Was meinen Sie damit?

Bobby Pizzer: Dieser Provinz-Bocuse ist der Meinung, ich hätte irgendwas mit dem Tod von Christian See zu tun.

Julius Eichendorff: Ü-ber-haupt nicht. Ich grille hier nur. *(Wendet das zischende Steak.)* Außerdem lebe, liebe, lächle und trinke ich gern. Was manche leider nicht mehr können.

Bobby Pizzer: Da, schon wieder! Anspielungen auf den Mord an meinem Kumpel! Weil er meint, mein Song »Leben, lieben, lächeln, trinken« stamme eigentlich von Chris.

Moderatorin: Das bilden Sie sich nur ein.

Bobby Pizzer: *(steht auf)* Ich hab keinen Bock auf solche beschissenen Spielchen!

Julius Eichendorff: Wer sich verteidigt, klagt sich an.

Bobby Pizzer: Saublöder Spruch, immer schon gewesen. Stammt von Robespierre, der für die Schreckensherrschaft während der Französischen Revolution zuständig war. Sie sollten echt aufpassen, wen Sie zitieren!

Julius Eichendorff: Wes' Brot ich ess, des' Lied ich sing. Das stand unter anderem bei Luther.

Bobby Pizzer: *(wendet sich an die Moderatorin)* Haben Sie es jetzt endlich mitbekommen? Er hat »Lied« gesagt! *(Wendet sich an Julius Eichendorff)* Sie denken nur deshalb, dass ich das Ding geklaut habe, weil Chris allen erzählt hat, er hätte einen Mega-Hit geschrieben, und jetzt findet den keiner. Weder seine Ex noch die De Malle oder die Geier von der Plattenfirma. Hören Sie mir zu: Es gab diesen Song nie! Das, was Christian immer vor sich hin gesungen hat, war eine alte B-Seite von Metallica. Er wollte, dass alle denken, er hätte einen Mega-Hit im Köcher. Damit sich wieder um ihn gerissen wird. Aber in Wahrheit hat er sich das Hirn schon vor Ewigkeiten weggekokst und seit tausend Jahren nichts mehr geschrieben. Deswegen die ganze Spiritualismus-Kacke, bei der er Glückskeks-Wahrheiten über Synthesizer-Flächen geraunt hat. Das war die pure Hilflosigkeit!

Moderatorin: Das sehen viele unserer Zuschauerinnen und Zuschauer sicher anders. Christian See gilt nicht zu Unrecht als großer Künstler.

Bobby Pizzer: Ach, Schwachsinn! Ja, er hat Songs geschrieben, auch für andere Schlagerfuzzis. Aber Hits kamen nie aus seiner Feder. Chris war Durchschnitt.

Julius Eichendorff: Wenn er Durchschnitt war, warum haben Sie sich dann mit ihm abgegeben?

Bobby Pizzer: Weil er ein popkulturelles Phänomen war, das hat mich fasziniert. Dieser gebrochene Mensch hinter der schillernden Fassade. Und weil er den Naturweinwinzern zu größerer Aufmerksamkeit hätte verhelfen können. Ich bin nämlich auf einem Kreuzzug für den Naturwein. Und dafür ist mir jedes Mittel recht. Diese ganzen kastrierten Weine müssen verschwinden, stattdessen müssen die besten Weinbergslagen für Naturwein genutzt werden. Simple as that!

Julius Eichendorff: Jedes Mittel ist Ihnen also recht? Auch der Mord an Christian See, der Sie, seinen Kumpel, jetzt groß rausbringt?

Moderatorin: Das ist eine schwerwiegende Unterstellung, Herr Eichendorff. Was sagen Sie dazu, Herr Pizzer?

Bobby Pizzer schweigt.

Julius Eichendorff: Sie haben in der Nacht des Mordes vor Christian See das Weingut Scholl verlassen und ihm draußen aufgelauert, oder? Dann haben Sie Ihren Kumpel am höchsten Bauwerk des Ahrtals aufgehängt, Sie sind ja so fürs Spektakuläre.

Bobby Pizzer: *(lacht)* Wenn ich ihn umgebracht hätte, könnten Sie es mir nie beweisen!

Moderatorin: Herr Pizzer, ich höre gerade aus der Regie, dass die Kripo Koblenz Sie bittet, keine weiteren Aussagen mehr zu machen. Sie werden gleich von Polizeikräften zur Vernehmung abgeholt.

Bobby Pizzer: Einen Scheiß werde ich! *(Steht auf und wirft sein Ansteckmikrofon auf den Boden.)* Ich hau ab!

Studio-Mitarbeiter kommen aus der Dekoration und wollen Bobby Pizzer daran hindern, zu gehen. Dieser greift sich die Flasche Naturwein und schlägt sie einem der Mitarbeiter über den Kopf. Mit drei Mann schaffen sie es schließlich, ihn auf den Boden zu zwingen, Knie in seinem Rücken.

Moderatorin: Regie, was sollen wir jetzt …?

Julius Eichendorff: *(hebt ein auf einer Seite schwarzes Steak vom Grill)* Jetzt haben wir nicht nur Naturwein in der Sendung, sondern auch ein Natursteak. Sehr eigener Geschmack, ohne Tricks und doppelten Boden mit ursprünglichsten Methoden hergestellt. Wir haben es einfach werden lassen - und so schwarz ist es jetzt geworden. Mit ganz viel Wein schmeckt es sicher gar nicht mal so schlecht.

Das Störungsbild 3 wird eingeblendet. Text: »Ups, das hätte nicht passieren dürfen. Wir sind bald wieder für Sie da!«

7

»WIE FEUER SO HEISS«

Julius stand in der »Alten Eiche« und kochte. Über sich hatte er ein großes Schild aufgehängt: »Nicht ansprechen!«

FX hatte daruntergeschrieben: »Gefährlicher Ahrtaler Ureinwohner!«

Und François hatte ergänzt: »(Alkohol lässt ihn zur Bestie werden)«.

Da Julius nichts davon wusste, trank er welchen. Einen köstlichen Portwein von den Pikbergs. Der durfte natürlich nicht so heißen, aber schmecken durfte er so. Julius trank ihn nicht, um das Geschehene zu vergessen. Er wollte es nur in Watte packen. In leckere burgunderrote Watte.

Außerdem tötete der Port mit seinen zwanzig Volumenprozent Alkohol auch viele Bakterien ab.

Das konnte nie schaden.

Julius hatte in der Personaldusche lange unter der Brause gestanden und neue Kleidung angezogen, hatte den Rauchgestank endlich loswerden wollen, doch er schien immer noch in seiner Nase zu sitzen.

Plötzlich stand FX neben ihm. »Ich stör net.«

»Doch.«

»Na, des kommt dir nur so vor. Eine optische Täuschung. Ich bin net da, deshalb erzähl ich dir auch net, was der Landrat gerade am Telefon zu mir gesagt hat.«

»Gut, ich will es nämlich gar nicht hören.«

FX nickte. »Wunderbar. Der Landrat sagt, des ganze Tal freut sich schon auf den Eichendorff'schen Nachwuchs. Der Kreistag hatte heut eine Sondersitzung bezüglich des Vornamens. Wenn es ein Maderl wird, soll es bitt schön Sisi heißen, bei einem Burschen ist Franzerl gewünscht.«

»Du verarschst mich doch.«

»Des ist richtig, aber nur, was die Kindernamen angeht, der Rest stimmt.«

»Meine Güte, Anna und ich schlafen nicht mal mehr in einem Bett!«

»Bitt schön was?«

»Du störst doch nicht, oder?«

»Na, tu ich net. Und ich nehm jetzt auch kein Glas Port für meine Nerven.«

»Das hättest du auch nicht verdient, nachdem du die Überwachung des schwarzen Lancia verbockt hast, weil du dich unbedingt genau in dem Moment im Gebüsch erleichtern musstest, als der Wagen verschwunden ist.«

»Du hättest es nie verschmerzt, wenn dein bester Mitarbeiter wegen geplatzter Blase verstorben wär. Prostata!« FX kippte den Port in einem Schluck herunter.

Julius sah gar nicht hin, was seine Hände taten. Sie machten es ganz von allein, kneteten Marzipan, griffen zur Lebensmittelfarbe oder einem Messer. Er hatte vollstes Vertrauen in sie.

Am Platz neben ihm stand Pâtissière Vanessa, die aufgrund ihrer miserablen Vorbereitung seiner Grill-Aufnahmen zum Strafdienst verdonnert worden war: Kartoffeln schälen. Drei Kilo hatte sie bereits hinter sich.

»Ich komm mir langsam vor wie bei ›Räuber Hotzenplotz‹«, protestierte sie und griff sich wütend eine weitere Knolle.

»Kein Wort mehr«, sagte Julius. »Das ist allerstrengstens verboten!«

Die Pâtissière musste grinsen. »Alles klar, Petrosilius Zwackelmann.«

Kurze Zeit später stand FX schon wieder neben ihm.

»Störst du mich wieder nicht?«, fragte Julius.

»Genau. Die ›Ahr-Zeitung‹ dagegen würd dich stören, weil sie fragt, wann das Kind kommt, eine grobe Schätzung reicht.«

»Jetzt lass mich endlich in Ruhe!«

»Die fragen wirklich. So was Deppertes könnt ich mir gar net ausdenken. Außerdem wollen s' wissen, was es mit deinem dramatischen Fernsehauftritt auf sich hat.« FX schenkte sich ein weiteres Glas Port ein. »Für meine armen Nerven.«

Und schon war er wieder fort.

Julius' Hände arbeiteten die ganze Zeit fleißig weiter, sie formten und drückten, rollten und walzten.

Bis FX wieder neben ihm stand.

»Toll, wie oft du nicht störst.«

»Ich weiß, ich bin ein kleines österreichisches Wunder. Bobby Pizzer sitzt in Untersuchungshaft, kam gerade im Radio.«

»Mhm.« Julius hätte gern gewusst, ob auch Anna erwähnt worden war, aber ihm war nicht nach fragen.

»Anna wurd net erwähnt.«

Er schaute FX verdutzt an.

»Dachte, des interessiert dich.«

Julius brummte.

FX legte ihm freundschaftlich eine Hand auf die Schulter. »Und wenn ihr wieder in einem Bett schlafen tut: kein rotes Fleisch, stattdessen Zink. Nur so als Tipp. Hält deine kleinen Schwimmer fit!«

»Du hast echt noch gefehlt, jetzt haben mir, glaube ich, alle Bewohner des Ahrtals Tipps gegeben.«

»Ich sag dann mal dem Kreis Euskirchen und der Stadt Bonn Bescheid.« Bevor Julius antworten konnte, verschwand FX wieder. Und kehrte nur zurück, um sich schnell ein weiteres Schlückchen Port einzuschenken. Er hatte mittlerweile ja Übung darin.

Es vergingen nur wenige Minuten, bis Julius wieder auf die Schulter getippt wurde.

»Wer hat sich jetzt gemeldet? Anne Will? Der Kölner Kardinal? Oder Dumbo, der fliegende Elefant?«

»Julius, ich bin es, Antoine«, flüsterte der Eifler Normanne. Er musste sich vom Hof aus hereingeschlichen haben. Noch blickte niemand in ihre Richtung.

»Wir dürfen nicht miteinander reden, sonst bringt Anna mich um!«, raunte Julius.

»Stell dir einfach vor, ich bin meinen Frau Claudine.« Antoine hob die Stimme. »Hilft das ein bisschen?«

»Nö, aber klingt lustig. Komm, lass uns in den Kühlraum gehen, da haben wir unsere Ruhe.« Julius öffnete die Klimatür und schob ihn hinein. »Aber mach schnell, sonst kommen wir hier nur noch am Stiel heraus.« Wenn man aus der Küche kam, erschien einem der Kühlraum stets wie ein Kurztrip an den Nordpol.

»Du musst mir helfen!«

»Immer, weißt du doch.«

»Dein Anna hat mich in die Verhör genommen. Das war richtig nett, sie ist ein so höflichen Frau. Dann kam eine Kommissar Humboldt. Den Mann war gar nicht nett. Ein von die Leuten, mit die schlecht Pflaumen essen ist.«

»Kirschen.«

»Kirschen auch nicht. Oder Apfelsinen. Gar keinen Obst!«

Julius spürte, wie seine Zehen kalt wurden. »Jetzt verrat schon, wie ich dir helfen kann.«

»Mit Bill Michael hatte ich vor ganz kurzen Zeit ein Veranstaltung in Andernach. Er hat den Gesang gemacht und ich die Essen. Passend zu sein Musik. Fischbrötchen, Brathering, Backfisch – aber mit die französisch Finesse! Allen Gäste in mein ›Frais Löhndorf‹ hab ich danach stolz davon erzählt wie ein alt Klatschenweib!«

»Und bei der Veranstaltung hast du dir den Arm gebrochen?«

»Ich hab dein Anna gesagt, dass ich danach unglücklich bin gestolpert. Sie wollte wissen, welche Arzt es behandelt hat. Da hab ich geantwortet, dass so etwas mein Frau macht. Dabei kann sie nicht mal richtig ein Pflaster draufkleben. Hoffentlich bricht sie nicht in die Verhör zusammen! Es ist alles ein groß Lüge, Julius! Ich hab selbst die Gips gemacht. Und schlecht noch dazu, kratzt immer wie Schweinen!«

»Es kratzt wie … Ach, vergiss es. Sag mir lieber, welche schreckliche Wahrheit du verbirgst.«

»Ich hatte die gut Calvados aus mein Heimat dabei. Nicht nur ein Flasche und auch nicht nur zwei. Bill wollte noch trinken, also sind wir runter zu die Rhein, haben uns auf ein Bank gesetzt und getrunken. Und dann hat Bill mich unter die Tisch getrunken. Mich, eine Normanne! Das darf nie wer erfahren!«

»Na, wenn das kein Mordmotiv ist …«
»Kommt noch schlimmer! Wir hatten gewettet, wer mehr von die Calvados trinken kann. Und ich hatte den Wette verloren.«
»Was war denn dein Einsatz?«
Antoine fuhr sich nervös mit der Zunge über die Unterlippe. »Ich musste mir eine Tattoo stechen lassen mit ein Liedtext von Bill.«
»Welchen denn?«
»Er sagte, es sei ein unveröffentlicht Lied. Und hat die Text dem Tattoomann geflüstert. Ich hab es erst gesehen, als alles zu spät war!«
»Mach es doch nicht so spannend.«
Antoine prüfte, ob die Kühlraumtür auch wirklich verschlossen war. Dann erst flüsterte er Julius ins Ohr. »Die Text lautet: ›Ich trag gern die Kleider meiner Frau und Strapse auch, ich alte Sau.‹«
Julius unterdrückte ein Lachen, doch Antoine bemerkte es. »Ja, ist lustig, wenn es nicht ist auf dein Arm! Bill hat es auch unterschrieben. Wenn den Polizei das sieht, dann komm ich sicher in die Knast.«
»Lass den Gips drum, bis der Mörder gefangen ist.«
»Fängst du die Mörder? Bitte! Und schnell, sonst macht mich den Gips noch wahnsinnig.«
»Mir sind gerade leider die Hände gebunden.« Julius sah Antoines flehende Augen. Ein verhungernder Hundewelpe hätte nicht trauriger dreinschauen können. Am liebsten hätte er Antoine ein Leckerli gegeben. »Ich sehe, was ich tun kann.«
Der kleine Normanne gab ihm drei dicke Küsse auf die Wangen – durch die Julius merkte, wie kalt seine Haut geworden war. Deshalb öffnete er schnell die Tür und schaute, ob die Luft rein war. Das Küchenteam schien tief in seine Aufgaben versunken.
»Schnell raus, Antoine. Und kein Wort zu niemandem!«
Rasch huschte der alte Freund zur Tür. Doch dort beging er einen Fehler und drehte sich um. Dann beging er auch noch einen zweiten Fehler und sprach zu Julius. »Danke, du bist ein echten Freund.«

Niemand schaute auf.

Also ging Julius seelenruhig zurück zu seinem Marzipan und knetete es weiter.

Bis FX wieder neben ihm stand.

»Was?«

»Nix«, sagte FX. »Was wollte Antoine denn? Alle fragen sich das.«

Julius schaute sich um, das Küchenteam schien völlig in die Arbeit versunken und sagte kein Wort. »Ich weiß nicht, wovon du redest.«

»Und was bereitest du da überhaupt zu? Ist das für irgendeine merkwürdige Geburtstagstorte?«

Julius schaute nach, was er da die ganze Zeit geknetet hatte.

Es war ein pechschwarzer VW Käfer, der in Flammen stand.

Daneben ein dicker Koch, auf dessen Kopf ein großes Fragezeichen stand.

Das Marzipan wollte ihm wohl etwas sagen.

Und auf Marzipan sollte man immer hören.

Schwuppes hatte den Käfer in einer der Feuerwehr-Garagen untergebracht, die zu einem Lagerraum umfunktioniert worden war, in dem aller Krimskrams einen Platz fand, den kein Schrank aufnehmen wollte. Der ausgebrannte Käfer passte in diesen traurigen, nur von einer nackten Glühbirne beleuchteten Raum mit kahlen Betonwänden.

Julius hatte sich die Risse in der Karosserie, den aufgeplatzten Lack, das völlig verkohlte Faltdach und das von der Hitze grotesk verbogene Metall nach seiner Rettung nicht genau angesehen. Jetzt kamen ihm die Tränen.

Schwuppes klopfte ihm auf den Rücken. »Ich würd ja gern sagen, das kriegen wir wieder hin, aber der Bursche hier läuft höchstens noch unter Kunst-Installation.«

Nur wenige Menschen meisterten es, zu rauchen und gleichzeitig eine Stulle zu essen. Bei Schwuppes sah es aus, als gehöre beides einfach zusammen. Mit welcher Hand er ihm gerade auf den Rücken geklopft hatte, wollte Julius gar nicht wissen. Er trat vor und strich seinem Käfer zärtlich über die rissige Haut.

»Er war ein Geschenk. Hab mich selten so über eins gefreut. Meine ganze Jugend kam zurück, als ich zum ersten Mal den Zündschlüssel drehte und er anfing zu schnurren.«

»Und jetzt? Was kaufste dir Neues?«

Julius schüttelte den Kopf. »Es kommt mir vor, als wär ein Haustier gestorben. Man will dann ja auch nicht direkt ein neues holen, weil einem das respektlos gegenüber dem verstorbenen erscheint. Verstehst du das, oder klingt es total bescheuert?«

»Wenn es einer versteht, dann ich. Noch heute trauere ich meinem schönen gelben Manta nach, den ich um eine Straßenlaterne gewickelt habe. Wein dich ruhig aus, wir sind hier schließlich unter Männern.«

Weitere tröstende Hände legten sich auf Julius' Rücken – Fips, Flummi und Karre waren eingetroffen. Nach einiger Zeit begannen sie auf seine Schultern zu klopfen, ein klares Zeichen, dass nun genug männlich getrauert worden war. Fips gab Flummi eine freundschaftliche Ohrfeige, der wiederum Karre scherzhaft die Finger in die Nasenlöcher steckte.

Alles wieder im Normalmodus. Die Welt drehte sich noch.

Schwuppes postierte sich neben dem Käfer.

»Dein Wagen ist genau bei den Richtigen gelandet, denn wir kennen uns mit so was aus, stimmt's, Jungs?«

Fips, Flummi und Karre nickten, während Karre Fips auf den Hinterkopf schlug und Flummi Fips am Ohr zog.

»Wir haben hier nämlich schon mal testweise Autos verbrannt. Wegen der Wissenschaft und so«, erklärte Schwuppes. »Die explodieren verdammt fix. Buff! Sieht phantastisch aus. Hast großes Glück gehabt, dass Tank und Motor nicht in die Luft gegangen sind, als du dringesessen hast. Sonst wärst du jetzt ein hundertteiliges Fleisch-Puzzle!« Er lachte herzhaft. »Und es war ein Riesenglück, dass dieser Scholl gerade vorbeikam. Er muss dich da schon kurz nachdem der Brand entstanden ist, rausgezogen haben. Mach dem mal eine ordentliche Currywurst als Dankeschön! Schön gegrillt, du weißt ja jetzt, wie man sich als Würstchen in einem Flammeninferno fühlt.« Schwuppes grinste breit und tippte dann auf das hintere Dachende. »Hier startete die Chose, kannste an der Delle sehen, da gab es eine enorme Hitzeentwicklung. Was deshalb völlig klar ist: Das war kein Motorbrand oder so, das war eindeutig Brandstiftung. Aber das hast du dir sicher schon gedacht.«

»Ja, gehofft hatte ich allerdings was anderes.«

»Tja, Hoffnung kannst du dir in der Kirche kaufen, wir sind hier bei der Feuerwehr. Oder, Jungs?«

Fips, Flummi und Karre hoben die Daumen – bevor sie versuchten, sich damit gegenseitig in die Augen zu stechen.

Die Brandstiftung konnte nicht von langer Hand geplant worden sein. Julius selbst hatte nicht gewusst, dass er am Abend in seinem Wagen schlafen würde. Es musste ein spontaner Entschluss des Täters gewesen sein, das hieß, er musste überraschend vorbeigekommen sein – oder ihn ständig im Auge gehabt haben.

»Dein Käferchen ist mit Benzin übergossen und dann angezündet worden«, fuhr Schwuppes fort. »Genauer gesagt mit E10. Flummi kann das riechen. Der schnuppert immer an Benzin.«

Flummi zeigte feixend auf seine Nase. Fips und Karre steckten ihm Finger in seine Ohren.

»Wir haben auch den Tatort untersucht.« Schwuppes war die Freude anzumerken, das Wort »Tatort« sagen zu können. »Und haben wir Spürhunde einen Hinweis gefunden? Jawoll, den Deckel des Benzinkanisters. Und der riecht auch, halt dich fest, nach ›Endless Summer‹.«

Es war derselbe Täter wie beim Mord an Christian See. War es Bobby Pizzer? Julius hatte ihn in der Fernsehsendung nicht beschuldigt, weil er Beweise hatte, sondern nur, um ihn zu provozieren. Aber die Reaktion des Star-Sommeliers war vielsagend gewesen. Julius kam es vor, als schwankte der Boden unter ihm.

Er atmete tief durch. Und gleich noch mal. Weiterdenken, weiterermitteln! Nur so käme er aus der Gefahrenzone. »Gibt es eigentlich bekannte Brandstifter bei uns im Tal? Also Wiederholungstäter?«

»Es gibt übermütige Jugendliche, die Heuballen anzünden, oder Leute, die einen Versicherungsbetrug durchziehen wollen. Aber niemand, der ständig rumläuft und irgendwo Benzin drübergießt, weil das so schön brennt.«

»Kein Winzer oder so?«

Schwuppes sah Flummi an, der sah Fips an und der Karre. Dann lief das Ganze in entgegengesetzter Richtung zurück bis zu Schwuppes. Die Eingebung kam ihnen gleichzeitig, denn sie antworteten im Chor: »Der heilige Nikolaus!«

Nikolas Rosch, der Winzer, den Christian See am Tag vor seiner Ermordung noch besucht hatte. Der Mann, mit dem Julius ohnehin längst hatte sprechen wollen.

»Vor vier Jahren«, führte Schwuppes weiter aus, »hat der den Wagen einer Frau aus dem Ort abgefackelt. Wobei ihm das nie eindeutig nachgewiesen werden konnte und die Besitzerin auch keine Anklage erhoben hat. Wenn du mehr wissen willst, fragst du ihn am besten selbst.« Er lachte. »Wird bestimmt ein total nettes Gespräch!« Jetzt lachten alle vier und vergaßen darüber sogar, sich gegenseitig Finger in Körperöffnungen zu stecken.

Julius ließ sich von einem Taxi nach Hause bringen, wo er sein Notizbuch zur Mordserie auf den neuesten Stand brachte und in den Briefkasten steckte – für Anna. Reden mochte verboten sein, Schreiben aber nicht. Etwas Handgeschriebenem schlug man nicht die Tür vor der Nase zu, irgendwann las man es.

Der nächste Taxifahrer fragte Julius dreimal, ob er wirklich zum heiligen Nikolaus nach Altenahr wolle, zu dem Verrückten, der alle Kunden vergraulte. Beim letzten Mal antwortete Julius so laut, dass sie danach kein Wort mehr miteinander sprachen.

Das Weingut besaß weder Klingel noch Namensschild, deshalb klopfte Julius gegen das Holztor, das ein enormes Scheppern von sich gab. Doch Rosch erschien nicht. Julius beugte sich hinunter, hob die Briefkastenklappe und rief hinein. Plötzlich schoben sich die vergilbten Vorhänge eines Fensters zur Seite, und es wurde geöffnet. Der heilige Nikolaus schaute heraus. Er trug ein Feinrippunterhemd und einen völlig aus der Mode gekommenen gestreiften Morgenmantel. Nikolas Rosch erinnerte Julius an die Fernsehfigur Dittsche, nur dass der Altenahrer Winzer vom Aussehen Bud Spencer glich.

»Was wollen Sie, Eichendorff?«

»Wein, wenn Sie welchen haben.«

»Ihr versnobter Südafrikaner mag meinen Wein nicht. Kein einziger wird in Ihrem Feine-Pinkel-Restaurant verkauft!«

»Dinge können sich ändern. Aber nur, falls ich reinkommen darf.«

»Bloß, wenn Sie was kaufen. Ich hab meine Zeit nicht gestohlen. Mindestens zwölf Flaschen, nee, vierundzwanzig.« Rosch spuckte auf den Bürgersteig. »Außerdem gibt es keinen Rabatt!«

In der griechischen Mythologie musste man dem Fährmann eine Münze geben, um ins Totenreich zu gelangen. Der heilige Nikolaus schien sich mit einer Münze nicht zu begnügen.

»War mir klar, und vierundzwanzig Flaschen wollte ich sowieso kaufen.«

»Sechsunddreißig«, sagte Rosch.

»Genau, sechsunddreißig, klingt auch viel schöner.«

Roschs Kopf verschwand, das Fenster wurde geschlossen und der Vorhang zugezogen.

Dann passierte erst einmal nichts.

Hatte er etwas Falsches gesagt? War die harmlose Bemerkung zur Flaschenzahl schon zu viel gewesen?

Endlich öffnete sich das Tor. Wahrscheinlich hatte Rosch sich nur umgezogen.

Nein, hatte er nicht. Auch nicht rasiert oder die Haare gekämmt.

»Da steht was zum Trinken.« Er wies auf sieben Flaschen, die im Innenhof auf dem Tisch einer Biergarnitur standen. »Probiert wird hier nicht, nur getrunken. Wer spuckt, fliegt. Ich reiß mir doch nicht den Arsch im Weinberg auf, damit einer den guten Wein dann ausspuckt. Verstanden?« Er schlurfte in abgewetzten Ledersandalen vor. »Bei mir gibt es keine Sterne auf den Flaschen oder so einen Mist. Sondern Ärsche mit Ohren. Von einem bis drei. Die hier haben immer vier. Ist mein bester Wein, aus dem Altenahrer Eck. Setzen Sie sich, getrunken wird nicht im Stehen. Das ist ja kein Weinfest hier!«

An der Wand des Haupthauses hing ein Schild, das fast komplett von Efeu überwuchert war. Groß stand darauf »Weine« und kleiner darunter: »nicht, wenn der Regen fällt ...«

Julius dachte nur zwei Worte: Damm, damm.

Hier kannte sich also jemand mit Schlagermusik aus.

Das Schild musste aus einer Zeit stammen, als auf dem Weingut noch gelacht wurde.

Während Julius auf der wackligen Bank der Biergarnitur Platz nahm, zog Rosch die Flaschen auf, prüfte die Qualität der Korken und goss aus jeder Flasche zwei Gläser ein. Julius wusste, dass der heilige Nikolaus früher bei einer Sparkasse gearbeitet hatte, bevor er alles hinwarf, um sich seiner Liebe zum Wein zu widmen. Einige seiner Tropfen hatten für Furore gesorgt, und es hatte nach einer großen Karriere ausgesehen, doch Rosch hatte irgendwann einfach aufgehört, seine Weine bei Wettbewerben anzustellen oder Weinguides zuzusenden. Werbung machte er ebenfalls nicht. Deshalb war er zu einem Geheimnis geworden, selbst im Tal.

»Hier«, sagte der heilige Nikolaus und reichte ihm ein Glas. »Der wurde vor sechs Jahren gelesen. Fängt langsam an, sich zu öffnen.«

Julius hatte fast Angst, seine Nase ins Glas zu versenken, doch als er es tat, entspannte er sich sofort. Der Spätburgunder duftete herrlich kräuterig und nach einem großen Korb frisch gepflückter Sauerkirschen. Julius sah Rosch an, der gerade einen großen Schluck nahm.

»Wie haben Sie ihn vinifiziert? Spontangärung? Ausbau im neuen Holz? Unfiltrierte Abfüllung?«

»Ich mach, was ich mach, aber ich red nicht drüber. Der Wein muss schmecken, basta. Schmeckt er?«

»Er ist ... richtig gut.«

»Klar ist der richtig gut, was hatten Sie denn gedacht?«

»Genau das«, sagte Julius. »Christian See hat es mir erzählt.«

»Der nächste Wein ist aus dem Jahr danach. Wir machen eine Vertikale. Dann verstehen Sie, wie gut meine Weine heranreifen. Falls Ihre Zunge dazu fähig ist.«

»Christian Sees Zunge konnte es schmecken.«

»Warum reden Sie jetzt über den See? Sind Sie befreundet?«

Es klang, als würde der heilige Nikolaus nicht wissen, dass Christian See ermordet worden war. Oder bluffte er nur?

»Wir haben zurzeit viel miteinander zu tun.«

»Dann hat er Ihnen sicher auch erzählt, wie gut mein Wein zu Essen passt! Ich hol was.«

Der unvermeidliche Käse. Julius hatte schon Weinreisen gemacht, nach denen er einen Monat lang nicht mehr in die Nähe eines Käsewagens gehen konnte, ohne einen Würgereiz zu bekommen. Immer gab es Unmengen Käse.

Rosch kehrte mit einer Wurstplatte zurück.

»Kein Käse?«, fragte Julius automatisch.

»Ich mach doch keinen Wein für Pussys! Fleisch, Wurst, Geräuchertes. Mein Wein hat Haare unter den Achseln. Schmecken Sie das nicht?«

Julius wollte das gar nicht schmecken.

»Schweiß, Blut, Erde, Schiefer. Das muss drin sein! Dieser Wein ist die Frucht eines gefährlichen Steilhangs, der Stürmen und Unwetter ausgesetzt ist, das muss man schmecken!« Rosch schob ihm den Wurstteller rüber. »Hier, Wurst! Essen! Los!«

»Ich hab gar keinen …«

»Wurst und Rotwein von der Ahr, die gehören zusammen.«

Julius aß und musste zugeben, dass Roschs Weine wirklich zu Wurst passten. Die Raucharomen vereinten sich, das Fett der Wurst ließ den Wein geschmeidiger wirken, die Fruchtaromen des Weins die Wurst komplexer. »Mochte Pizzer das auch?«

»Wieso Pizzer? Das Weichei war doch gar nicht mit dem See hier. Der traut sich auch nicht mehr her, seit ich ihn vom Hof gejagt habe.«

»Warum haben Sie ihn denn …?«

»Nicht labern, trinken! Und das geht Sie überhaupt nichts an.«

Julius trank. »Wollte Christian See noch andere Winzer besuchen?«

»Was weiß ich? Jetzt austrinken, der nächste Jahrgang kommt.«

Julius tat wie geheißen. Während der nächsten Weine sprachen sie nicht viel. Die eingeschenkten Tropfen waren alle sehr eigen, aber alle sehr gut. Sie hatten einen enorm tiefgründigen Stil, vermutlich vergor der heilige Nikolaus mit Rappen, also mit Stielen und Stängeln.

Dann kam ein Wein, der erst drei Jahre alt war.

Und diesem fehlte jegliche Mitte, er fiel auseinander, Gerbstoffe, Säure und Frucht fanden nicht zueinander. Julius schwieg dazu, vermutete einen Ausrutscher. Doch auch die Weine danach waren von Grund auf misslungen. Er sah zu Rosch, der sein Glas so sehr schwenkte, als helfe das irgendwas.

»Nehmen Sie es mir nicht übel, aber …«

»Will ich nicht hören!«

»Ab diesem Jahrgang sind Ihre Weine …«

»Ich hab gesagt, ich will es nicht hören! Gehen Sie jetzt.« Rosch stand auf und ging um die Biertischgarnitur zu Julius.

»Aber ich habe doch noch gar nichts gekauft.«

»Hauen Sie ab! Ich komm auch nicht zu Ihnen und kritisiere Ihr Essen.« Rosch zog Julius an den Schultern empor.

»Ihre Weine sind großartig, bis vor drei Jahren, seitdem sind sie völlig anders. Ihnen fehlt das besondere Etwas.«

»Raus! Sonst fehlt Ihnen gleich das besondere Etwas!«

Doch Julius ging nicht. Der heilige Nikolaus mochte ihn Richtung Tür drücken, so viel er wollte. Wenn ein Julius Eichendorff nicht gehen wollte, konnte man genauso gut einen Blauwal drücken.

»›Unglück gibt einen tiefen Klang in einem tüchtigen Gemüt‹, dichtete einst mein Vorfahr. Was ist seit drei Jahren anders? Welches Unglück hat Ihr Gemüt damals in Mitleidenschaft gezogen?«

»Halten Sie eigentlich nie das Maul?«

»Sagen Sie eigentlich auch mal, was Sache ist? Machen hier einen auf harten Hund, aber wenn man dann mal eine unangenehme Frage stellt, bekommen Sie die Zähne nicht auseinander.«

Der heilige Nikolaus presste die Lippen zusammen. Julius stellte sich auf einen Schlag ein.

Doch Rosch redete. Mit leiser Stimme. »Es war das Jahr, als Julia mich verlassen hat.« Die nächsten Worte hauchte er nur noch, als spreche er sie nicht zu Julius, sondern zu seiner Julia. »Mein süßes, kleines Bergchen.«

»Doch nicht etwa Julia Berg?«

»Woher kennen Sie meine Julia?« Der heilige Nikolaus kam wieder näher. Nun konnte es wirklich gefährlich werden.

»War Christian See der Grund, warum Julia Berg Sie verlassen hat? Und hatten Sie Streit mit Christian See, als er bei Ihnen war?«

»Lecken Sie mich!« Rosch drehte sich um und verschwand mit knallender Tür im Haus.

»War es Julia Bergs Auto, das Sie damals angezündet haben?«

Keine Antwort. Doch Julius brauchte auch keine. Nikolas Rosch hatte vor drei Jahren das Auto einer Frau angezündet. Also in genau dem Jahr, in dem Julia Berg ihn verlassen hatte.

Die Wartezeit bis zum Eintreffen des Taxis verbrachte Julius etliche Meter vom Weingut entfernt, falls den heiligen Nikolaus doch noch der heilige Zorn packen sollte.

Diesmal war der Taxifahrer ein schweigsamer Bursche, sein Radio lief dafür umso lauter.

»Wir melden uns live vom Niedertor in Ahrweiler, wo Summer Glow gleich ihre neue Performance ›Mirror Shield‹ aufführt – wir sind schon sehr gespannt! Die Künstlerin steht gerade neben mir: Was dürfen wir erwarten?«

»Eine Hommage an die Künstlerin Valie Export, die sich für Frauenrechte einsetzt.«

»Wann ist Ihnen denn die Idee dazu gekommen?«

»Nach den Sex-Mob-Vorfällen am Kölner Hauptbahnhof in der Silvesternacht. Da dachte ich mir: Man muss zeigen, dass

nur die Frau selbst bestimmt, wer sie wann anfassen darf. Und ich habe mich bewusst dafür entschieden, dass Menschen mich heute anfassen dürfen, obwohl ich nackt bin.«

»Haben Sie denn gar keine Angst, dass etwas Unangenehmes passiert?«

»Meine Performances sind wie das Leben: risikoreich. Sollte ich aber eine bewusste Gefahr erkennen, breche ich sofort ab.«

»Und warum findet diese Performance gerade am Niedertor in Ahrweiler statt?«

»Im Tordurchgang befindet sich ein spätgotisches Tuff-Relief aus der Zeit um 1500. Es zeigt Christus an der Geißelsäule mit zwei Peinigern. So wie Jesus gegeißelt wurde, werden auch wir Frauen von Peinigern gegeißelt. Deshalb ist dieser Platz so ideal.«

»Wer wissen möchte, was genau entblößt wird und was angefasst werden kann, der hat jetzt die Chance, zum Niedertor zu kommen, wo Summer Glow eine halbe Stunde performen wird.«

»Bringen Sie mich da hin!«, sagte Julius.

»Zu diesem Ringelpiez mit Anfassen?«

»Genau.«

»Aber die Strecke ist viel kürzer als die bestellte nach Heppingen.«

»Trotzdem möchte ich dort jetzt hin.«

Der Taxifahrer schnaufte. »Beim nächsten Mal rufen Sie sich ein anderes Taxi! Sagen Sie, dass Sie auf gar keinen Fall Jürgi haben wollen. Merken Sie sich meinen Namen!«

»Das werde ich, keine Sorge.«

Am Niedertor hatte sich bereits eine große Menschenmenge versammelt, Summer Glow war darin allerdings nicht auszumachen.

Julius mochte das über zwanzig Meter hohe Stadttor. Der mehrgeschossige Turm war der zweithöchste von insgesamt vier, die zur ehemaligen Stadtbefestigung Ahrweilers gehörten. Auf einem Vorsprung saß die Figur des Mauerspähers und blickte, die Augen vor der Sonne schützend, Richtung Bad Neuenahr. Also zum Feindesland.

Im Inneren existierten noch zwei Fallgitter, und in einer Nische des Fußgängerdurchgangs fand sich eine hölzerne Plastik der Schutzpatronin des Tores und der gesamten Niederhut, St. Katharina von Alexandrien. Was sie heute zu sehen bekam, konnte ihr nicht gefallen. Julius hatte die Performance-Künstlerin jetzt erspäht. Für ihre Verhältnisse war sie sehr angezogen. Business-Kleidung mit weißer Bluse, schwarzer Faltenhose und geschlossenen Schuhen. Freigelegt waren nur ihre Brüste, um die sich eine Art flexibler Parabolspiegel befand – sodass sich jeder, der nahe trat, selbst sah.

Kaum hatte Julius sie gesehen, erblickte Summer Glow auch ihn.

»Oh, hoher Besuch! Meine Damen und Herren, der Spitzenkoch des Ahrtals wird Teil meiner Performance: Julius Eichendorff!«

Die Menge applaudierte, weswegen Julius sich genötigt sah, zu winken und sich ein Lächeln abzuringen. Schnell trat er zu Summer Glow – und versuchte, nicht auf ihre Brüste zu schauen, die mit ihrer perfekten Form als Werbematerial der Schönheitschirurgie herhalten konnten. Damit er sie auch ja nicht berührte, lehnte Julius sich seitlich zu ihr.

»Ich will gar nicht bei der Performance mitmachen, sondern nur ein paar Fragen wegen des Mordes an Ihrem Ehemann stellen. Es ist ja auch in Ihrem Interesse, dass er aufgeklärt wird.«

»Packen Sie meine Brüste an, sonst sage ich gar nichts.«

»Aber hier kennen mich alle!«

»Packen Sie meine Brüste an, sofort.«

»Da ist sogar Presse.«

Sie drehte sich weg von ihm.

»Ich mach es ja.«

Summer Glow wandte sich wieder zu ihm. »Sofort!«

Julius tippte mit der Spitze eines Zeigefingers an die äußerste Außenseite ihres Busens. »So, berührt!«

Summer Glow lachte. »Na, bei Ihnen im Bett geht sicher die Luzie ab. Packen Sie gefälligst richtig zu!«

Julius sah sich nervös um, die Menge blickte gespannt auf ihn und hatte die Handys gezückt. Verdammter Mist! Was er hier machte, würde die Situation mit Anna sicher nicht verbessern. Ehefrauen mochten es einfach nicht, wenn man anderen Frauen an die Brüste packte.

Julius stellte sich so nah an Summer Glow, dass sein Rücken die Gaffer aussperrte. Und packte zu.

»Ihre Hände sind ja eiskalt.«

»Meine Durchblutung bekommt das hier gerade nicht richtig auf die Reihe.«

Summer Glow trat ein wenig zurück – Julius ließ aus ihm unerfindlichem Grund die Hände auf ihren Brüsten.

»Denken Sie nicht mal dran, loszulassen«, zischte sie. »Nur solange Ihre Patschehändchen da liegen, rede ich mit Ihnen.«

»Aber je länger sie da liegen, desto peinlicher ist es für mich.«

»Dann sollten Sie langsam beginnen, mir Fragen zu stellen.« Sie startete eine digitale Stoppuhr und hielt sie für alle sichtbar hoch.

»Waren Sie nachts bei Ihrem Mann? Nachdem er das Weingut Scholl verlassen hat?«

»Kneten Sie gerade meine Brüste?« Sie lachte.

»Nein, das bilden Sie sich ein. Beantworten Sie meine Frage. Schnell, bitte.« Na gut, es konnte sein, dass er ein wenig knetete. Aus Reflex. Wenn sich etwas anfühlte wie Teig, mussten seine Hände es walken. Er war Koch, verdammt noch mal!

»Ich war nachts nicht bei ihm, sondern in Berlin. Dafür gibt es etliche Zeugen. Hat die Polizei längst überprüft.«

»Es gibt Vermutungen, dass Christian See nachts noch eine Frau getroffen hat.«

»Nicht unwahrscheinlich. Aber es gibt noch andere Frauen außer mir. Auch wenn Ihnen gerade vermutlich keine einfallen.« Sie lächelte anzüglich. »Jetzt fühlen sich Ihre Hände richtig gut an. Wollen wir nicht Du sagen, Herr Eichendorff?«

»Ihr Mann sagte wohl zu Schantalle de Malle, dass er ein

großes Unrecht wiedergutmachen wollte. Noch in der Nacht seines Todes.«

»Ein Unrecht wiedergutmachen?« Sie lachte auf. »Da hätte er viel zu tun!«

»Vielleicht wollte er eines bei Ihnen gutmachen?«

»Nein, zwischen uns war alles geklärt. Ich glaube, Sie brechen gerade den Rekord für das längste Betatschen. Da kommen Sie sicher groß raus in den Medien.«

»Oder wollte er bei Julia Berg etwas wiedergutmachen, weil sie wegen ihm zur sozial Geächteten geworden war?«

»Das hat sie sich ja wohl selbst zuzuschreiben. Außerdem glaube ich, ihr gefällt das so. Dadurch hebt sie sich von den anderen Schwachmaten-Fans ab. Aber wenn Sie wissen wollen, ob es da etwas gutzumachen gibt, fragen Sie am besten Ihre Kusine Annemarie. Sie müssen gar nicht so überrascht gucken, weil ich von Ihrer Verwandtschaft weiß. Annemarie gibt doch überall mit Ihnen an. Auch im Christian-See-Forum. Und sie ist ganz dicke mit Julia.«

Julius ließ los.

»Oh, schade, ich hatte mich gerade so an Ihre schönen großen Hände gewöhnt. Das müssen wir unbedingt wiederholen. Ich bin ja jetzt auch wieder Single.« Sie stoppte die Zeit. »Ein neuer Rekord!«

Die Menge applaudierte.

Als Julius sich durch sie hindurch in den Kanonenwall drückte, klopften ihm die Männer auf den Rücken und die Frauen blickten ihn irritiert an. Er bekam es gar nicht richtig mit, denn seine Gedanken fuhren Achterbahn. Wenn Julia Berg mit Annemarie befreundet war, konnte seine Kusine ihr auch verraten haben, wo sie Christian See in der Nacht seines Todes finden würde. Und falls Annemarie das getan hatte, konnte Julia Berg die ominöse Frau sein.

Und die Täterin.

Er musste sofort zu ihr!

Jemand tippte ihm auf die Schulter. »Herr Eichendorff? Kann ich Sie kurz sprechen?«

Julius hatte weder Zeit noch Lust für ein Interview. »Kein Kommentar an die Presse. Und falls ich Sie mit einem Essen bestechen kann, damit Sie kein Foto von mir und Frau Glow abdrucken, dann können Sie das gerne haben.«

»Ich bin es, der Pascal Ritter.«

Julius drehte sich um, der junge Winzer stand vor der Stadtmauer und lächelte freundlich.

»Als ich gehört habe, dass Summer Glow hier ihre Brüste zeigt, musste ich unbedingt kommen.«

»Haben die Ihnen bei unserer Weinstampfaktion so gut gefallen?«

»Nein, das nicht, also schon, aber darum geht es nicht.«

»Worum denn dann?«

»Es geht auch eigentlich gar nicht um ihre Brüste, sondern um das Drumherum.«

»Sie wollten den Rest von ihr nackt sehen?«

»Nein, also ja, aber Sie verstehen das gerade alles falsch.«

»Sie sind ein junger Mann, Frau Glow eine attraktive Frau, ich verstehe das, glaube ich, genau richtig.«

Pascal Ritter schüttelte den Kopf. »Nein, wirklich nicht. Schauen Sie hier.« Er hob sein Handy, doch die Sonne spiegelte sich im Display. »Wir müssen in den Schatten gehen.« Nach wenigen Schritten verdeckte die Stadtmauer das Himmelsgestirn. »Hier, das sind einige von den Fotos, die bei der Aktion gemacht wurden. Ich weiß, die Bildausschnitte sind miserabel, und vieles ist unscharf. Die ersten sind alle entstanden, als Summer Glow noch ihren Glitzerbadeanzug trug.«

»Da wischen Sie aber schnell drüber.« Julius lachte. »Nicht das, was Sie interessiert.«

Pascal Ritter wischte weiter. »Um diese Fotos hier geht's mir. Da hatte sie sich nackt gemacht. Das hier zum Beispiel ist scharf und das auch.« Er zoomte heran. »Sehen Sie, was ich meine?«

»Ich sehe eine nackte, von Rotweinmaische beschmierte Frau.«

»Das dachte Frau Glow sicher auch. Aber man sieht viel mehr! Die Maische ist nämlich nicht überall hingekommen.«

Jetzt erst fielen Julius die Wunden auf, sie verliefen von der Hüfte bis zum Bauch.

»Ich hab so was schon mal gesehen, im Fernsehen«, sagte Pascal Ritter. »Das sind Spuren von Schlägen mit einem Stock oder einem Gürtel.«

»Und frische noch dazu«, ergänzte Julius. »Das Rot ist intensiv. Meine Güte.«

Das erklärte, warum die Nacktkünstlerin nicht direkt entkleidet in den Bottich gestiegen war. Und warum sie sich mit der Maische eingerieben hatte, bevor sie den Badeanzug auszog. Niemand sollte sehen, dass sie geschlagen worden war. Auch die heutige Aktion legte nur zwei Körperteile frei, an denen sich keine Spuren fanden.

Er musste sofort zurück zu Summer Glow und sie darauf ansprechen. Selbst wenn es bedeutete, dass er nochmals ihre Brüste anfassen musste. Was für die Presse ein gefundenes Fressen wäre.

Egal, Julius rieb sich die Hände warm.

Doch als er zurück zum Niedertor kam, waren Menschenmenge und Summer Glow verschwunden.

»Wo ist sie hin?«

Pascal Ritter zuckte mit den Schultern. »Ich glaube, sie übernachtet in einem Luxushotel in Bonn, aber wo genau, da hab ich keine Ahnung.«

»Vermutlich haben Sie auch keine Ahnung, wo Julia Berg wohnt.«

»Die Verrückte? Doch, klar. Bei einem Kumpel von mir in der Nähe. Soll ich Ihnen die Adresse in Godeneltern aufschreiben?«

Julius' Gesichtsausdruck war Antwort genug.

Leider hatte er beim Taxiruf vergessen zu erwähnen, dass er nicht von Jürgi gefahren werden wollte – und so saß er wenige Minuten später wieder in dessen Wagen.

»Was habe ich Ihnen eben gesagt?«, fragte Jürgi genervt.

»Diesmal überlege ich mir nicht anders, wo ich hinwill. Versprochen!«

»Ich fahr Sie nur schwarz. Mit Aufschlag.«

»Geht klar.«

»Und die Kohle im Voraus. Dreißig Euro.«

Julius reichte ihm das Geld. »Bitte schön.«

»Machen Sie es sich bequem, die Fahrt geht los.«

Sie dauerte nur kurz, und Jürgi setzte ihn nicht vor Julia Bergs Haus ab, sondern etliche Meter entfernt. Mehr sei für das Geld leider nicht drin.

Julius war nicht danach, das zu kommentieren. Den Namen Jürgi würde er sich aber definitiv merken.

Das Taxi brauste schnell davon, und Julius ging den Weg entlang. Häuser gab es hier keine außer dem kleinen von Julia Berg in der Ferne.

Ein Knacken hinter sich war das Letzte, was er hörte.

Dann löste sich seine Welt in Schwärze auf wie Salz in Wasser.

Der Brand war ein Fehler.

Nur weil sich eine Chance bietet, muss man sie nicht nutzen. Es war überhastet und dumm.

Was für ein Glück, dass im Radio berichtet wurde, wo Eichendorff sich aufhält. Hätte er die Hände von dieser Frau gelassen, läge er jetzt nicht vor mir. Er ist selbst schuld.

Die Wunde an seinem Hinterkopf blutet immer noch.

Nicht schlimm. Im Gegenteil. Je schwächer er ist, desto weniger Widerstand wird er leisten. Doch bevor ich ihn töte, muss ich erfahren, was er weiß. Und damit die Polizei. Ich muss herausfinden, welche Spuren zu verwischen sind. Er wird mir alles sagen. Dafür werde ich sorgen. Danach wird er erlöst.

Doch seine Leiche wird niemals auftauchen.

Das würde die Reihe meiner Morde zerstören. Kein Schlagersänger, kein Aufknüpfen.

Er wird unbemerkt sterben.

Und unbemerkt verscharrt.

Julius Eichendorff wird einfach vom Erdboden verschwinden.

8

»DIE NACHT MIT DIR WAR VIEL ZU KURZ«

Freitag, 7. September

Schläfrig tastete Anna neben sich über das Laken, doch die Matratze war leer.

Sie öffnete die nachtschweren Augen, um eine optische Überprüfung vorzunehmen.

Kein Julius.

Stattdessen lagen dort Bücher von Christian See, in die sie zur Recherche reingelesen hatte. Verschwörungsliteratur wie »Die Frau, die AIDS erschuf« und »Galileo irrt!« sowie ein schundiges Frühwerk namens »Kung-Fu-Meister George Smooth: Kreuzzug der Rache«. Aber wo lag »Und der Dämon trällert eine Melodie. Ein Erotik-Eastern«?

Anna spürte das Buch, bevor sie es sah. Sie hatte darauf geschlafen, eine der Seiten klebte noch in ihrem Gesicht, die anderen hatten ihre Abdrücke darin hinterlassen.

Gut, dass Julius nicht da war. Er hätte bestimmt einen Witz darüber gemacht.

Allerdings roch sie beim Aufwachen sonst immer köstlichen äthiopischen Kaffee, den er für sie frisch mahlte und aufbrühte. Heute duftete das Haus nach gar nichts. Zudem waren die Kater nirgends zu sehen. Anna hasste es, wenn ihre morgendliche Routine gestört wurde. Jetzt war die Routine nicht mal mehr vorhanden.

Da konnte sie im Badezimmer auch gleich so weitermachen. Heute reichte eine Katzenwäsche, sie würde sowieso keinen Schritt vor die Tür gehen müssen. Gestern hatte sie Urlaub eingereicht. Den Spießrutenlauf nach der Nummer von Julius und Summer Glow wollte sie sich ersparen. Wenn er so scharf darauf war, anderer Frauen Brüste zu betatschen, dann von ihr aus bitte schön. Ihre würde er in nächster Zeit sicher nicht zu Gesicht bekommen!

Anna schlurfte hinunter in die Küche, wo ihr klar wurde, dass sie keine Ahnung hatte, wie die chromblitzende Kaffeemühle funktionierte.

Sie machte sich einen Tee – und linste ins Wohnzimmer.

Dort war Julius auch nicht.

Wahrscheinlich schlief er bei FX.

Sie schmierte sich ein Brot im Stehen, auf den Boden krümelnd. Julius hätte das nie gutgeheißen. Das hatte er davon! Auch dass sie jetzt die Rolling Stones auflegte, obwohl er zur Beatles-Fraktion gehörte.

Es fühlte sich viel weniger befriedigend an als erhofft.

Es klingelte an der Haustür. Vermutlich hatte Julius wieder Katzenminze oder Spielzeug für die Kater bestellt – die allerdings immer am meisten Spaß an der Verpackung hatten. Normalerweise hätte sie ihre Haare vor dem Öffnen der Haustür im Dielenspiegel gerichtet, aber heute musste das für den Paketboten einfach mal nicht sein.

Es war nicht der Paketbote.

Es war Julius' Mutter.

Sie schlug die Hände vor dem Gesicht zusammen. »Wie siehst du denn aus, Anna?«

»Ich hatte nicht mit dir …«

»Es ist wirklich höchste Zeit, dass ich vorbeikomme!«

»Wie meinst du das?«

Ihre Schwiegermutter drückte sich an ihr vorbei ins Haus. »Mach du dich erst einmal ausgehfein, dann reden wir weiter.«

»Ich muss mich doch nicht …«

»Doch, doch und ich sag dir auch gleich, wieso. Vertrau mir, das kannst du ruhig.«

»Wo ist denn …?«

»Der passt aufs Auto auf. Ich geh jetzt schon mal in die Küche und pack alles in den Kühlschrank. Das soll ja nicht schlecht werden, das gute Zeug.«

Normalerweise hätte Anna Gegenwehr geleistet, doch sie

war froh über jede Sekunde Zeit ohne Julius' Mutter. Es war ihr zudem lieb, dieser Frau wie aus dem Ei gepellt gegenüberzustehen, denn sonst bekam man Blicke, die mehr schmerzten als Ohrfeigen.

Als sie wieder herunterkam, kochte ihre Schwiegermutter gerade Eier.

»Was tust du da?«

»Wonach sieht es denn aus?«

»Danach, dass du Eier kochst.«

»Dann sieht es richtig aus. Ich hab euch erst mal zehn Hartgekochte gemacht. Die musst du in Julius reinkriegen.«

»Warum denn?«

»Ich habe auch ein Dutzend Austern besorgt und Vanilleschoten.«

Die Katzen saßen vor dem Kühlschrank, als wäre er der Eingang zum Paradies.

»Ist Julius krank?«, fragte Anna, mit einem Mal besorgt.

Ihre Schwiegermutter schüttelte den Kopf. »Es geht um seine Eiweißversorgung. Ein Mann, der zeugen soll, braucht viel davon. Habe ich mit meinem damals genauso gemacht. Dem wäre das Eiweiß fast aus den Ohren rausgekommen. Das Ergebnis kannst du dir ja vorstellen! Ich kam wochenlang nicht mehr dazu, mir die ›Tagesschau‹ anzuschauen.« Sie zwinkerte ihr zu.

Anna trat an den Küchentisch, wo Duschgel und andere Pflegeprodukte lagen. »Und das hier? Soll er das auch schlucken?«

»Unsinn, das ist für dich. Dieses Duschgel ist mit Echt Kölnisch Wasser. Dem Duft können Männer nicht widerstehen. Er macht sie wild! Und das Haarspray ist wie Beton. Hält deine Frisur auch im Bett in Form. Musst du mir nichts für geben, kommt von Herzen.«

»Aber ich hab so was doch schon.«

»Ja, aber nicht in so gut. Ich sag immer: Kein Herrenreiter sattelt ein ungepflegtes Pferd!«

Anna ließ sich auf einen Küchenstuhl sinken. »Ich wusste nicht, dass wir hier auf der Galopprennbahn sind. Ich hab es immer für ein Einfamilienhaus gehalten.«

»Tu nicht so unschuldig, du weißt genau, was ich meine. Und noch ein kleiner Tipp.«

»Immer raus damit, du bist gerade so gut in Schwung.«

»Ja, nicht?« Ihre Schwiegermutter senkte die Stimme. »Mach ruhig mal was Frivoles.«

»Ach, was denn zum Beispiel? Das würde mich ja jetzt interessieren.«

»Lass einfach mal das Licht beim Verkehr an. Du kannst dir das jetzt noch erlauben.«

»Na, danke!«

»Gern geschehen.« Ihre Schwiegermutter schaltete das Radio an. »Die bringen ständig was über meinen Julius. Wegen der Fernsehsache mit diesem Verbrecher aus Berlin, diesem Sömler.«

»Sommelier.«

»Genau, diesem Bobby Sömler. Sie haben auch über diese verrückte Nackig-Performance berichtet, also dass Julius sich daran beteiligt hat. Da konnten Leute anrufen und was zu sagen. Alle finden gut, dass er als werdender Vater Hand angelegt hat. Für die Frauenrechte.«

»Da bin ich aber beruhigt. Ich hab mich auch total gefreut.«

»Du hast wirklich Glück mit meinem Sohn!«

»Ich danke dem Herrn jeden Morgen dafür.«

»Es ist gut, dankbar zu sein. Ich wünschte, ich hätte auch Grund dazu, aber du kennst ja deinen Schwiegervater.« Sie blickte auf ihre goldene Armbanduhr. »Ich muss jetzt auch wieder zu ihm ins Auto. Wenn ich zu lange weg bin, verstellt er immer irgendwas.«

»Das bekommt man ja nie wieder in Ordnung.«

»Doch, schon. Aber das dauert dann wieder. Und ich wollte doch zu dem Weinberg, den sie diese Nacht platt gefahren haben. Den wollte ich mir mal anschauen.«

»Was? Wo denn? Hab ich gar nichts von mitbekommen.«

»Ja, weil du kein Radio hörst! Unterhalb vom Weingut der Scholls. Willst du auch hin? Sollen dein Schwiegervater und ich dich mitnehmen?«

»Nein danke, ich hab leider zu tun.«

»Wie schade, dann hätten wir uns weiter unterhalten können. Ich kann als erfahrene Frau noch einiges an dich weitergeben. Aber das bekommen wir sicher ein andermal noch hin. Und wenn das Kind erst da ist, werdet ihr mich sowieso ganz oft sehen.«

Es wurde so viel von natürlicher Verhütung gesprochen, merkwürdigerweise erwähnte niemand Mutter Eichendorff. Dabei hatte sich das Thema Nachwuchs für Anna nun definitiv erledigt.

Der platt gefahrene Weinberg dagegen nicht. Dem würde sie jetzt auch mal einen Besuch abstatten.

Als interessierte Ahrtaler Bürgerin.

Aber sie würde ein wenig warten, damit sie ihre Schwiegermutter dort garantiert nicht traf.

Drei Stunden. Nur um sicherzugehen.

Der zerstörte Weinberg lag nicht direkt unter dem Weingut Scholl, sondern am Wanderweg, der von dort ins Tal führte. Die Rebstöcke waren zerbrochen, die Beeren zerquetscht, die Drähte gerissen. Eine Schneise der Verwüstung.

»Da muss nachts einer drübergebrettert sein«, sagte eine Frau und stellte sich neben Anna. Es war Rebecca Scholl, die ein paar Trauben in der Hand hielt und ihr anbot. »Aber keiner von uns hat irgendetwas gehört. Wir schlafen leider nach hinten raus, sonst hätten wir es mitbekommen und den Kerl verprügelt.«

Anna nahm eine Beere. »Danke.« Sie steckte sie sich in den Mund. »Das ist sicher nicht aus Versehen passiert.«

»Nee, bestimmt nicht. Falls einer von der Straße abgekommen wäre, hätte er nicht so viele Stöcke umgesenst. Da ist jemand vor- und zurückgefahren, bis er das ganze Areal geplättet hatte.«

»Ein Betrunkener würde nicht so strategisch vorgehen.«

»Richtig. Da wollte jemand genau diese Rebstöcke zerstören.«

»Ist an denen denn etwas besonders? Sind sie sehr alt oder wertvoll?«

»Nicht dass ich wüsste. Das sind ganz normale Grauburgunder- und Rieslingstöcke, zehn bis fünfzehn Jahre alt, die hier auf einem eher fetten Boden stehen. Den Wein bekommt man gut verkauft, aber ein Spitzentropfen ist es nicht.«

Anna nahm sich noch ein paar Beeren, sie schmeckten köstlich. »Wie hoch ist der Schaden?«

»Das sind sicher zweihundertfünfzig Rebstöcke, also rund fünfzehntausend Euro.«

»Sind Sie dagegen versichert?«

»Oh, das ist nicht unser Weinberg. Er gehört Pascal Ritter.« Rebecca Scholl drehte sich um und ging zum Weingut.

Anna blieb an ihrer Seite. »Hätten Sie etwas Zeit für mich?«, fragte sie.

»Hab ich denn eine Wahl, Frau Kommissarin?« Rebecca Scholl warf die restlichen Trauben in den Weinberg. »Können wir dabei wenigstens etwas trinken?«

»Klar, trinken ist gerade sowieso eine gute Idee. Eben war meine Schwiegermutter bei mir, das hab ich noch nicht ganz verkraftet.«

Rebecca Scholl lächelte. »Dann habe ich genau das Richtige für Sie.«

Im Verkostungsraum des Weinguts setzten sie sich an einen Tisch, der aus großen Eichenbohlen geschreinert worden war. Ohne Anna das Etikett des Weins zu zeigen oder etwas über ihn zu verraten, schenkte Rebecca Scholl ein.

»Ist das ein Naturwein?« Anna nahm einen Schluck.

»Schmeckt er Ihnen, oder schmeckt er Ihnen nicht?« Die Winzerin sah Anna erwartungsvoll an.

»Ja, sehr. Aber ich kann das nie so gut beschreiben.«

»Macht nix. Wein ist nicht da, um ihn zu beschreiben, sondern um ihn zu genießen. Auch wenn das manchmal anders wirkt. Was Sie im Glas haben, ist Stephans Testlauf für seinen Vino Furioso. Er hat auch schon ein Plakat dafür erstellt.« Sie wies zum Eingang. Das Plakat dort zeigte eine Weinflasche, der Arme und Beine gewachsen waren. Sie blickte wütend aus dem Bild und brüllte. Durch die Schallwelle kippten normale Flaschen im Hintergrund um.

»Seinen Wein? Ist es nicht Ihr gemeinsamer?«

Statt zu antworten, nahm Rebecca Scholl selbst einen Schluck. »Der Slogan soll irgendwas mit ungebändigter Kraft beinhalten. Ich finde ja, das wirkt wie für einen Alcopop. Aber wenn Stephan sich etwas in den Kopf gesetzt hat, dann …« Sie zuckte mit den Schultern.

»Sie klingen nicht wie eine Missionarin in Sachen Wein.«

»Wir Deutschen sind immer so dogmatisch schwarz-weiß. Barriquefass kontra Fuder, Spontangärung kontra Reinzuchthefe, bio kontra biodynamisch. Die Weinszene kommt mir manchmal vor wie Schiiten und Sunniten. Wir alle lieben den Wein, und dann streiten wir uns um Details.«

»Ihr Mann sieht das wohl anders.«

»Es ist beim Wein wie bei Menschen, oder? Diese ganzen Begriffe, um uns auseinanderzudividieren. Ausländer, Migranten, Deutsche. Es gibt Arschlöcher und keine Arschlöcher. Ende. Es gibt gute und schlechte Weine, gute und schlechte Winzer, gute und schlechte Jahrgänge. Als Naturweinwinzer muss man perfektes Lesegut haben, sonst klappt das alles nicht, sonst ist der Wein miserabler als der plumpeste Industrietropfen mit seinen unzähligen Zusatzstoffen.« Sie sah Anna an. »Was wird das hier eigentlich? Gehört das alles zur Mordermittlung?«

»Nein, ich ermittle gerade nicht. Wir reden nur miteinander, weil ich zufällig vorbeigekommen bin.«

Rebecca Scholl schmunzelte. »Also sind wir nur zwei Frauen, die nett miteinander quatschen?«

»Würde Ihnen das gefallen?«

Rebecca Scholl lächelte süffisant. »Machen wir uns doch nichts vor. Egal, wie Sie es nennen, Sie befragen mich. Wären wir einfach nur zwei Frauen, die miteinander quatschen, würden Sie mir auch von sich erzählen. Aber das werden Sie nicht tun. Oder wollen Sie mir über Ihre Versuche berichten, ein Kind zu bekommen? Im Detail? Ich bin ganz Ohr.«

»Sie sind eine kluge Frau.«

»Wusste ich es doch, kein Wort werden Sie mir erzählen.«

Anna lehnte sich zurück. »Mit meinem Mann ist es gerade sehr schwierig. Wir reden nicht miteinander, ja er schläft noch nicht mal mehr zu Hause. Er hat mich fast meine Stelle gekostet, weil er so ein verdammter Dickkopf ist.«

Rebecca Scholl zog die Augenbrauen überrascht empor, dann reichte sie Anna die Hand. »Wir sollten uns duzen, ich bin Becca.«

»Anna.«

»Sag mal, Anna, jetzt, wo wir Freundinnen sind: Stehe ich unter Mordverdacht?«

»Du kommst ja direkt zur Sache, Freundin.«

»Unter Freundinnen ist das völlig normal.«

Anna nickte. »Zurzeit fokussieren sich die Ermittlungen auf Bobby Pizzer, der in U-Haft sitzt. Aber du gehörst weiterhin zum erweiterten Kreis der Verdächtigen. Deshalb haben dich die Kollegen ja auch schon vernommen. Ich hab die Akten gelesen. Dein einziges Alibi ist dein Ehemann. Allerdings könntet ihr Christian See zu zweit umgebracht haben. Es ist ohnehin ein Mord, bei dem wir vermuten, dass ihn niemand allein durchgeführt haben kann.«

»Das ist dann wohl ein Ja. Fragst du mich jetzt, ob ich es war?«

»Nein, darauf bekommt man selten eine hilfreiche Antwort. Ich stell dir eine andere Frage: Was war das mit dir und Christian See? Ging die Sache schon länger?«

Rebecca blickte Anna überrascht an, dann strich sie sich nervös über den Nasenrücken. »Mit dem? Nein. Ich war betrunken und wütend, und er war greifbar.«

»Aber warum in der Toilette? Warum sich nicht für den nächsten Tag verabreden?«

»Weil ich wollte, dass Stephan es mitbekommt. Darum ging es ja. Es war ein bescheuerter Hilferuf. Unsere Ehe ist nämlich schon lange keine funktionierende mehr.« Rebecca stieß ein trockenes Lachen aus. »Funktionierende Ehe, wie das klingt! Als sei das, was wir miteinander haben, eine Maschine, die rundlaufen muss.«

»War er der Erste?«

»Was?«

»Bobby Pizzer kam ja häufiger ins Weingut.«

»Ist das dein Eindruck von mir?«

»Nein, eigentlich nicht.«

»Eben.« Rebecca stöpselte den Wein zu.

»Und ist es so gelaufen, wie du gehofft hast? Also dein Hilferuf?«

»Wir hatten einen Riesenstreit. Ich bin dann gefahren. Stephan kam erst am Morgen nach.«

Anna zog scharf Luft ein. »Du weißt, was du gerade gesagt hast?«

»Nein, was denn?«

»Wenn du entgegen eurer bisherigen Aussage zuerst gefahren bist und Stephan erst danach, dann hat keiner von euch mehr ein Alibi. Was wiederum bedeutet, dass du es gewesen sein kannst – oder dein Mann.«

»Ich trau ihm einiges zu. Aber das nicht. Andererseits kommt es mir manchmal vor, als wäre er zu einem Fremden geworden. Stephan ist viel unterwegs. Tagsüber und nachts. Ich frage nicht mehr, was er macht. Es ist mir auch egal.«

»Warum gehst du nicht einfach?«

»Hier ist unser ganzes Geld drin. Wenn ich gehe, bricht alles auseinander. Das Weingut kettet uns zusammen. Und jetzt muss ich weiterarbeiten. Du hast sicher auch noch zu tun. Oder muss ich jetzt wieder Sie sagen?«

»Nein, wir bleiben beim Du. Es sei denn, du bist die Täterin.«

»Auf Wiedersehen«, sagte Rebecca und verschwand durch eine Tür hinter der Theke.

Anna gestand es sich nicht ein, aber sie war enttäuscht, als bei ihrer Rückkehr kein Käfer vor dem Haus stand. Also kein Julius, der in der Küche werkelte und ein Entschuldigungsessen kochte. Es würde auch kein Strauß Entschuldigungstulpen auf dem Tisch stehen. Dieser starrköpfige Blödmann. Der konnte was erleben, wenn er wieder auftauchte!

Wütend öffnete sie den Briefkasten – und fand neben normaler Post auch ein Notizbuch mit dem Titel »Meine Lieblingsrezepte«. Ganz ohne Adresse oder Briefmarke. Irritiert schlug sie es auf. Zu ihrer Überraschung enthielt es kein einziges Rezept.

»Ermittlung Mord Christian See, Sonntag, 2. September«, stand in Julius' Handschrift auf der ersten Seite. Anna sperrte schnell die Haustür auf und setzte sich mit dem Notizbuch an den Küchentisch. Es war unterteilt in Vorspeisen, Hauptgerichte und Desserts. Julius hatte die Zutatenliste der ersten Vorspeise zweckentfremdet und eine Verdächtigenliste verfasst:

- *Stephan Scholl. Motiv: Eifersucht*
- *Rebecca Scholl. Motiv: Unerwiderte Liebe, falls Christian See sie nach dem Liebesspiel abwies*
- *Julia Berg (Stalkerin). Motiv: Unerwiderte Liebe*
- *Schantalle de Malle/Susanne Hain. Motiv: Der vermu tete Hit-Song und Eifersucht*
- *Summer Glow. Motiv: Eifersucht, auch wenn sie dies abstreitet, oder wahlweise: das Erbe*
- *Bobby Pizzer. Motiv: Der Mord bringt ihn groß in die Medien*
- *Der vermeintliche Jens Stelter, angeblich Kellermeister bei den Scholls, Lancia-Fahrer (BM-FC 1144). Motiv: ?*
- *Antoine Carême*
- *Annemarie*

Unklar:
- *Nikolas »der heilige Nikolaus« Rosch*

Für einen Mann, der so viel über Liebe gesungen hatte wie Christian See, gab es eine Menge unerwiderter Liebe in seinem Leben. Anna musste lächeln, weil Julius »Liebesspiel« schrieb, wo jeder andere nur drei Buchstaben benutzt hätte.

Gestutzt hatte sie beim Eintrag des Lancia-Fahrers. Was hatte es damit auf sich? Sie wusste nichts von einem angeblichen oder tatsächlichen Kellermeister der Scholls. Schnell wählte sie die Nummer eines Kollegen, der ihr Namen und Adresse zu dem Kennzeichen beschaffen konnte – sie mochte außer Dienst sein, ihre Kontakte waren es nicht. Leider erreichte sie ihn nicht und hinterließ nur eine Nachricht auf dem Anrufbeantworter.

Plötzlich sprang Herr Bimmel auf den Küchentisch, rieb sich am Notizbuch und maunzte.

»Ja, ich weiß. Ich wünschte auch, er wäre da. Aber wehe, du verrätst ihm das!«

Felix gesellte sich dazu und kratzte an dem Buch, als käme Julius dann zum Vorschein. Die beiden Kater wirkten richtiggehend verstört. Anna stellte ihnen ein Tellerchen mit Serranoschinken hin, doch nach kurzem Schnüffeln rührten sie es nicht an. Sehr merkwürdig.

Sie strich ihnen über die Köpfchen und las weiter. Auf einer Seite für einen Hauptgang fand sich der zeitliche Ablauf von Christian Sees letzten Stunden:

Samstag, 1. September
12:40 Uhr: Ankunft Flughafen Köln/Bonn
14:00 Uhr: Rittergut (Weinprobe)
ca. 16:00 Uhr: Weingut Nikolas Rosch (Weinprobe)
--- Zeitspanne unklar/Weiteres Weingut? ---
19:17 Uhr: Alte Eiche (rein), Eichenklause (raus)
ca. 20:00 Uhr: Weingut Scholl (Weinprobe & Essen von Antoine Carême)
Im Laufe des Abends: Christian See und Rebecca Scholl verschwinden auf der Toilette
ca. 23.30–00.00 Uhr: Bobby Pizzer verlässt das Weingut

Sonntag, 2. September
ca. 00:00 Uhr: Christian See verlässt zu Fuß das Weingut Scholl
00:14–0:26 Uhr: Annemarie ist am Weingut, sieht Christian See küssend mit einer Frau, es handelt sich um Schantalle de Malle/Susanne Hain
--- Christian See telefoniert, will etwas wiedergutmachen ---
MORD (vorher Diebstahl von Absperrgittern und Seil bei der Feuerwehr)

Anna setzte ihren Stift an und ergänzte, dass Christian See während der unklaren Zeitspanne in seinem Bad Neuenahrer Hotel eingecheckt hatte, bevor er zur »Alten Eiche« gefahren war, um Julia Berg mit Annemaries Hilfe abzuhängen. In Julius' Notizbuch fanden sich noch etliche andere Eintragungen. Vieles davon wusste Anna, doch einiges auch nicht. Antoines peinliches Tattoo brachte sie zum Grinsen. Auch dass Annemarie zehntausend Euro für Ausstellungsstücke an Christian See gezahlt und ihr das Geldbündel zuvor in die Blutsuppe gefallen war – eine erfreulich normale Erklärung. Zumindest nach Annemaries Maßstäben.

Mit jeder Notiz fühlte sie sich Julius näher. Wie saublöd, dass sie nicht über den Fall hatten reden können. Sie tat es mit niemandem lieber als mit ihm, denn er setzte stets seine größte Stärke ein: sein Herz. Eine Ermittlungsstrategie, die klassische Polizeiarbeit nicht vorsah.

Anna schlug das Notizbuch zu – und glitt dabei mit den Fingerspitzen über eine unbeschriebene Seite. Sie war alles andere als glatt, eine Landschaft von Kratern und Tälern. Julius musste auf der Seite davor wieder einmal stark aufgedrückt haben. Als Anna nachschauen wollte, was darauf stand, entdeckte sie, dass die Seite herausgerissen worden war. Julius riss eigentlich nie Seiten heraus, weil es seinen Ordnungssinn störte, unordentliche Papierfitzelchen im Einband vorzufinden. Hatte er die Seite entfernt, um eines seiner Ermittlungsergebnisse vor ihr zu verbergen?

Anna hatte als Kind schon gern Detektivin gespielt, kannte dank der »YPS« alle Tricks professioneller Geheimagenten und war mit der Gimmicks besser ausgestattet gewesen als James Bond. Einen solchen Text sichtbar zu machen war eine ihrer leichtesten Übungen, dazu benötigte sie nur einen möglichst weichen Bleistift.

Sie setzte den Stift an und begann, über die Abdrücke zu schraffieren. Und wurde immer langsamer, als sie begriff, was dort stand.

Für Anna
Dinge, die ich an dir liebe

1. Ich liebe es, wenn du lachst und dann dieses kleine Grübchen an deinem Kinn auftaucht.
2. Ich liebe es, wenn du nachts zu mir ins Bett unter die Decke kriechst und dich mit deinen kalten Füßen an mich schmiegst.
3. Ich liebe es, wie du mich veräppelst, weil ich keinen Kaffee trinke, der nicht frisch gemahlen ist.
4. Ich liebe es, wie vernarrt du in unsere beiden Tiger bist und es ihnen sogar nachsiehst, wenn sie Katzenstreu durch das halbe Haus tragen.
5. Ich liebe es, wie du Auto fährst, obwohl mir dabei schlecht wird.
6. Ich liebe es, wie wütend du wirst, wenn die Staffel einer deiner Lieblingsserien zu Ende ist und du Monate auf neue Folgen warten musst.
7. Ich liebe es, wie du mit Pflanzen redest, obwohl sie dir nie antworten.
8. Ich liebe es, dass du deine Familie liebst, obwohl sie es einem manchmal sehr schwer macht.
9. Ich liebe es noch mehr, dass du meine Familie liebst, die noch nicht einmal versucht, es dir leicht zu machen.
10. Ich liebe es, wenn du meine Hand nimmst und mich zum Schlafzimmer ziehst.

11. Ich liebe es, wenn dir schmeckt, was ich für dich gekocht habe.
12. Ich liebe es, wenn wir einen Film gucken und du lachst und weinst, weil dir alles so nahegeht.
13. Ich liebe es, dass du in einem Elektromarkt an keinem neuen Küchengerät vorbeigehen kannst, obwohl völlig klar ist, dass wir es nicht brauchen.
14. Ich liebe es, wie du dich auf dem Sofa in deine Kuscheldecke muckelst, als würden wir nicht in einem Haus, sondern in einer Eiswüste leben.
15. Ich liebe es, wie du in einem Buch versinkst, sodass ich Angst habe, du beißt mich, falls ich dich anspreche.
16. Ich liebe es, dass du es mit einem molligen, dickköpfigen, pedantischen Mann wie mir aushältst.
17. Ich liebe es, dass du, bevor wir ausgehen, eine Stunde im Bad verbringst und ich keine Ahnung habe, was du da treibst.
18. Ich liebe es vor allem, dich zu lieben. Es ist das Beste, was es gibt.

Anna griff sich den unvorsichtigerweise neben ihr stehenden Herrn Bimmel und drückte ihn so fest, dass er protestierend maunzte. Dann wischte sie sich die Tränen mit dem Handrücken fort. Sie würde Julius jetzt anrufen. Auch wenn er es eigentlich war, der sich melden sollte. Das würde sie ihm auch sagen. Es war sein Job, zu versuchen, sie zu erreichen. Ihr Job war es, nicht dranzugehen.

Sie griff sich ihr Handy.

»Die gewählte Rufnummer ist zurzeit nicht erreichbar«, verkündete eine automatische Ansage.

Sie rief im Restaurant an. FX nahm ab.

»Herzlich willkommen bei der ›Alten Eiche‹, mein Name ist Franz-Xaver Pichler, wie dürft ich Ihnen helfen?«

»Hallo, hier ist Anna, gib mir doch mal meinen Mann.«

»Würd ich sehr gern, aber der is net da.«

»Wie, nicht da?«

»Seit sie ihm seinen Käfer abgefackelt haben, war er net mehr hier. Ich dacht, der Herr hätte sich danach zu Haus verkrochen.«

»Wovon redest du?«

»Ja, weißt du es denn net?«

»Jetzt erzähl schon! Hörst du denn nicht, dass ich mir Sorgen mache?«

»Julius hat in seinem Käfer geschlafen, und der hat nachts Feuer gefangen. Mehr weiß ich auch net.«

»*Was?* Wann war das? Wieso fängt sein Käfer nachts an zu brennen? Wo ist das passiert? Und warum hat er mir nichts davon erzählt?«

»Das müsstest ihn schon selber fragen.«

»Würde ich ja gerne!« Anna legte auf. Und rief Annemarie an, danach Julius' Mutter und dann seine Großkusine Gisela. Julius war nirgendwo und auch nicht gesehen worden.

Na, der konnte sich auf etwas gefasst machen, wenn er heute nach Hause kam! Sie würde ihn im Wohnzimmer erwarten und ihm die Leviten lesen.

Und ihn dann stürmisch küssen für das, was er Wundervolles geschrieben hatte.

Das Klingeln des Telefons riss Anna aus dem Schlaf. Sie war mit einem Rotweinglas in der Hand auf dem Sofa eingeschlafen. Jetzt war es leer, dafür hatte der Stoff ihrer weißen Bluse bewiesen, welch große Mengen Flüssigkeit er aufnehmen konnte. Bevor Anna den Hörer abnahm, richtete sie sich kurz die Haare. So etwas wie gestern mit Julius' Mutter würde ihr nie wieder passieren. Zwar sah das Gegenüber sie beim Telefonieren nicht, aber so was spürte man einfach. Zumindest wenn man eine Frau war.

Das Gegenüber war aber ein Mann. Ihr Kontakt bei der Zulassungsstelle.

»Moin, zauberhafte Anna, haste was zu schreiben?«

Sie hatte einen Glastisch und einen Lippenstift. Das galt. »Schieß los.«

»Registriert ist der sieben Jahre alte Wagen auf einen gewissen Hansdieter Hilberg, wohnhaft Professor-Bietigheim-Straße 15 in Hürth. Sagt dir das was?«

»Nein, nichts. Trotzdem danke.«

»Immer gern. Gehst du jetzt mal mit mir einen trinken und danach auf eine schnelle Nummer zu mir?«

»Du weißt doch, dass ich verheiratet bin.«

»Er muss ja nie etwas davon erfahren.«

»Du Spinner! Wirst du nicht nächstes Jahr pensioniert?«

»Je oller, desto doller.«

»Aber nicht mit deinem Rücken!« Lachend legte Anna auf. Dann versuchte sie wieder Julius zu erreichen, wie sie es gestern schon unzählige Male versucht hatte. Aber erneut sprang nur seine Mobilbox an, auf die sie schon gesprochen hatte. Die ersten Male wütend, dann immer besorgter. Sie legte auf und strich mit dem Daumen nervös über das Display ihres Handys.

Eine halbe Stunde später fuhr sie nach Hürth, einen Ort im Speckgürtel Kölns, der vor allem für seine Fernsehstudios und die chemische Industrie bekannt war. Die nach dem berühmten deutschen Kulinaristiker, einem Freund von Julius, benannte Straße befand sich im Ortsteil Gleuel, nahe dem Otto-Maigler-See. Der schwarze Lancia stand vor dem schmucklosen Reihenhaus einer ehemaligen Braunkohlearbeitersiedlung. Anna parkte einige Meter dahinter. Nun hieß es warten. Das Radio konnte sie dabei nicht die ganze Zeit laufen lassen, sonst wäre irgendwann die Batterie leer. Also hatte sie Zeit zum Nachdenken – und dafür, siebenmal Julius' Handynummer zu wählen. Stets mit dem gleichen unbefriedigenden Ergebnis.

Sie nutzte die Wartezeit auch, um im Internet nach Hansdieter Hilberg zu suchen. Über jeden spuckte das Netz schließlich etwas aus – doch über Hilberg nicht. Keinen Tropfen. Es gab einen Mann gleichen Namens, der eine Kaffeerösterei in Daun führte, andere Namensvettern lebten noch weiter weg. Niemand in Köln, Hürth oder dem sonstigen Rheinland. Hier existierte kein Hansdieter Hilberg. Wie konnte das sein? Jagte sie einem Phantom hinterher?

Nach gut zwei Stunden, es war kurz vor elf, ging im Erdgeschoss des Einfamilienhauses das Licht an und ein Mann erschien, um sich in der kleinen Einbauküche etwas zuzubereiten. Anna nahm das Fernglas aus dem Handschuhfach und erkannte, dass der Mann nicht kochte, sondern Ravioli aus der Dose löffelte. Er schien Mitte vierzig zu sein, mit ungepflegtem Dreitagebart: durchschnittlich unschlank, durchschnittlich groß, durchschnittlich braune Haare mit grauem Ansatz an den Seiten. Ob dies Hansdieter Hilberg war? Jetzt stellte er die Dose ab und hielt sich ein Handy ans Ohr. Er nickte, schaltete es aus und verließ die Küche. Kaum fünf Minuten später trat der Mann vor die Haustür.

Und stieg in den schwarzen Lancia.

Anna startete den Motor. Ihr silberner Golf war ideal, um jemandem unauffällig zu folgen. Es ging über die Berrenrather Straße nach Köln hinein, durch die ganze Stadt hindurch und über den Rhein, auf die A 4 und schließlich nach Lindlar, ein Örtchen im Bergischen.

Zu einem kleinen Haus, das am Ortsrand stand.

Hilberg stellte den Lancia vor der Garage ab und klingelte. Schnell wurde ihm geöffnet, doch Anna konnte nicht erkennen, von wem, da die Diele im Dunkeln lag. Die Gardinen waren überall zugezogen, hier wollte jemand nicht gesehen werden.

Anna schaltete den Wagen aus, zögerte aber noch, sich abzuschnallen. Sie hatte kein Recht, einfach auf das Grundstück zu gehen und durch die Fenster hineinzulinsen. Und wofür auch? Um einer Spur nachzugehen, von der nicht im Geringsten klar war, ob sie überhaupt irgendeine Relevanz hatte?

Sie legte die Hand wieder an den Zündschlüssel und drehte ihn.

Dann stieg sie doch aus.

Die Straße war leer, aber das hieß in der Provinz nichts. Hier hatte man die totale Überwachung lange vor Facebook und Alexa perfektioniert. Anna war in einem Dorf aufgewachsen, sie kannte die Enge des weiten Landes. Als sie ausgestiegen war, schlenderte sie deshalb nicht, denn auf dem Dorf tat man das niemals. So was machten Touristen an malerischen Seen oder Uferpromenaden. Sie ging zum Haus, als sei es ihr legitimes Ziel, und tat so, als klingele sie, aber niemand öffne. Damit hatte sie auf dem Dorf das Recht, ums Haus herumzugehen und nachzuschauen.

Sie tat es selbstbewusst, doch ihr Klopfen an Fenster und Türen war natürlich pure Pantomime, sie stoppte jedes Mal wenige Zentimeter, bevor ein Ton entstehen konnte.

Die Gardinen waren ringsum zugezogen, auch bei den gläsernen Schiebetüren zur Gartenseite hin. Aber gerade als Anna sich ihnen näherte, wurden sie aufgeschoben und Zigarettenrauch herausgeblasen.

Anna versteckte sich schnell hinter einem Busch, dessen Blätter die Natur freundlicherweise so locker angebracht hatte, dass sie zwischen ihnen hindurchspähen konnte, ohne selbst dabei gesehen zu werden.

Eine Männerstimme erklang. »Ich bin dran, aber so was von. Wirst schon sehen, das nächste Ding wird noch spektakulärer! Am Anfang fiel es mir echt schwer, aber jetzt könnte ich mich daran gewöhnen.« Ein selbstgefälliges Lachen folgte, unterbrochen von trockenem Husten. Dann sprach ein anderer Mann, dessen Stimme Anna nur als undeutliches Brummen wahrnehmen konnte. Wieder ein Husten, dann abermals die erste Stimme. »Mach dir da mal keine Sorgen. Meine Waffe trag ich immer noch bei mir. Nichts fliegt auf, nur weil ich beim Eichendorff im Restaurant rumgeballert hab. Hab mich echt wie Chuck Norris gefühlt. Kennste schon den neuesten Witz über ihn? Manche Menschen können viele Liegestützen – Chuck Norris kann alle.« Er lachte. »Oder den: Chuck Norris trinkt seinen Kaffee am liebsten schwarz. Ohne Wasser.« Diesmal überwältigte der Husten sein Lachen. Chuck Norris' Husten hätte das vermutlich nicht besser hinbekommen.

Anna wusste, dass sie etwas unternehmen musste. Solch eine Chance bot sich nur einmal.

Aber mit zwei Männern konnte sie es beim besten Willen nicht aufnehmen.

Vielleicht hätte sie es trotzdem gewagt.

Mit Sicherheit hätte sie alles dem K11 in Koblenz gemeldet. Wenn in diesem Moment nicht einer der Männer auf die Terrasse getreten wäre.

Was ihr Herz so laut schlagen ließ, dass sie befürchtete, man könne es kilometerweit hören.

Es war Kommissar Maximilian Humboldt.

Als Anna zurück in Heppingen war, las sie alles von und über den Kölner Kommissar, was sich im Netz finden ließ. Seine Vita war wie aus dem Lehrbuch, und die Medien feierten ihn. Bereits mehrfach war er als Experte in Fernsehsendungen geladen worden, für das nächste Frühjahr war ein Roman von ihm angekündigt, der auf einem realen Fall beruhte. Humboldt Superstar. Anna telefonierte auch mit denen unter ihren Kollegen in Koblenz, die ihr völliges Vertrauen hatten. Offiziell war Humboldt den ganzen Tag an der Ahr unterwegs, um dort nochmals Christian Sees letzten Tag zu rekonstruieren. Er hatte extra gebeten, dabei telefonisch nicht gestört zu werden. Niemand schien glücklich, dass Humboldt ihnen vor die Nase gesetzt worden war, doch nach dem Artikel im »Express« war die Polizeipräsidentin eingeknickt. Ursprünglich sollte Humboldt nur beratend tätig sein, aber er hatte die Leitung der Soko gefordert – und bekommen. Wohl aufgrund mächtiger Fürsprecher in der Politik.

Irgendwann brannten Annas Augen, als hätte sie Tabasco hineingetröpfelt, und sie war so erschöpft, dass sie, ohne sich umzuziehen, ins Bett fiel.

Das Klingeln zerschnitt ihren Traum wie eine heiße Klinge einen Klotz Butter. Anna tastete schlaftrunken neben sich, fand dort jedoch nur Julius' Schlafanzug. Dank dessen Duft war sie mit der Illusion eingeschlafen, Julius läge neben ihr.

Jetzt fühlte sie dort auch etwas Weiches, Felliges, das sofort anfing zu schnurren, und nach weiterem Tasten ein anderes Fellding, das ihre Hand leckte.

Das Handy lag natürlich auf der anderen Seite des Bettes, auf der Kommode. Genau wie es sollte.

Als Anna begriffen hatte, dass ihr Telefon mitten in der Nacht klingelte, war sie mit einem Mal hellwach. Ein Anruf um diese Uhrzeit bedeutete nie etwas Gutes. Es bedeutete, dass etwas nicht bis morgen warten konnte. Gute Dinge konnten aber immer warten.

Die Nummer des Anrufers kannte sie nicht. Sie drückte den grünen Knopf zur Annahme des Gesprächs. »Wer ist da?«

Ein schweres Atmen erklang. »Anna? Ich bin es.«

Sie setzte sich auf. »Julius? Wo steckst du?«

»Du musst sofort kommen, nach Mayschoß.«

»Was machst du denn da? Und wieso um die Uhrzeit?«

»Ich … Komm einfach, ja?«

»Wo bist du die ganze Zeit gewesen? Ich habe mir Sorgen gemacht! Natürlich wollte ich dich nicht mehr im Haus haben, aber du bist ja komplett verschwunden.«

»Ich war bei Annemarie. Aber das ist jetzt auch völlig egal.«

»Das lass mich mal selbst entscheiden, was egal ist. Ich habe bei Annemarie angerufen und nach dir gefragt. Sie meinte, du wärst nicht bei ihr.«

»Ich hab sie gebeten, das zu sagen. Ich hab eine Auszeit gebraucht.«

»Was soll das heißen?«

»Schatz, bitte vertrau mir und komm. Es ist sehr wichtig. Über alles andere können wir später reden.«

Anna stand auf. »Ich muss mich erst anziehen.«

»Ja, natürlich, aber dann komm sofort.«

»Wohin denn?«

»Dorfstraße, oberhalb des Michaelihofs, da, wo man in den Rotweinwanderweg einsteigt.«

»Worauf muss ich mich da einstellen?«

Julius' Stimme wurde zaghafter. »Vielleicht hab ich mich auch in etwas verrannt. Aber …«

»Bestimmt hast du das. Du klingst schrecklich!«

»Ich liebe dich, Anna. Ich will, dass du das weißt!«

Ihr stockte der Atem. »Sagst du mir jetzt endlich, was los ist?«

»Komm zu mir.« Er legte auf.

Anna zog sich schnell etwas über den Pyjama und rannte zum Wagen, überfuhr alle roten Ampeln und raste durch die engen Gassen von Mayschoß.

Julius stand am Straßenrand, die Kleidung verdreckt, die Haare zerzaust. Er hielt keine Hand hoch, um sie zu sich winken. Anna kannte ihren Mann. Das war er nicht mehr. Er wirkte ausgezehrt, nicht nur körperlich, sondern auch seelisch, der Glanz in seinen Augen, dieses Leuchten seiner Herzlichkeit, es schien erloschen.

Sie hatte ihm eigentlich eine Ohrfeige geben wollen, stattdessen umarmte sie ihn lange und strich ihm dabei beruhigend über den Hinterkopf.

»Wir müssen los«, sagte er.

»Ich gehe keinen Schritt, ohne dass du mir erklärst, was wir hier machen.«

Er küsste sie. »Vertraust du mir?«

»Ja, aber …«

Julius legte einen Zeigefinger auf ihre Lippen. »Dann komm mit. Es ist nicht weit.« Und er ging voraus Richtung Rech.

Anna war diesen Abschnitt des Rotweinwanderwegs vor Jahren schon einmal mit Julius gegangen. Sie hatte ihn als den schönsten in Erinnerung, weil er durch Weinberge führte, die wie Schwalbennester am Steilhang lagen. Auch jetzt hatte der Weg seine ganz eigene Magie. Besonders weil die Nacht so sternenklar war, dass man dafür einen Tag verschlafen würde. Der Mond leuchtete wie ein köstliches Baiser am Himmel, die Sterne darum wie glitzernde Zuckerstreusel. Ein leiser Wind ging durch die Reben, schien sie zu streicheln und sanft von der Hitze des Tages zu befreien. Es faszinierte Anna immer wieder, wie sich die Rebstöcke im steilen, steinigen Boden mit ihren Wurzeln festkrallten und mit ihren Ranken an den Spanndrähten hielten. Trotz dieser kargen Umstände brachten sie unbeschwerten Genuss hervor. Sie vollführten das biblische Wunder und wandelten Wasser zu Wein.

»Im Ahrtal sollte man mit Rebholz grillen und auf Schieferplatten«, sagte Julius plötzlich. »Und zwar Wildschweine oder Rehe, die sich mit Trauben vollgefressen haben. Also fraglos kluge Tiere. Man könnte auch ein paar heimische Kräuter in die Glut werfen oder für die Marinade nutzen. Auch beim Grillen kann man Heimat widerspiegeln! Viele eifern den Amerikanern nach, aber auf Feuer wird weltweit seit Tausenden von Jahren Essen zubereitet.«

Anna nahm seine Hand. »Du bist schrecklich nervös.«

»Merkt man das?«

»Du plapperst.«

Er schwieg, aber das war für Anna noch unerträglicher, denn jetzt lauschte sie nach jedem Geräusch.

Sie näherten sich einer Biegung, und Julius wurde langsamer. Er setzte seine Füße so vorsichtig auf, dass er dabei kaum ein Geräusch verursachte.

»Was ist dahinter?«, fragte Anna flüsternd.

Julius antwortete nicht, drückte nur ihre Hand.

Anna hörte, wie sein Atem schneller wurde.

Wenn sie sich richtig erinnerte, befand sich hinter der Biegung ein modernes Kunstwerk, an dem sie seinerzeit ein gemeinsames Foto von sich geschossen hatten. Ein ganz besonderes Fleckchen Erde.

Mit dem nächsten Schritt kam es in Sichtweite.

Ja, es war der Aussichtspunkt von damals, darauf die rot oxidierte geöffnete Metalltür, die den Rahmen für einen wundervollen Ausblick bildete. Oben waren die Worte »Willkommen im Weinort Mayschoß« ausgestanzt.

Diesmal war das Seil kurz, nur eine Handbreit lag zwischen der Aufhängung und dem Kopf. Doch sie reichte, damit der Körper wenige Zentimeter über dem Boden baumelte. Der leichte Wind ließ die Leiche sanft schaukeln, als würde eine

Mutter ihr Kind zärtlich in den Armen wiegen. Die hochhackigen Lackpumps spiegelten das Licht der Nacht, die Netzstrumpfhose zerriss es, der schwarze Lederrock verschluckte es. Das enge goldene Mieder dagegen strahlte, als wollte es die aufgehende Sonne vorwegnehmen. Ein größerer Gegensatz zum aschfahlen Gesicht war kaum denkbar, zum verzerrt geöffneten Mund, zu den aufgerissenen Augen, zu all der Angst und dem Schrecken darin. Es war nicht der traumhafte Blick über Mayschoß, den die Tote zuletzt gehabt hatte, sondern der auf kalten, schroffen Fels.

Julius reckte die Hand empor und schloss Schantalle de Malle die Augen.

9

»DIE TÜR ZU MEINEM HERZEN STEHT IMMER OFFEN FÜR DICH«

Sonntag, 9. September

Julius stand weit entfernt, als die Polizei alles absperrte. Als hätte er mit all dem gar nichts zu tun, als wäre er nur ein Zuschauer am Spielfeldrand. Er konnte sehen, wie ausgesprochen nett Anna zu ihrem Kollegen Humboldt war. Sie hatte ihm zur Begrüßung einen Wangenkuss gegeben, jetzt strich sie ihm immer wieder über den Arm und lachte viel häufiger als sonst. Dabei war der Mann Julius nun wirklich nicht wie ein Büttenredner vorgekommen.

Jetzt, wo die Anspannung langsam von ihm abfiel, spürte er den Schmerz am Hinterkopf und die Wunden an den Händen wieder. Er versuchte, sich auf die wichtigen Erkenntnisse dieser Nacht zu konzentrieren, auf das, was ihn weiterbrachte, statt auf das, was Anna mit Humboldt tat, dem sie nun wie ein Hund seinem Herrchen zum Tatort folgte.

Das Seil war nicht identisch mit dem bei Christian See und Bill Michael verwendeten. Die Schlinge hatte aus Draht bestanden, wie man ihn in den Weinbergen ringsum fand, um die Reben beim Ranken zu leiten. Es stellte sich die Frage, ob dieser Mord von einem Nachahmungstäter begangen worden war, der nicht alle Details kannte, oder ob der Top-Ten-Killer einfach eine günstige Gelegenheit genutzt hatte. Die Schlagersänger-Kolonie auf einer einsamen Insel sollte sich lieber noch nicht auflösen, obwohl die Tierwelt sich über die einkehrende Ruhe sicher freuen würde.

Anna kehrte mit ernstem Gesicht zurück und hakte sich bei ihm unter.

Auf der Rückfahrt nach Heppingen tat Julius so, als würde er schlafen, um einem Gespräch aus dem Weg zu gehen. Er wollte mit Anna nicht über das reden, was passiert war. Er wollte mit niemandem darüber reden, am allerwenigsten mit sich selbst. Obwohl er es war, der sich die meisten Fragen stellte. Mehrmals spürte er, wie Annas Hand über seinen Arm strich. »Ruh dich aus, und danach reden wir.«

Zu Hause angekommen legte Julius sich sofort ins Bett.

Er stand erst auf, als er Anna tief und gleichmäßig atmen hörte.

Schlaf war etwas, das man sich leisten können musste. Er konnte sich momentan nur Kaffee leisten. Davon allerdings viel.

Andere Menschen hatten einen Ohrwurm, Julius hatte einen Hirnwurm. Eine Frage, die er nicht mehr aus dem Kopf bekam, die in Endlosschleife wiederholt wurde. Sie lautete: Wo steckte Christian Sees geheimes Handy? Enthielt es die Antwort darauf, wer ihn niedergeschlagen und entführt hatte? Bis er nicht wusste, wer das getan hatte, würde er niemandem im Tal mehr trauen können, und diese Vorstellung war unerträglich.

Das Gute war: Handys lösten sich nicht in Luft auf. Für die Natur wäre das sicher eine erfreuliche Eigenschaft, aber die Geräte weigerten sich standhaft und zogen es vor, Sondermüll zu werden. Und irgendwo musste dieser Sondermüll liegen, falls Christian See ihn in seiner Mordnacht verloren hatte.

Das Taxi fuhr ihn zuerst zu einem befreundeten Arzt, wo Julius sich kurz durchchecken und behandeln ließ. Weiter ging es hoch zum Weingut der Scholls, wo alle noch schliefen. Auch für Rotweinwanderer war es zu früh, der Tag hatte noch kein Goretex geschnuppert.

Julius stellte sich dort vor dem Weingut auf, wo Christian See es verlassen haben musste. Kurz blickte er hinein und entdeckte ein Foto an der Wand, auf das die Morgensonne fiel. Es war ihm zuvor nicht aufgefallen. Die Scholls standen darauf lachend im Rohbau des Weinguts, neben ihnen ein wohl befreundetes Paar, das so tat, als schaufelte es die zwei weg. Glückliche Zeiten. Offenbar lange vorbei.

Julius ging langsam los, stetig auf den Boden rings um sich

schauend, ob irgendwo etwas kleines Rotes lag. Von Annemarie wusste er, wo Christian See sich in der Nacht mit Schantalle de Malle getroffen hatte. Julius passierte den beschriebenen Punkt, durch den der weitere Weg hinunter ins Tal vorgegeben war. Er kam an dem zerstörten Weinberg vorbei, der mit polizeilichem Flatterband abgesperrt war. Er ging die ganze Strecke bis hinunter ins Tal.

Doch sosehr er auch suchte, es fand sich nichts zwischen Unkraut, Gras und Steinen.

Natürlich konnte das Handy Christian See auch von seinem Mörder abgenommen worden sein, der den betrunkenen Schlagersänger sicher leicht überwältigen konnte.

Betrunken, das war es!

Er selbst war die Strecke in gerader Linie heruntergegangen, Christian See würde aber getorkelt sein.

Also ging Julius den ganzen Weg wieder hoch und torkelte ihn hinunter.

Abermals nichts.

Was hatte er falsch gemacht? Christian See musste getorkelt sein nach den Weinproben bei Pascal Ritter, dem heiligen Nikolaus und den Scholls. Die Leichenschau hatte eine stattliche Menge Alkohol in seinem Blut gefunden. Man hätte ihn in Dosen abfüllen und als Alcopop verkaufen können. Wobei eigentlich nicht, denn Wein war nicht mit anderem Alkohol vergleichbar. Wer Wein trank, war anders besoffen als von Alcopops.

Und er torkelte auch anders!

Bier machte träge, man schlurfte, drohte immer wieder zusammenzusacken. Schnaps war brutal, führte zu großen Torkelschleifen und abrupten Richtungswechseln. Ein Weinschwips dagegen war wie ein Tanz, in harmonischen Kreisen, die ganze Welt wurde zum schwankenden Ballsaal.

Julius schleppte sich wieder hinauf.

Und torkelte hinunter, als tanzte ein alter Bär Walzer.

So landete er vor einem prachtvollen Brombeerstrauch mit unzähligen Früchten.

Christian Sees letzte Nacht war mondhell gewesen. Wenn man bei solchem Licht vor einem schönen Brombeerstrauch zum Stehen kam, würde sich wohl jeder hinunterbeugen, um eine Beere abzuzupfen.

Auch Christian See könnte sich hinuntergebeugt haben.

Schantalle de Malle hatte gesagt, dass See sein »Adventure Phone« in der Innentasche des Sakkos getragen hatte. Ein sicherer Ort, aus dem es nur herausfallen konnte, wenn er sich weit vornüberbeugte.

Julius fiel auf, dass sich der Brombeerstrauch direkt am zerstörten Weinberg befand. Gab es da einen Zusammenhang?

Er beugte sich weit genug hinunter und pflückte eine Brombeere. Und noch eine. Weil sie so gut schmeckten, auch eine dritte, sie war besonders prall und hing noch ein wenig tiefer.

Und dann sah er es.

Da lag das rote Handy. Nur ein paar Zentimeter von der Felskante entfernt. Wenn es von dort hinunterfiel, würde es tief unten zerschellen. Doch er kam nicht dran, sosehr er seinen Arm auch ausstreckte.

Julius lief zurück zum Weingut und klingelte. Nach kurzer Zeit erschien Stephan Scholl.

»Morgen, Herr Eichendorff. Ich habe aus dem Fenster gesehen, wie Sie getorkelt sind. Alles okay?«

»Mir ist mein Handy runtergefallen, und ich komm nicht ran. Könnten Sie mir helfen?«

»Ich hab einen Rechen, wäre der hilfreich?«

Julius nickte. »Wäre ideal.«

»Hol ich Ihnen und komme gleich mit. Vielleicht kann ich Ihnen zur Hand gehen.«

Fünf Minuten später standen sie am Brombeerstrauch, und Julius versuchte mit dem Rechen an das Handy zu kommen, ohne es versehentlich wegzuflitschen.

»Sie haben Glück gehabt, dass weder der Idiot mit seinem Wagen drübergefahren ist noch umstürzende Rebstöcke draufgefallen sind«, sagte Scholl, der ganz dicht hinter Julius stand. Zu dicht, für dessen Geschmack. »Sie müssen sich noch weiter vorlehnen, sonst wird das nichts. Ach, geben Sie mir den Rechen, ich kann damit besser umgehen.«

»Geht schon.«

»Falscher Stolz ist unangebracht.« Scholl entriss Julius den Rechen, kniete sich hin und angelte ohne Mühe das Handy aus dem Busch. »Bitte schön, gelernt ist gelernt.«

Das Handy war klein, fast winzig, ein altes Modell zum Aufklappen. Erde und Rebblätter pappten daran. Als Julius es aufklappte, krabbelten zwei Schaben fort, die das Tageslicht scheuten. Das Display war verdreckt und schwarz. Nachdem Julius es mit einem Taschentuch gesäubert hatte, tippte er darauf herum, ohne wirkliche Hoffnung, dass sich etwas tun würde – doch es sprang ins Leben.

»Funktioniert es noch?«, fragte Scholl.

»Ja.«

»Auch das Passwort?« Er sah ihn auffordernd an. »Probieren Sie es doch mal aus.«

»Nein, das reicht auch zu Hause.«

»Wenn es nicht mehr geht, können Sie es direkt zur Reparatur bringen.«

»Ach, das wird schon klappen.«

»Sonst müssen Sie gleich extra noch mal losfahren.« Scholl blickte ihn mit einem merkwürdigen Blick an. »Haben Sie es etwa vergessen?«

»Natürlich nicht.« Christian Sees erfolgreichstes Album – ein Konzeptwerk über Waldsterben und den Baum als besten Freund – hieß »Trauerweiden können nicht weinen«. Deshalb tippte Julius »Trauerweiden«.

Das Handy gab einen unzufriedenen Ton von sich.

»Vertippt«, sagte Julius zum nun näher tretenden Stephan Scholl.

Julius versuchte es mit »Schmölsch«, Christian Sees Geburtsnamen.

Das Handy klang noch unzufriedener.

»Abgerutscht«, sagte Julius.

»Ist das überhaupt Ihr Handy, Herr Eichendorff?«

Christian See hatte es »Adventure Handy« getauft. Und wem galt das Adventure? Frauen! Oder hätte Christian See »derbe Weiber« gesagt? Vielleicht hatte er den Zweck als Passwort genommen: knattern? Oder pimpern? Bämsen? Falls ja, Groß- oder Kleinschreibung?

»Lassen Sie mich mal sehen«, sagte Stephan Scholl und griff nach dem Handy.

Nein, das wäre zu offensichtlich. Christian See führte mit diesem Handy seine Frau an der Nase herum – genau wie mit seinem angeblichen Hit. Wie hieß noch mal die Band, von der er ein Lied geträllert hatte, um den anderen etwas vorzumachen? Metallbau? Metall-Inca? Metallica!

Julius tippte es ein, doch Stephan Scholl riss ihm das Handy aus der Hand.

»Das sieht ja aus wie …« Scholl blickte auf das Display, dann zu Julius. »Hat geklappt.« Er reichte es ihm zurück, die Augenbrauen vorwurfsvoll hochgezogen.

Als Julius das Handy in Augenschein nahm, wusste er, warum. Als Hintergrundbild hatte Christian See eine akrobatische Sexszene von zwei vollbusigen Frauen gewählt. Julius wusste nicht, wie es möglich gewesen war, diese Stellung einzunehmen, ohne sich dabei fünf Knochen zu brechen und sieben Bänder zu reißen.

Er ging auf das Telefonsymbol und sah nach, wen Christian See in der Nacht auf den 2. September zuletzt angerufen hatte.

Es war keine Frau.

Plötzlich fiel Julius ein, wen er eben zusammen mit den Scholls auf dem großen Foto im Weingut gesehen hatte. Er musste es sich noch einmal ansehen, um sicherzugehen.

»Dürfte ich bei Ihnen kurz die Toilette benutzen?«, fragte er den Naturweinwinzer.

»Wollen Sie nicht gleich hier am Gebüsch?«

»Danke, nein«, antwortete Julius. »Aus gutem Grund.« Er wies auf drei Ahrschwärmer, die den Weg hochkamen. »Meine Karriere als Kunstpinkler vor Publikum ist beendet.«

»Okay, dann kommen Sie mit.«

Zurück im Weingut erkannte Julius auf dem Foto den Mann

neben den Scholls. Es war derselbe, dessen Nummer gerade auf dem Display erschienen war.

Der heilige Nikolaus.

Mit auf dem Bild seine damalige Freundin Julia Berg.

Es blieb keine Zeit, das Handy weiterzuuntersuchen, Julius musste dringend zum Grillfest der Feuerwehr. Da Stephan Scholl dort einige Flaschen vorbeizubringen hatte, nahm er ihn mit. Kaum saßen sie im Wagen, piepte Julius' eigenes Handy. Eine SMS von Anna.

11:12 Uhr: Wo steckst du? Du haust jetzt nicht schon wieder ab, oder??? Melde dich!!!

11:13 Uhr: Alles gut, grille heute bei der Feuerwehr.

11:13 Uhr: Warum sagst du mir nicht Bescheid? Hab mir Sorgen gemacht!

11:14 Uhr: Bringe zur Wiedergutmachung lecker Gegrilltes mit.

11:15 Uhr: Heute Abend reden wir! Über alles! Ich fahr jetzt nach Koblenz, Urlaub ist beendet. Die haben Pizzer aus Mangel an Beweisen freigelassen. Ich muss schnell wieder auf den Stand kommen.

11:16 Uhr: Viel Spaß mit deinem Kollegen Humboldt.

11:16 Uhr: ???

Stephan Scholl blickte zu Julius. »Alles gut? Sie sehen plötzlich so blass aus.«

»Ich brauche Urlaub. So richtig ausgiebig. Am besten Strand. Fünfzehn Jahre Seychellen oder so.«

Scholl lachte. »Als könnten Sie längere Zeit aus dem Tal weg. Sie sind stärker verwurzelt als alle meine Reben. Die würden auch am anderen Ende der Welt gedeihen, Sie aber nicht.«

Julius nickte. Je älter er wurde, desto stärker spürte er seine Wurzeln. Obwohl der Boden über ihnen immer wieder mit Blut getränkt wurde, wollten sie nicht fort. Doch Julius verspürte wenig Lust, mit Stephan Scholl darüber zu reden. Mit ihm gab es drängendere Themen.

»Hat Christian See zufällig etwas zu dem Foto gesagt, auf

dem Sie und Ihre Frau mit dem heiligen Nikolaus und dessen Freundin zu sehen sind?«

Der Winzer schien überrascht. »Ja, hat er tatsächlich. Er hat gefragt, was Julia Berg mit Nikolas zu tun hätte. Da haben wir ihm die Geschichte erzählt, dass die beiden bis vor drei Jahren ein Herz und eine Seele waren – aber sie ihn dann Hals über Kopf für irgendeine Träumerei verlassen hat. Worauf Nikolas total aus dem Ruder gelaufen ist und ihren Wagen abgefackelt hat. Kurz danach ist Christian gegangen.«

»Und Sie kennen den heiligen Nikolaus schon lange?«

»Er hat uns sehr unterstützt, als wir das Weingut aufgebaut haben. Viele Techniken, die heute für den Naturwein Bedeutung haben – keine Filtration, keine Schönung, keine Schwefelung –, praktiziert er schon seit Ewigkeiten, ohne groß darüber zu reden. Seit der Sache mit Julia hat er sich leider auch von uns zurückgezogen. – So, wir sind da. Können Sie vielleicht meinen Zwölfer-Karton mitnehmen? Den spende ich für den guten Zweck, ich hoffe, dann rückt kein wütender Fackelmob mehr bei uns an.«

»Das wollen wir alle hoffen!« Julius hob den Karton von der Rückbank und ging auf das festlich geschmückte Gelände der Feuerwehr. Rote Luftballons, rote Girlanden, rote Tischdecken und strahlend gelbe Servietten. Es sah aus, als stünde alles lodernd in Flammen. Die vielen Besucher schien es nicht zu stören, sie glühten am Weinstand gemütlich vor. Betreut wurde er von Pascal Ritter, der früher selbst Feuerwehrmann gewesen war. In der Menge entdeckte Julius dessen Mutter Renate, die aus einiger Entfernung stolz zu ihrem Sohn blickte. Pascals Vater dagegen war nirgends zu sehen. Risse zwischen den Generationen reichten bei Winzern so tief, wie die Reben wurzelten. Der Weinstand war auf jeden Fall gute Werbung für den Jungen, das freute Julius.

Was ihn gar nicht freute, war das riesige pendelnde Ding in der Mitte des Festplatzes.

»Nä«, sagte Julius, als Schwuppes breit grinsend auf ihn zukam. »Ihr habt das nicht wirklich getan!«

»Ja, was hast du denn gedacht? Klar haben wir, ein Feuerwehrmann, ein Wort!«

Das Absperrgitter hing mittels vier schwerer Ketten so an der ausgefahrenen Feuerwehrleiter, dass es genau über dem Holzfeuer schwebte.

»Leg fix los, die Meute ist hungrig!«

»Nein«, antwortete Julius, stellte den Weinkarton auf den Boden und verschränkte die Arme vor der Brust. »Niemals. Das Metall des Gitters ist viel zu dick und mit irgendwelchem Zeug bestrichen. Wer weiß, was da beim Erhitzen rausdampft!«

Schwuppes lachte und knuffte ihn. »Nur Spaß, da legen wir die Knoblauchbaguettes in Alufolie drauf. Dein Grill ist dahinten.«

Julius atmete auf – und damit einen Schwall der Ausdünstungen des rot glühenden Absperrgitters ein.

»Deine Fernsehfuzzis sind auch schon da. Die wollen allerdings unbedingt, dass du was auf unserem Gitter brutzelst. Das käme voll geil, meinte der Obermufti.«

Obermufti Ludger Maurer begrüßte Julius mit überschwänglicher Umarmung. »Super Location, Jay! Spitzenkoch badet in der Menge, volksnah und dann diese spektakuläre Absperrgitter-Nummer – da kackt sogar Mälzer mit seinem ›Kitchen Impossible‹ total gegen ab.«

»Da grille ich auf keinen Fall drauf. Ich bin Koch, kein Clown.«

»Ja, klar, verstehe ich, musst ja auch nur so tun als ob. Wir verkabeln dich fix, und dann drehen wir direkt los. Diesmal stell ich dir auch ein paar Fragen, damit wir O-Töne bekommen.«

Während die Tontechnikerin Julius' Ansteckmikrofon montierte, begrüßte dieser seinen Sous-Chef, der alles perfekt vorbereitet hatte. Julius hatte extra eine Feuerwehr-Marinade erdacht, mit Rotwein von der Ahr und einem Hauch Schärfe, weil die Jungs es hier ja gern heiß mochten. Die Glut sah prima aus, es konnte sofort losgehen. Julius tupfte die Marinade von dem Tomahawk-Steak ab.

»Nicht abtupfen, Jay«, sagte Ludger. »Das muss tropfen für die Kamera!«

Julius tupfte weiter. »Die beste Marinade ist die, auf die man verzichten kann. Ein richtig gutes Steak hat so viel Eigengeschmack, dass dem auch die komplette Gewürzpalette nichts hinzufügen kann. Im Gegenteil! Umgekehrt setzen manche Marinade ein, um die Minderwertigkeit ihres Fleisches zu kaschieren.« Julius schnaubte verächtlich. »Aber ihr wolltet ja unbedingt welche. Und dann muss man tupfen, denn dicke Marinade verbrennt leicht, verdirbt so das Geschmackserlebnis und ist ungesund.«

»Ach so.«

»Ja. Genau so.« Julius legte das Prachtstück auf den Rost, wo es sofort zischte und dampfte. Julius liebte den akustischen Teil des Grillens.

»Schnell wenden«, forderte Ludger Maurer. »Die Poren müssen zu, das wissen unsere Zuschauer!«

Julius' Laune näherte sich langsam dem roten Bereich – passend zur Deko. »Dann wissen die Zuschauer etwas Falsches. Poren hat Fleisch überhaupt nicht, das sind nämlich Muskeln. Und durch ständiges Wenden unterbricht man den Garprozess. Im schlimmsten Fall wird Grillgut dann außen schwarz und ist innen noch roh. Willst du das?«

»Nein, natürlich nicht. Aber Dynamik macht sich im Fernsehen halt immer gut.«

»Und Geduld in der Küche!«

Der Kameramann umrundete Julius, während die Tontechnikerin mit ihrem Mikrofon so nah am Grill angelte, dass es Julius nicht gewundert hätte, wenn es in Flammen aufgegangen wäre.

Was er keineswegs als störend empfunden hätte.

»Und jetzt schütte Bier rein, Jay! Dass es richtig raucht!«

»Bier? *Bier?*« Julius legte die Grillzange ab – das hier war ernst! »Zum einen sind wir im Ahrtal, falls ich also Alkohol verschütte, dann Wein. Zum anderen schütte ich aber keinen Alkohol ins Feuer, weil das totaler Schwachsinn ist. Eine Bierdusche macht Fleisch weder würziger noch aromatischer. Sie wird gar nicht vom Fleisch aufgenommen, sondern fließt einfach seitlich am Fleisch ab und verdampft in der Glut. Dabei wirbelt sie meistens noch Asche auf und macht das Fleisch dreckig.«

»Ist ja nur für die Kamera«, sagte Ludger. »Als Gag.«

Julius nahm sich zwei herrenlose Bierflaschen, öffnete sie mit den Zähnen und goss sie komplett in die Glut. Der weiße Dampf wirkte wie ein Special Effect à la Hollywood. Weder Julius noch der Grill waren zu sehen.

»Danke dir, das ist super. Großes Tennis! Wo steckst du denn jetzt? Julius? Hallo?«

Doch Julius hatte schnell die schönsten Stücke vom Grill in Alufolie gepackt und war abgedampft. Auf dieses Affentheater hatte er keine Lust. Er warf das Mikrofon fort und schlich sich hinter der kleinen Bühne davon. Dort traf er auf Flummi, Fips und Karre, die als die drei Stooges verkleidet waren und an einer Nummer probten, bei der sie sich gegenseitig an den Ohren zogen oder Kopfnüsse verabreichten. Julius war beruhigt, dass wenigstens ein merkwürdiges Verhalten von Ahrtalern eine völlig normale Erklärung hatte.

Für das der Frau direkt neben der Bühne würde es nie eine geben.

»Was machst du denn hier?«

»Ich sammele für mein Museum«, antwortete Annemarie.

»Indem du vor einer Schüssel mit Mett sitzt?«

Seine Kusine wies auf das Schild hinter sich. »Ich biete an, Leute in Mett zu verewigen, so wie die Straßenmaler in Paris. Aber bei denen klappt das besser als bei mir.«

»Könnte daran liegen, dass sie in Öl machen und nicht in Mett. Wie viele Büsten hast du denn schon angefertigt?«

»Keine.« Annemarie sah Julius an, dann wies sie entschieden auf den Stuhl vor sich. »Du wirst meine erste sein! Wenn die Leute sehen, wie gut du in Mett wirkst, wollen das sicher alle.«

»Auf gar keinen Fall. Mein Gesicht sieht so schon genug nach Mett aus.«

»Julius, bitte! Wir sind doch Verwandtschaft! Da hilft man sich in schweren Momenten.«

»Aber nicht bei jeder Schnapsidee. Sonst hätte ich viel zu tun.«

»Du wirst dann auch zum Ehrenmitglied im Christian-See-Fanclub ernannt!«

Julius winkte ab. »Ein Verein mit einem Mitglied ist doch gar kein richtiger Verein. Um einen zu gründen, brauchst du mindestens sieben Personen, und wenn es später weniger als drei sind, muss er offiziell aufgelöst werden.«

»Aber wir waren bei Gründung sieben! Die Gisela war mit dabei, deine Mutter, die Rena Ritter, die Frau vom August Herold, die Martina Bröding, also vom Schwuppes die Frau, wobei die ja damals noch Hündgen hieß. Und auch die Josephine, die Mutter vom heiligen Nikolaus. Sieben auf einen Streich, haben wir damals gesagt.« Sie kicherte. »Das war eine wilde Truppe, kann ich dir sagen!«

»Und du hast alle vergrault.«

»Och nö, so kann man das jetzt auch nicht sagen. Offiziell sind einige noch mit dabei. Ordentlich in der Vereinsliste. Da wissen die gar nix von. Müssen aber auch keinen Mitgliedsbeitrag mehr zahlen, da bin ich ganz kulant!«

»Das nennt man Karteileichen, Annemarie.«

»Ist mir doch egal, wie man das nennt. Es funktioniert ganz prima! So, und jetzt setz dich endlich. Das geht auch ganz schnell. Du hast ja nicht so viele Haare, die ich aus Mett rollen muss. Haare sind immer die meiste Arbeit.«

»Schön, dass meine Halbglatze wenigstens für irgendwas gut ist.«

»Wir machen das jetzt fix, und dann hab ich ratzfatz das erste Geld für mein Museum zusammen. Das kostet ja doch einiges. Die Mettbüsten müssen schließlich stark gekühlt werden. Um Kosten zu sparen, denke ich darüber nach, einige Ausstellungsstücke aus Plockwurst zu formen. Zum Beispiel das Haus, in dem Christian aufgewachsen ist, oder seinen ersten Auftritt in der Hitparade. Für den Dieter Thomas Heck wollte ich Käsekrainer nehmen, was meinst du? Ach, das wird toll! Wurst berührt die Menschen einfach im Innersten und bringt sie zusammen.«

Als Julius seine Kusine so sah, in den Händen schon zwei große Batzen Mett, da kam ihm eine Idee. »Aber nur, wenn du mir auch einen Gefallen tust.«

»Jeden, setz dich. Welchen denn?«

»Ich muss gleich jemanden besuchen, und du kommst mit. Aber vergiss dein Mett nicht. Es geht dort nämlich im wahrsten Sinne des Wortes um die Wurst.«

Es war weder eine Freude, das eigene Gesicht in Mett zu sehen, noch kurz danach mit Annemarie in deren altem Mercedes zu fahren. Wobei »fahren« zu viel des Lobes war. Die deutsche Sprache kannte passendere Wörter: »schleichen«, »kriechen«, »stehen bleiben«.

»Fahr nicht so schnell«, sagte Julius. »Sonst überholen wir noch die Schnecke vor uns.«

»Wo?«, fragte Annemarie und beugte sich vor.

»Fahr einfach. Weitere Verzögerungen halte ich nicht aus.«

»Kurbel mal das Fenster runter, du stinkst fies nach Rauch.«

»Ich kann ja aussteigen und schieben, dann haben wir beide was davon.«

»Jetzt red keinen Stuss!«

»Was hier noch mehr nach Grill duftet als ich, ist das, was eben auf dem Grill lag. Meine Gaben für den heiligen Nikolaus.«

»Ich hab immer noch nicht verstanden, was ich bei dem soll. Ich kenne den Mann doch nur vom Hörensagen.«

»Das ändern wir jetzt.«

Annemarie fand einen Parkplatz direkt vor dem Weingut. Was gut war, denn sie hatten so viel Fleischwaren zu schleppen, als hätten sie eine Metzgerei ausgeraubt.

Der heilige Nikolaus öffnete die Tür nach dem Anklopfen trotzdem nur einen Spaltbreit. »Was wollen Sie?«

»Ich bringe Gegrilltes. Möchte das gerne zu Ihren Weinen probieren.«

»Und die Frau? Was hat sie unter der Frischhaltefolie?«

»Das ist mein Mett«, antwortete Annemarie. »Daraus kann ich alles formen, was das Herz begehrt.« Sie sah Rosch an. »Ich würde Sie gerne in Mett machen. Je ausdrucksstärker ein Gesicht, desto besser macht es sich in Mett.«

Jetzt würde Rosch die Tür für immer verschließen, dachte Julius.

Doch er fragte Annemarie: »Sie mögen Fleisch?«

»Ich möchte sogar den Kölner Dom daraus bauen!«

»Und Sie essen Fleisch zu Wein?«

»Ja, soll ich etwa Käse essen?«

Rosch öffnete das Tor. »Immer hereinspaziert!«

Christian See hatte dem armen Mann eine Frau genommen, dachte Julius, vielleicht schenkte ihm Mett eine neue.

Er beschloss, sich erst durch Roschs Weine zu trinken und dabei durch Berge von Fleisch zu essen, bevor er auf den eigentlichen Grund seines Besuchs zu sprechen kam. Er stellte fest, dass die Weine des heiligen Nikolaus durch Gegrilltes enorm gewannen. Die Raucharomen schluckten all das Herbe weg und zeigten, welch feine Frucht darunterlag.

Nach einem, wie Julius zugeben musste, besonders großartig gegrillten Dry Aged Flank Steak lehnte Rosch sich zu ihm. »Sie sind doch sicher nicht hier, um nett einen zu trinken. Der Mord am Christian See ist noch ungelöst. Das heißt, Sie sind weiter dran. Stimmt's, oder hab ich recht?«

Julius schob ihm noch ein Steak hin, bevor er antwortete. »Christian See hat Sie in der Nacht seiner Ermordung noch angerufen. Stimmt's, oder hab ich recht?«

Annemarie ergriff Roschs Hand. »Ist das wahr? Haben Sie noch mit ihm gesprochen?«

Der heilige Nikolaus hob zögernd den Blick und sah Annemarie in die Augen. Dann nickte er. »Klang total besoffen am Telefon, wollte vorbeikommen und sich persönlich entschuldigen. Um die Uhrzeit! Ich hatte schon tief und fest geschlafen.«

»Wofür denn entschuldigen?«, fragte Annemarie. Julius lehnte sich zurück. Er hatte die Lawine ins Rollen gebracht, ins Tal rauschen würde sie von ganz alleine.

»Für die alte Sache mit Julia. Dass das damals auseinanderging.«

»Und da konnte der Christian was für?«

»Ja und nein. Die Julia hatte sich halt in ihn verliebt. Wenn unsere Beziehung in Ordnung gewesen wäre, hätte sie gar keine Augen für den gehabt.«

In Annemaries Stimme mischte sich ein leichtes Zittern. »Heißt das, Sie mögen den Christian nicht?«

»Na ja, die Musik von dem, die ist ja gar nicht schlecht. Und als er bei mir war, also da war er mir auch irgendwie sympathisch. Das hat mich geärgert. Denn ich bin extra unverschämt zu ihm gewesen.«

»Dabei sind Sie so ein netter Mann«, sagte Annemarie. »Das kann ich mir bei Ihnen gar nicht vorstellen.«

Julius senkte den Kopf und tat so, als massiere er sich die Stirn, damit keiner der beiden sein Gesicht sah.

»Kennt ihr den?«, fragte der heilige Nikolaus nun wieder mit der alten Härte. »Den da auf dem Bildschirm rechts oben.«

Vier Monitore hingen in einer geschützten Ecke des Hofs unter einem vorstehenden Dach, sie zeigten verschiedene Stellen außerhalb des Weinguts: die Straße, das Tor, die Garage, den Garten. Ein Mann versuchte gerade, durch die Gardinen hindurch ins Innere des Hauses zu schauen. Julius erkannte ihn sofort.

»Lassen Sie ihn rein«, sagte er. »Und dann überwältigen wir ihn gemeinsam.«

»Wie käme ich dazu, ich kenne den Mann doch gar nicht«, gab Rosch zurück.

»Er hat sich als Kellermeister Ihrer Freunde, der Scholls, ausgegeben und in meinem Restaurant mit einer Pistole rumgeballert.«

»Also ist er bewaffnet! Den lasse ich auf keinen Fall rein.«

Annemarie strich dem heiligen Nikolaus über den Unterarm. »Ein Mann, der Fleisch so sehr liebt, hilft doch einem Freund in Not.«

Julius wusste nicht, wo der Zusammenhang zwischen Fleisch und Hilfsbereitschaft war, aber er hatte gerade überhaupt nichts dagegen, falls es einen gab.

»Kommen Sie, wir machen auf.« Annemarie ging schnurstracks zum Tor. Bevor Rosch reagieren konnte, öffnete sie es und streckte den Kopf heraus.

»Kann ich Ihnen irgendwie helfen, junger Mann? Möchten Sie vielleicht einen feinen Wein probieren? Gerade ist eine Flasche offen, wäre doch schade, wenn die nicht leer getrunken würde.«

Annemarie säuselte so lieblich, dass sie selbst einen Anti-Alkoholiker zum lustigen Komasaufen bekommen hätte. »Keine Angst, ich beiße nicht.« Sie öffnete das Tor weiter, und der Mann trat ein. Als er Julius erblickte, machte er sofort kehrt, doch Annemarie hatte schon sein Ohrläppchen gepackt und zog daran.

»Nicht so schnell, Bürschchen! Die Annemarie hat ein Hühnchen mit dir zu rupfen.« Sie zog fester, der Mann stöhnte auf und krümmte sich. »Warum hast du im schönen Restaurant vom Julius rumgeballert? Na, sagste das jetzt, oder muss ich mir auch noch das andere Ohr packen?«

Er sagte es nicht, sondern wand sich frei.

Und lief in die Faust des heiligen Nikolaus.

Danach sank er benommen zu Boden.

»Tu der Frau was an und ich klopp dich zu Maische!« Rosch baute sich über ihm auf. Der alte Winzer wirkte mit einem Mal wie ein Koloss.

Abwehrend hob der Fremde die Hände. »Ich mache nix, gar nix, versprochen!«

Rosch reichte ihm die Hand. »Gut, dann setzen wir uns jetzt an den Tisch und reden wie Männer.«

»Und Frauen«, sagte Annemarie.

»Wie Männer und Frauen«, korrigierte sich Rosch. »Bei einem schönen Glas Burgunder. Du gestehst jetzt alles, dann rufen wir die Polizei.«

»Was? Nein! Keine Polizei.«

»Hast du vielleicht was zum Kühlen, Nikolas?«, fragte Annemarie, während sie die Stelle am Kopf des Mannes abtastete, an der die Winzerfaust ihn getroffen hatte. »Das wird sonst eine große Beule. Du hast ja einen ganz schönen Schlag an dir. Kommt bestimmt vom vielen Fleisch.« Sie half dem Mann auf eine Bierbank, Rosch holte eine Packung Tiefkühlspinat mit Blubb zur Linderung.

»Mit der Polizei, das schauen wir später«, erklärte Annemarie und setzte sich zu dem Fremden. »Sie erzählen jetzt erst mal, der Julius ist schon ganz nervös.«

Dabei war Julius kein bisschen nervös. Er saß entspannt auf der Bierbank und sah sich das Spektakel an. War wie Fernsehen, fehlten nur die Erdnussflips.

Der Mann zündete sich eine Zigarette an und blies stockend einen langen Strahl Rauch in die Luft. »Mein Name ist Hansdieter Hilberg, aber man kennt mich als Wolfgang Baensch.«

»Ist das Ihr Name als Schlagersänger?«, fragte Annemarie. »Was war denn Ihr größter Hit?«

»Nee, ich kann nicht singen. Bin mehr so der Summer. Von Beruf bin ich Journalist. Ich schreibe für den Kölner ›Express‹.«

»Ja, aber da braucht man doch keinen Künstlernamen für! Sonst bräuchte ja jeder einen für irgendwas.« Annemarie fuhr sich durchs Haar. »Ich würde mich Marilyn nennen.« Sie errötete leicht und blickte zum heiligen Nikolaus. »Marilyn l'Amour. So was ganz Verrücktes.«

Hilberg schüttelte den Kopf. »Sie verstehen das falsch, ich schreibe über Polizeiarbeit, Schwerverbrechen, organisierte Banden, dieser ganze Bereich. Da will man seinen richtigen Namen nicht in der Zeitung sehen, für den sich eine Adresse rückverfolgen lässt. Sonst kommen plötzlich Schläger zum Kaffee vorbei.« Er drückte seine Zigarette aus und zündete sich gleich eine neue an.

»Das erklärt nicht, warum Sie sich als Kellermeister bei den Scholls ausgegeben haben.« Annemarie stützte das Kinn in die Hand und sah dadurch fast wie eine »Tatort«-Kommissarin aus. Allerdings trugen diese niemals Dauerwelle.

»Von einem Informanten aus der Weinbruderschaft habe ich erfahren, dass Christian See am Vorabend seiner Ermordung im Weingut Scholl gewesen war, also bin ich hin. Dann sind Sie aufgetaucht, Herr Eichendorff, und ich dachte mir: Der sagt keinen Ton, wenn er erfährt, dass ich von der Presse bin.«

»Und woher hatten Sie einen Schlüssel für das Weingut?«, fragte Julius.

»Aus der Regenrinne.«

Rosch stellte sich hinter Hilberg und legte seine Pranken auf dessen Schultern. »Kommen wir jetzt mal zu den Schüssen im Restaurant vom Herrn Eichendorff, Freundchen.«

Hilberg brach aus lauter Nervosität seine Zigarette entzwei. »Eigentlich war ich dort, um mit Herrn Eichendorff ein Interview zu führen. Ich dachte, als Gast geht das am leichtesten, weil er mich vor den anderen Gästen nicht dafür zur Schnecke machen würde, dass ich mich als Kellermeister ausgegeben hatte. Und dann fielen plötzlich Schüsse. Ich hab panische Angst bekommen und wollte nur noch raus. Um mich zu schützen, hab ich beim Rausrennen mit meiner eigenen Waffe in die Luft geschossen.« Er holte sie aus der Innentasche seiner Jacke und legte sie auf den Tisch. »Ich hab nur einen kleinen Waffenschein, das ist eine Schreckschusspistole. Um mich zu verteidigen, wenn mir mal einer blöd kommt. Und mir kommt immer mal wieder einer blöd.«

»Sie sind dann vor mir geflohen, statt sich zu erklären«, führte Julius die Geschichte fort.

»Was machen Sie denn, wenn Sie verfolgt werden? Ich kenne Sie nicht, keine Ahnung, was Sie mir angetan hätten.« Hilberg zündete sich eine neue Zigarette an und zog so heftig daran, als hinge sein Leben davon ab. »Dann verreckt mein blöder Lancia, und ich Vollidiot renne auf die Sommerrodelbahn! Dabei habe ich tierische Angst vorm Rodeln. Und hinter mir kommt so ein Berg von Mann mit hochrotem Kopf immer näher. Ich war echt in Panik.«

Der heilige Nikolaus schenkte Hilberg ein Glas Rotwein ein. »Trinken Sie. Ist vom neuesten Jahrgang. Beruhigt die Nerven.« Er füllte es bis zum Rand.

Hilberg nahm einen großen Schluck, ein Schauder lief durch seinen Körper. »Puh, der ist ja … super.« Er blickte hilfesuchend zu Julius, doch von dem war keine Hilfe zu erwarten.

»Schenken Sie ihm gleich nach«, sagte er stattdessen.

Das tat der heilige Nikolaus, dann sah er Hilberg scharf an. »Und was wollten Sie hier bei mir? Warum spinxen Sie durch meine Gardinen? Um mal einen richtigen Mann nackt zu sehen oder was?«

»Schweinigel«, sagte Annemarie. »So was sollten nur anständige Frauen sehen wollen.«

»Oder unanständige«, ergänzte Julius. »Je nachdem, was man genau vorhat.«

»Ach, Julius!« Sie kniff ihn neckisch in die Wange.

»Marilyn l'Amour würde mich verstehen.«

Hilberg rührte das Weinglas nicht an, stattdessen nahm er etwas von Annemaries Mett, wohl um den Geschmack aus dem Mund zu bekommen. »Ich bin auf einer richtig heißen Spur«, sagte er mit vollem Mund zum heiligen Nikolaus. »Es geht um die Scholls. Und da ich weiß, dass Sie befreundet sind, wollte ich Sie dazu befragen. Sie müssen das auch nicht umsonst machen, ich zahl dafür.«

»Über Freunde sag ich überhaupt nichts. Das ist eine Frage der Ehre.«

»Das finde ich einen sehr feinen Zug von dir, Nikolas«, sagte Annemarie und strich ihm über den Oberarm.

»Da haben Sie aber schöne Freunde, die kackdreist die Polizei anlügen.«

»Inwiefern?«, fragte Julius.

»Die Scholls haben ausgesagt, in der Nacht von Christian Sees Ermordung ans Meer gefahren zu sein, nach Cadzand-Bad in den Niederlanden. Nur sind sie nie dort angekommen. Ich habe alle Hotels gecheckt, auch alle Privatpensionen, war eine Scheißarbeit, kann ich Ihnen sagen.«

»Wenn es so wäre, hätte die Polizei das längst herausgefunden«, erwiderte Julius. »Die prüfen jedes Alibi.«

»Ja, klar. Haben sie auch. Eine familiengeführte Pension, wo die Scholls immer hinfahren, hat ihnen ein Alibi geliefert. Nachdem fünf Hunderter über den Tisch gewandert sind, rückten die aber mit der Wahrheit raus: Die Scholls waren seit Monaten nicht mehr dort. Freiwillig gehen die damit allerdings nicht zur Polizei. Sie wollen ja keine guten Kunden verlieren.« Er aschte auf den Boden. »Ich natürlich direkt zum Weingut. Als ich sie eben damit konfrontiert hab, haben sie gemauert. Jetzt durchleuchte ich, ob die beiden vielleicht notorische Lügner sind.« Er sah Rosch erwartungsvoll an, Julius und Annemarie taten es ihm gleich.

Der heilige Nikolaus seufzte. »Ja, das sind sie leider. Also er. Sie ist ein großartiger Mensch, aber ihm traue ich nicht. Predigt Wasser und säuft Wein. In seinem Keller lagert er dicke australische Shiraz von Weingütern, die mit allen Tricks arbeiten. Wenn es keiner sieht, haut er sich mit dem perversen Zeug die Rübe voll.«

Julius musste daran denken, dass Stephan Scholl ihm erzählt hatte, er trinke gar keinen Alkohol.

»Glauben Sie ihm lieber kein Wort. Ich hätte längst Tacheles mit ihm reden sollen.« Der heilige Nikolaus wirkte plötzlich sehr grimmig. »Und jetzt alle raus.« Annemarie sah ihn entsetzt an. »Alle außer Ihnen. Hier entsteht jetzt Kunst. Und dafür muss es leise sein. Ihr anderen macht euch vom Acker!«

Mett brachte wirklich das Beste in den Menschen hervor, dachte Julius und zog Hilberg von der Bierbank, um ihn bei der Polizei abzuliefern.

Der Ort eines Gesprächs im Hause Eichendorff war von größter Bedeutung.

Es gab Gespräche im Bett, das waren in der Regel die entspanntesten – oder die aufregendsten. Dann gab es Gespräche auf dem Sofa, die waren meist angenehm unspektakulär, oft sprachen Anna und Julius auch so wunderbar gemütlich aneinander vorbei, wie es nur in guten Ehen gelang. Am Esstisch wurden die großen Themen bei einem guten Glas Wein besprochen: das Leben, das Universum und der ganze Rest. Problematisch wurde es, wenn ein Gespräch am Küchentisch stattfand. Anna räumte auf diesem gerade die Platzdeckchen weg.

Es wurde ernst.

»Du setzt dich jetzt da hin und stehst nicht wieder auf, bevor du mir alle Fragen beantwortet hast.«

»Ich bin müde, muss wirklich ins Bett.«

»Nein. Sonst zieht das immer bei mir, aber nicht heute. Ich will Antworten, und ich habe verdammt noch mal Antworten verdient! Du haust mir auch nicht noch mal in aller Frühe ab ohne ein Wort. Ich war so sauer! Du willst mich nicht so sauer erleben.«

»Schatz, ich hab das alles nur gemacht, um dich zu schonen.«

»Julius, wirklich. Ich bin eine erwachsene Frau. Noch dazu eine Polizistin. Mich muss man nicht schonen.«

»Ich will nicht, dass du dir Sorgen um mich machst.«

»So mache ich mir nur noch mehr Sorgen!«

»Wenn du wüsstest …« Julius lehnte sich zum Kühlschrank, um eine Flasche Riesling von der Mosel herauszunehmen. »St. Aldegunder Himmelreich ›Piratenstück‹, der wird uns jetzt guttun.«

»Lenk nicht ab. Den Wein können wir nachher trinken. Erst wird geredet.«

Julius schob ihr ein Glas hin. »Ich will dich wirklich nicht damit belasten.«

Anna schob es fort. »Ich will aber damit belastet werden! Was wäre das für eine Ehe, in der man nicht mehr über seine Sorgen reden kann? Das ist doch das Innerste einer Ehe, das Vertrauen zueinander. Dass der andere der Mensch ist, dem man die wichtigen Dinge erzählen will, die man sonst niemandem anvertraut.«

»Es gibt sicher einige Dinge, die erzählst du nur deinen Freundinnen und nicht mir.« Julius zwinkerte ihr zu.

»Du weißt genau, wie ich es meine. Und glaub mir, die Sachen, die ich denen erzähle, die willst du gar nicht hören.« Sie streckte den Rücken durch. »Und jetzt red endlich.«

Julius blickte sie lange an. Dann sagte er leise, fast flüsternd: »Ich bin entführt worden.«

Anna griff seine Hand, ihre Finger zitterten.

»Es ist ja alles gut gegangen, Schatz.«

»Aber was hätte alles passieren können!«

»Ist es aber nicht. Ich erzähle dir jetzt die ganze Geschichte, okay? Und du weinst nicht.«

»So was kann ich nicht versprechen!«

»Warte bis zum Ende. Wenn du dann weinen willst, halte ich dich nicht davon ab. Aber das Ende ist das Beste, wirklich, vertrau mir.«

Anna nickte zögernd. »Ich geb mir Mühe.«

Julius lächelte aufmunternd. »Gut. Also ich war gerade auf dem Weg zu Julia Berg in Godeneltern, weil ich erfahren hatte, dass sie mit Annemarie befreundet ist, und dachte, dass sie mir vielleicht erzählen könnte, wo sich Christian See in der Nacht vor seinem Tod aufgehalten hat. Sie könnte die mysteriöse Frau sein, mit der er sich nach dem Stelldichein mit Schantalle de Malle getroffen hat. Aber ich hab es nicht bis zu ihr geschafft, weil ich von hinten niedergeschlagen worden bin. Von den Schmerzen in meinem Schädel kam ich irgendwann wieder zu Bewusstsein. Zu dem Zeitpunkt war ich aber schon nicht mehr in Godeneltern. Alles um mich war dunkel, erst nach und nach habe ich Schemen und Konturen erkannt. Da wusste ich, wo ich war.«

»Wo denn?«

»In einem Abschnitt vom Regierungsbunker, der noch nicht zurückgebaut worden ist. Es standen sogar alte Möbel drin, einige Wände waren allerdings eingestürzt, überall lag Bauschutt.«

»Hast du um Hilfe gerufen?«

»Ging nicht, ich war geknebelt. Lange ist niemand gekommen. Es ist mir zumindest lang erschienen, aber man hat in so einer Situation ja kein Zeitgefühl. Das Warten war das Schlimmste …«, Julius musste durchatmen, »weil dann die Angst wachsen konnte. Ganz viel ging mir im Kopf rum, auch einige Zeilen meines Vorfahren: ›Ins Leben schleicht das Leiden / Sich heimlich wie ein Dieb / Wir alle müssen scheiden / Von allem, was uns lieb.‹« Er strich die Tischdecke glatt, auf der sich keine Wellung befand. »Immer wieder habe ich mir gesagt: Wenn der Entführer mich hätte umbringen wollen, dann hätte er es längst getan.«

Anna stand auf und setzte sich neben Julius, legte den Arm auf seinen Rücken und lehnte den Kopf an seine Schulter.

»Irgendwann ist er dann aufgetaucht«, fuhr Julius fort. »Also ein grelles Licht, das mich geblendet hat. Deshalb konnte ich ihn nicht sehen, nicht mal seine Umrisse. Dreimal ist er zu mir gekommen, aber er hat nie ein Wort gesprochen.«

»Das heißt, du weißt gar nicht, was er wollte?«

»Doch, er wollte Antworten. Deshalb hat er eine alte Schreibtafel vor mich gehalten, wie man sie früher in Schulen benutzt hat. Darauf standen seine Fragen. Die erste war: ›Weißt du, wer ich bin?‹«

»Aber du konntest wegen des Knebels nicht antworten?«

»Den hatte er mir rausgezogen. Ich hab direkt um Hilfe geschrien. Als er mich nicht davon abhielt, wusste ich, dass es völlig sinnlos war. Nach einiger Zeit der Stille, in der ich erst richtig begriffen habe, wie hoffnungslos meine Situation war, habe ich geantwortet. Und gesagt, dass ich es wüsste.«

»Aber wenn du den Täter kennst, warum sitzen wir dann noch hier?«

»Ich kenne ihn ja gar nicht. Das war eine Lüge. Keine Ahnung, warum ich das gesagt habe. Vielleicht wollte ich Zeit gewinnen, ihn irgendwie aus der Deckung locken. Ich weiß es nicht, ich war so durcheinander. Dann habe ich gehört, wie er etwas auf die Schiefertafel schrieb. Als er sie wieder vor mich gehalten hat, stand darauf: ›Sag meinen Namen‹. Ich hab den ersten gesagt, der mir einfiel: Stephan Scholl. Es ist dann plötzlich ganz still gewesen. Ich wusste nicht, ob er mich jetzt aufhängen würde.« Anna schmiegte sich fest an ihn. »Dann schrieb er wieder. ›Was weißt du noch?‹, stand diesmal auf der Tafel. Und da ist mir klar geworden, dass das Einzige, was zwischen mir und dem Tod stand, mein Wissen war. Er wollte ganz genau erfahren, wie viel ich weiß.«

»Also hast du nicht mehr geantwortet?«

»Nur ausweichend. Als Strafe habe ich irgendeine Art von Folter erwartet. Stattdessen habe ich Essen bekommen. Schlechtes Essen. Kalte Dosen-Ravioli in einem Suppenteller, zu dem ich mich runterbeugen musste. Denn meine Handgelenke waren an meine Füße gefesselt. Er hat mich dann allein gelassen, hat mich nicht mal mehr geknebelt, sondern nur das Licht gelöscht. Das Essen hab ich nicht angerührt, stattdessen haben die Ratten es gefressen. Ich weiß nicht, wie viele es waren, vielleicht Hunderte, auf jeden Fall haben sie Lärm für so viele gemacht, und sie waren hungrig.«

»Und ich hab nicht mal nach dir gesucht …« Anna weinte.

»Wir hatten doch einen Deal! Nicht weinen!«

»Nein, hatten wir nicht«, sagte Anna und musste lachen. »Du hattest einen.«

»Mit dir mache ich nie wieder Geschäfte.«

Sie wischte sich die Tränen am Ärmel ab. »Erzähl weiter.«

»Bei seinem zweiten Auftauchen hat er mir die gleichen Fragen wie beim ersten gestellt. Und ich habe genau gleich geantwortet. Beim dritten Mal aber ist er abgewichen und hat geschrieben: ›Was weiß Schantalle de Malle?‹ – ›Nichts‹, hab ich geantwortet. Danach schrieb er länger auf die Tafel. Diesmal stand darauf: ›Sie lügen! Sie haben lange mit ihr in der Bachemer Kapelle gesprochen und ihr alles verraten.‹ – ›Nein‹, sagte ich. Und was er dann geschrieben hat, war …« Julius senkte den Kopf.

»Willst du eine Pause machen?«

»Nein«, antwortete Julius. »Es ist gut, alles auszusprechen. Das merke ich jetzt. Also, er hat geschrieben: ›Dieses Blut klebt an Ihren Händen. Schantalle de Malle wird einen wundervollen Ausblick haben, bevor sie durch die Tür in eine andere Existenz tritt.‹ Daraufhin hab ich ihn angebrüllt: ›Was soll das Spiel? Ist das ein Rätsel?‹ Wieder hat er etwas auf die Tafel geschrieben und sie mir gezeigt. ›Ja‹, stand nur darauf. Dann ging er. Ich hab nicht lange gebraucht, um zu begreifen, wo Susanne Hain sterben würde.«

»Aber wie hast du fliehen können?«

»Wie nur ein Koch flieht.«

»Was soll das heißen?«

»Ein Koch denkt immer an Essen. Denn für einen Koch ist es die Lösung aller Probleme.«

»Die Dosen-Ravioli?«

»Ganz genau.«

»Aber die hast du doch gar nicht gegessen?«

»Ich nicht, aber wie gesagt die Ratten. Die waren ganz verrückt nach dem Zeug. Also habe ich die Fesseln zwischen meinen Händen damit beschmiert. War nicht einfach, das kann ich dir sagen. Aber es hat funktioniert. Die Ratten haben sich daraufgestürzt und das verdammte Seil durchgenagt.«

»Haben sie dich auch erwischt?«

»Ja. Aber mach dir keine Sorgen, ich bin heute Morgen schon beim Arzt gewesen.«

»Braver Mann«, sagte Anna und strich ihm über den Rücken.

»Um die Sache abzuschließen: Zuerst hab ich darüber nachgedacht, im Bunker zu warten und den Kerl zu überwältigen. Aber viel dringender war für mich, den Mord an Schantalle de Malle zu verhindern, deshalb hab ich sofort den Ausgang gesucht. Die Tür war von außen mit einem Vorhängeschloss abgesperrt, aber ich hab eine Rettungsaxt gefunden, mit der ich es nach einigen Anläufen aufstemmen konnte. Erst als ich draußen war, ist mir klar geworden, dass ich in Dernau bin. Ich hab auf der Straße den nächstbesten Wagen angehalten und bin nach Mayschoß. Aus dem Auto hab ich dich dann mit dem Handy des Fahrers angerufen.«

»Wir hätten nach dem Fund der Leiche zum Bunker gehen sollen! Der Mörder ist in der Nacht vielleicht zurückgekehrt, weil er davon ausgegangen ist, dass du immer noch dort bist.«

»Nicht nachdem das Radio darüber berichtet hat, dass ich die Leiche gefunden habe. Da war es zu spät.«

Anna setzte sich wieder aufrecht und richtete Julius den Hemdkragen. »Wir haben es total falsch gemacht, als wir vereinbart haben, nicht über den Fall zu reden. Wir sind ein Team. Wie sollten wir sonst auch zusammen ein Kind aufziehen?«

»Willst du das denn noch mit einem so verantwortungslosen Mann wie mir?«

»Unbedingt.« Anna stand auf. »Ich würde sogar so weit gehen zu sagen: mehr denn je. Denn jetzt weiß ich ja, dass du uns mit ein bisschen Ravioli und ein paar hundert Ratten aus jeder gefährlichen Situation herausbekommst. Sollen wir dann mal wieder an die Arbeit gehen?«

»Du meinst, ins Schlafzimmer?« Julius strich seine Haare zurück.

»Ja, natürlich! Was für eine blöde Frage.« Sie zog ihn zu sich hoch. »Aber vorher musst du mir noch etwas verraten. Und überleg dir die Antwort gut. Du könntest leicht etwas Falsches sagen, das du dann sehr bereust.«

»Ich verspreche, jedes Wort auf die Goldwaage zu legen.«

Anna kam mit dem Gesicht ganz nah an Julius'. »Wieso hast du nur achtzehn Gründe aufgeschrieben, warum du mich liebst? Sind das nicht ein bisschen wenig?«

»Wie hast du …? Die Seite habe ich doch herausgetrennt!«

»Beantworte meine Frage. Und pass auf, was du sagst.«

Julius legte seine Hände auf Annas Hüften. »Ich war ja noch längst nicht fertig mit der Liste. Beim Schreiben wurde ich nämlich durch einen Mord gestört. In meinem Kopf gibt es sicher zweihundert andere Punkte, die ich noch aufschreiben muss.«

»Nur zweihundert? Mehr Gründe gibt es nicht, mich zu lieben?«

»Die zweihundert sind nur der Anfang, die Spitze des Eisbergs! Es wird eine Lebensaufgabe, alle Gründe aufzuschreiben, das ist mir schon vorher klar gewesen.«

Anna schlang ihre Arme um Julius' Hals. »Das lass ich dir gerade noch mal durchgehen!« Sie küsste ihn. »Dank deiner Mutter wird meine Frisur dem Nachwuchs gleich auch nicht im Weg stehen.«

»Wovon sprichst du?«

Anna lächelte. »Frauengeheimnis.« Sie zog ihn mit sich in Richtung Treppe. »Und ab morgen ermitteln wir gemeinsam. Wäre das in deinem Sinne?«

Julius lächelte nur. Mehr war nicht nötig zwischen ihnen.

Alles ist anders.

Er ist geflohen. Wie konnte das bloß passieren?

Zurück in den Bunker kann ich nicht mehr. Die Polizei wird alles überwachen und untersuchen. Hoffentlich finden sie nichts. Oder bringen es mit mir in Verbindung.

Doch so oder so bleibt kaum mehr Zeit.

Nur wenige Stunden.

Ich muss von der Bildfläche verschwinden.

Und es beenden.

Heute noch.

Es gibt keine Zeit für eine lange Planung. Es muss gehandelt werden.

Gemordet.

Und nicht nur einmal.

Wie selbstverständlich ich das denke. Wie leicht mir der Gedanke an Mord fällt. Ich bin mir selbst so fremd, bin ein anderer Mensch geworden.

Vielleicht bin ich gar kein Mensch mehr.

Der Mensch ist dem Menschen Wolf.

Doch wenn es endlich vorbei ist, wird alles zum Guten gewendet sein.

Dann wird die Zukunft anders aussehen.

Die Opfer sind ein geringer Preis, der für diese Zukunft gezahlt wird.

Ich werde für sie keine Träne vergießen.

Ich werde voller Liebe sein.

10

»NÄCHTE MIR DIR«

Montag, 10. September

Julius schrie.

Sein Schrei zerriss die Heppinger Nacht.

Aus dem Schlaf gerissen schrie Anna auch.

Die mit im Bett liegenden Herr Bimmel und Felix schrien nicht, sie beschränkten sich aufs Fauchen und präsentierten imposante Katzenbuckel.

»Was ist los?«, fragte Anna und beugte sich zu Julius. »Alptraum?«

»Summer Glow!«, antwortete Julius.

Anna stöhnte und ließ sich wieder in die Kissen fallen. »Träumst du jetzt etwa schon von ihren Hupen? Haben sie dich im Traum erdrückt?«

Julius war schweißnass. »Der Entführer hat mich nach ihr gefragt. Das hatte ich total vergessen.«

»Du meinst ...?«

»Sie könnte das nächste Opfer sein.«

Anna griff sich ihr Handy, in dem sie stets alle Telefonnummern laufender Fälle speicherte. Schnell war die Verbindung aufgebaut. Doch es klingelte zu lang.

»Geht keiner ran!« Zackig schlug sie die Bettdecke zur Seite. »Anziehen und losfahren. Wir sind schneller da, als die Kollegen es wären.«

»Wo übernachtet sie denn?«

»Hat eine Ferienwohnung im Weingut Sonnehang vom André Erlen.«

Julius nickte und stieg in seine Hose. Oder stolperte vielmehr hinein, wobei Körperbalance und Erdanziehungskraft miteinander rangen. Die Katzen brachten sich lieber in Sicherheit.

»Weißt du eigentlich, dass es jetzt schon acht Tage her ist, dass Christian See ermordet worden ist?«

Anna bürstete notdürftig ihre Haare. »Das ist jetzt schon zwei Leichen her.«

»Ich habe es im Gespür, heute kriegen wir den Täter!« Julius zog ein frisches Hemd an.

»Im Gespür? Oder im Morgenurin?«

»Du nimmst mich nicht ernst.«

»Doch und ich nehme dich jetzt mit. Fertig?«

»Fertig«, sagte Julius, aber dann bewegte er sich nicht. »Bist du sicher, dass du nicht lieber deinem Kollegen Humboldt Bescheid geben willst?«

»Wovon redest du? Lass uns gehen.« Sie schob ihn zur Schlafzimmertür.

Doch Julius ließ sich nicht bis dahin schieben. »Ich hab gesehen, wie du um ihn herumscharwenzelt bist, am Tatort in Mayschoß.«

»So ein Quatsch. Ich musste nett sein, sonst hätte er mich weggeschickt. Schließlich bin ich nicht mehr in seinem Team.«

»Ja, klar …«

»Wir haben echt keine Zeit für so einen Blödsinn«, sagte Anna. »Jede Sekunde zählt. Ab ins Auto!«

Dort reichte sie Julius ihr Handy, damit er noch einmal Summer Glows Nummer wählen konnte.

Julius sah automatisch hoch zur imposanten Ahrtalbrücke, als sie darunter herfuhren. In dieser Nacht war kein Seil zu sehen.

»Schnall dich an«, forderte Anna. »Ich nehm die Kurven scharf.«

Julius konnte selbst in dieser Situation nicht anders, als die Situation durch einen Scherz aufzulockern. »Falsch, du nimmst Kurven nicht scharf, du hast scharfe Kurven!«

»*Anschnallen*, Casanova!«

Als Julius den Gurt um seinen Bauch zog, hakte er. »Geht schwer. Ich leide halt unter Verkreisung.«

»Du meinst Vergreisung.«

»Nein, Verkreisung. Ich werde immer runder und runder.«

»Das ist schon okay. Wenn ich mit dir zusammen bin, fühle ich mich immer gertenschlank. Ich will nie wieder einen dünnen Mann.«

»Da gehst du mit mir absolut auf Nummer sicher!« Endlich rastete die Schnalle ein, gerade rechtzeitig vor der nächsten S-Kurve. Anna nahm sie so rasant, dass Julius sich lieber zusätzlich festhielt, wie er es bei Rallye-Beifahrern gesehen hatte. Nur dass er beide Hände nahm. Und am liebsten hätte er auch die Füße dazugenommen.

So rasten sie durch die dunkle Ahrtaler Nacht, überholten die wenigen anderen Wagen auf der Straße und hielten sich an roten Ampeln nicht länger als unbedingt nötig auf.

Das Weingut Sonnehang lag an der Heerstraße in Bad Neuenahr. Im Haus rechts daneben befanden sich die Ferienwohnungen. Anna bretterte über die Bordsteinkante und parkte quer auf dem Bürgersteig.

»Erdgeschoss, ›Anne Therese‹ steht an der Tür.« Sie sprang aus dem Wagen und drückte die Eingangstür auf. »Der Winzer hat Glück, dass sie kaputt ist, sonst hätten wir ihn wecken müssen.« Sie klopfte nicht gegen die Tür der Ferienwohnung, sie hämmerte. »Frau Glow, aufmachen. Polizei!« Als sich nichts regte, schlug sie wieder mit der Faust dagegen.

Endlich waren Schritte zu hören, dann wurde die Tür geöffnet, allerdings nur einen Spalt. Summer Glows Haare waren zerzaust, sie trug einen roten Kimono, der an ihren Brüsten weit offen stand. Sie machte keine Anstalten, das zu ändern.

»Was wollen Sie denn um die Uhrzeit hier?« Summer Glow erblickte Julius. »Oh, der Koch ist auch dabei. Sind Sie jetzt auch für die Polizei tätig? In der Kantine?« Sie lachte schnarrend. »Der war gut, oder?«

Julius konnte den Alkohol in Summer Glows Atem riechen, als wäre ihre Zunge darin eingelegt worden.

»Wir haben Grund zu der Annahme, dass Sie das nächste Opfer sein könnten«, sagte Anna. »Deshalb sollten Sie umgehend Sicherheitsvorkehrungen treffen.«

»Grund zu der Annahme? Also keine handfesten Beweise?«

»Leider nichts, was ausreichen würde, um Personenschutz zu beantragen. Aber starke Hinweise.«

»Dann interessiert es mich nicht. Ich bin schon öfter bedroht worden, passiert ist nie was.« Sie wollte die Tür schließen, doch Anna stellte ihren Fuß dazwischen.

»Wie können Sie bloß so ruhig sein? Wir haben es hier mit einem Serientäter zu tun!«

»Ja und? Ich bin keine Schlagersängerin, mir wird nix passieren. So und jetzt hab ich noch zu tun.« Sie blickte Julius an. »Sie brauchen gar nicht so gierig zu gucken, Eichendorff. Diesmal dürfen sie meine Boobies nicht anpacken.«

»Ich hab überhaupt nicht geguckt!« Julius sah zu Anna. »Wirklich nicht.«

»Tür«, flüsterte sie.

Julius verstand nicht. »Tür?«, fragte er deshalb.

Anna verdrehte die Augen.

»War es das?« Summer Glow beantwortete die Frage selbst. »Das war es!«

Julius begriff endlich, was Anna meinte, und ließ sich in Richtung Tür fallen. Summer Glow versuchte noch, sie festzuhalten, doch gegen seine mühsam über viele Jahre angefutterten Pfunde kam sie nicht an.

»'tschuldigung, bin gestolpert.«

Aus dem Zimmer blickte überrascht ein Mann. Er trug einen extrem knappen schwarzen Lederminirock sowie einen Brautschleier. Sonst nichts. Außer einem Glas Schaumwein in der Hand, dessen Inhalt er nun hinunterstürzte.

»Hallo, Herr Pizzer«, begrüßte Julius ihn. »Wie schön zu sehen, dass Sie sich von der U-Haft schnell erholt haben. Gestatten Sie mir eine Bemerkung: Sie können wirklich alles tragen.«

Bobby Pizzer drehte sich kokett im Kreis, dann warf er das langstielige Glas nach Julius. Es zerschellte klirrend am Türrahmen. »Genug voyeuriert, Koch!«

»Sie müssen gar nicht so spießig gucken«, geiferte Summer Glow. »Meinen Sie, Christian hätte allein das Recht gehabt, sich auszuleben? Wir sind im 21. Jahrhundert! Wenn ein Mann einen enttäuscht, darf man erst recht alles machen, was man will. Und Christian hat mich mehr als einmal enttäuscht. Jetzt hauen Sie ab. Bobby und ich waren noch nicht fertig. Dritte Runde.«

Sie schmiss die Tür ins Schloss.

»Hat sie wirklich ›dritte Runde‹ gesagt?«, fragte Julius.

»Du hast dich sicher verhört. So was gibt es gar nicht.«

Von drinnen klang es jetzt allerdings, als gäbe es so was sehr wohl.

Das war aber nicht der Grund, warum Julius blass wurde. Ihm war gerade etwas klar geworden, und er musste sich an die Wand lehnen.

»Was ist los mit dir?« Anna legte eine Hand auf seine Stirn. »Du bist ganz heiß.«

»Hast du es denn nicht gerochen?«

»Was denn?«

»Den ganzen Kram, den sie auf der Kommode neben der Tür liegen hatte, also dieses Spielzeug für …«

»Ich weiß, was du meinst.«

»Das hat gerochen.«

»Will ich gar nicht wissen.«

»Willst du doch. Es hat nämlich nach etwas gerochen, das du kennst. Von den Gittern auf der Autobahn. Ich kenne es vom Deckel des Kanisters, mit dessen Benzin mein Wagen in Brand gesetzt wurde. Es war ›Endless Summer‹.«

»Bist du dir absolut sicher?«

Julius tippte an seine Nase. »Hat die sich schon mal getäuscht?«

»Nein, hat sie nie.«

Julius spürte, wie etwas Farbe in sein Gesicht zurückkehrte. »Gut, dann fahr sie jetzt zum Bunker. Denn dort muss das Präzisionswerkzeug noch eingesetzt werden.«

Julius hatte nicht erwartet, dass die Angst sich in ihm wie Schimmel vermehren würde, sobald sie sich dem Bunkereingang näherten. Und doch knetete er nervös seine Hände, deren Wunden ihn an die Zähne der Ratten erinnerten.

»Alles gut?«, fragte Anna.

»Nein, aber das macht nichts. Park ruhig direkt davor.«

Der riesige halbkreisförmige Eingang am unteren Ende eines Weinbergs war verbarrikadiert. Nicht ordentlich, sondern wie ein Patchwork aus Holz, Metall, Plastik und Gittern, was eben zur Hand gewesen war. Dahinter hätte auch eine Hippiekommune hausen können.

Die Dämmerung zog schon langsam das Schwarz der Nacht vom Tal, als Anna sich davor stellte und an dem Balken mit dem »Betreten verboten!«-Schild rüttelte.

»Bist du dir sicher, dass du da wieder reinwillst?«

»Nein, aber wir müssen. Hast du eine Taschenlampe?«

»Immer eine im Kofferraum. Weißt du doch, machst dich schließlich immer drüber lustig.«

»Jetzt nicht mehr.«

»Doch, bitte!« Anna schmiegte sich an ihn, aber Julius war nicht nach Nähe. Er fühlte sich, als müsste er zum Zahnarzt. Einem irren Zahnarzt. Mit defektem Bohrer. Dem das Narkosemittel ausgegangen war.

Die Metalltür knarrte, als er sie aufzog. Nur wenig Licht suppte ins Innere, doch Annas Stabtaschenlampe strahlte weit hinein.

»Und?«, fragte sie.

»Sieht unverändert aus.« Julius stieg über allerlei auf dem Boden liegenden Bauschutt und bog nach links ab, wo der Gang enger wurde. Zu beiden Seiten befanden sich leer geräumte Räume, von der Decke blätterte der Putz, defekte Leitungen hingen herab. Dieser Ort war eine Gruft, und alles, was er noch tat, war verrotten.

Der Gang öffnete sich zu einem größeren Raum, an dessen Seiten mit dicker Plastikfolie abgedeckte Instrumententafeln hingen. Julius blieb abrupt stehen.

Hier war es gewesen.

Ein großer Fotostrahler stand im Eingang, eine Großpackung Batterien daneben. An dessen Stativ gelehnt die Schiefertafel und ein Stück Kreide. Julius beugte sich hinunter, nahm beides in die Hand. Die Kreide war gleichmäßig abgenutzt, die Tafel sauber gewischt.

Er legte beides zurück und trat zögernd weiter in den Raum.

Fast verhedderte er sich in dem von den Ratten durchgebissenen Seil, der Blechteller war blitzblank geleckt. Erst durch das Licht der Taschenlampe wurde Julius klar, wie zentimeterdick Staub den Boden hier bedeckte.

Annas Hand legte sich auf seine Schulter.

»Geht schon«, sagte er. »Jetzt kann es nicht schlimmer werden.« Doch das musste Julius schnell revidieren. Auf dem Boden standen nur drei Dosen Ravioli. »Er hatte wohl nicht vor, mich lange durchzufüttern.«

»Nein«, sagte Anna und leuchtete auf ein langes Stück Draht, das aufgerollt auf dem Boden lag – von der Sorte, mit der Schantalle de Malle erhängt worden war. Eine aufgeschreckte Ratte huschte durch das Licht. »Kam mir die nur so dick vor oder …?«

»Wie Katzen«, sagte Julius. »Aber große.«

»Hier muss die Spusi durch, Julius. Du hättest gar nichts anfassen dürfen.«

»Riechst du es denn nicht?«, fragte Julius. »Am Stativ? Und am Rand der Schiefertafel?«

»Du meinst …?«

»›Endless Summer‹«, sagte Julius. »Der Täter hat wieder alle seine Spuren beseitigt.«

Er ging weiter durch den Raum und stieß plötzlich mit dem Fuß gegen einen Weinkarton. Er ging davor in die Hocke. »Der stammt vom heiligen Nikolaus.« Vorsichtig zog er eine Flasche heraus, deren Korken nur zur Hälfte im Hals steckte, und blickte auf das vermodernde Etikett. »Ist der letzte Jahrgang, als er noch mit Julia Berg zusammen war.« Er entkorkte die Flasche und roch daran. »Kein Essig. Im Gegenteil, der ist noch gut. Die Flasche ist erst vor Kurzem geöffnet worden.«

»Spusi, Julius! Wenn der Täter aus der Flasche getrunken hat, könnten wir DNA finden. Und jetzt komm mal her, ich muss dich umarmen. Egal, ob du das willst, ich brauch das gerade.«

Julius brauchte es auch.

Als sie sich wieder dem Ausgang näherten, hörten sie draußen einen Wagen, der harsch zum Stehen kam. Aus der verrosteten Tür tretend brauchten ihre Augen einige Zeit, um sich an das Tageslicht zu gewöhnen.

Als es so weit war, stand Kommissar Maximilian Humboldt vor ihnen.

»Was haben Sie da drin gemacht? Sehen Sie nicht das ›Betreten verboten!‹-Schild?«

»Wollen Sie mich jetzt etwa dafür verhaften?«, fragte Julius mit scharfem Unterton. Doch da Anna sanft seinen Arm drückte, sprach er nicht weiter.

»Wir kamen gerade vorbei und waren neugierig«, sagte sie. »Haben nur mal kurz reingelugt. Was führt Sie her? Sicher kein Spaziergang.«

»Wir haben Hinweise von Anwohnern erhalten, dass ein Mann hier herausgekommen ist, kurz bevor der Leichnam von Schantalle de Malle im Weinberg gefunden wurde. Beschrieben wurde ein Dicker mit Halbglatze.«

»Gibt es viele im Tal«, sagte Julius. »Kommt durch den Wein.«

»Verarschen Sie mich nicht! Sie kommen jetzt mit aufs Kommissariat.«

»Eine Sache vorher noch«, sagte Anna.

»Hab ich keine Zeit für«, antwortete Humboldt.

»Ich glaube doch.«

Humboldts Augen verengten sich zu Schlitzen. »Was soll das heißen?«

»Dass Sie ein konspiratives Treffen mit Hansdieter Hilberg in Lindlar hatten. Hinter zugezogenen Gardinen. Oder wollen Sie das ernsthaft leugnen? Soll ich Ihnen die schönen Fotos zeigen, die ich geschossen habe?«

Julius merkte, dass Anna bluffte. Sonst fuhr sie sich nicht so betont langsam durch die Haare.

Humboldt wandte sich ab und ging zum Bunkereingang. »Warum sollte ich das leugnen? Ich kann mich treffen, mit wem ich will.« Er kehrte wütenden Schrittes zurück. »Sehe ich es richtig, dass Sie mir nachspioniert haben? Das wird Folgen haben, Kollegin! Das kann ich Ihnen aber sagen. Sofort her mit den Fotos!«

Julius schob sich wie eine Wand zwischen Humboldt und Anna. »Sie dürfen sich also einfach mit einem Reporter treffen? Und zwar mit genau dem, der unter seinem Pseudonym Wolfgang Baensch über die Ermittlungen schreibt?«

»Ist das etwa derjenige, der …?«, fragte Anna und stellte sich neben Julius.

»Ganz genau, Hilberg hat den Artikel verfasst, der deinen Kollegen hier überhaupt erst in die Soko gehievt hat.«

Anna verschränkte die Arme. »Ach nee, das glaubt man ja nicht!«

»Es ist nicht so, wie Sie denken. Er ist ein Informant.«

»Ist er nicht«, erwiderte Julius. »Er ist ein Aasgeier, der Zeugen Geld bezahlt, damit sie ihm Infos geben.«

»Das wird ja immer schöner!« Anna zückte ihr Handy. »Die Sache wird die Dienstaufsicht sicher brennend interessieren.«

»Das ist doch nicht nötig, liebe Kollegin«, sagte Humboldt kleinlaut. »Ich würde mich freuen, Sie wieder im Team begrüßen zu dürfen. Lassen Sie uns den Fall zusammen lösen. Und die Sache mit Ihrem Mann vergessen wir einfach.«

Anna drehte sich um und sprach in ihr Handy. »Hagen, bist du das? Hier ist Anna. Ich muss dir leider etwas sehr Unerfreuliches über unseren Kollegen Humboldt mitteilen.«

»Geben Sie das Scheißhandy her!«, brüllte Humboldt. »Sofort! Das ist ein Befehl!«

»Meine Anna lässt sich von niemandem etwas befehlen!« Auch nicht von mir, dachte Julius. Aber das war wahrlich nicht der Moment für eine detaillierte Beschreibung seiner Ehe.

Während Anna weitertelefonierte, stapfte Humboldt zu seinem BMW. »Das wird Konsequenzen haben, das schwöre ich Ihnen! Für Sie und Ihren Mann! Niemand mag Nestbeschmutzer in der Polizei, so viel sollte Ihnen klar sein!« Er hob drohend den Zeigefinger. »Dadurch, dass Sie mich hier ins Messer laufen lassen, spielen Sie nur dem Mörder in die Hände. Die nächsten Toten gehen auf Ihr Konto, nur dass Sie es wissen!« Humboldt stieß einen Brüller aus, der die Tauben aufschreckte. Sie stoben in den Himmel wie eine dunkle Regenwolke.

»Bei dir summt es in der Hose«, sagte Anna und trat neben Julius.

»Was?«

»Ich vermute, es ist dein Handy. Das heißt, ich hoffe es sehr.«

»Du bist ja wieder gut drauf?«

»Das gerade war mir ein innerer ... Bundesparteitag. Jetzt geh an dein Handy.«

Julius zog es aus der Hosentasche. Eine SMS von Ludger Maurer. Der fehlte ihm jetzt noch! Doch die ersten Worte hatten nichts mit Grillen zu tun. Sie lauteten »Die Scholls ...« Als Julius die Nachricht öffnete, konnte er den Rest lesen: »... sind wieder spurlos verschwunden. Komm dringend zum Weingut, Jay. Hier stimmt was ganz gewaltig nicht!«

Fleisch stank, wenn es schlecht wurde. Noch bevor man die ersten optischen Anzeichen dafür erkennen konnte, drang der Geruch schon in die Nase. Mit Verbrechen verhielt es sich ähnlich, fand Julius. So als stießen sie etwas des Leids, das sie verursachten, in die Atmosphäre. Das Weingut der Scholls roch bereits, als sie den steilen Weg emporfuhren. Und als das Gebäude vor ihnen auftauchte, wirkte es verlassen, trotz des Fernsehteams, das davorstand wie ein kleiner Belagerungstrupp, die schwere Kamera wie eine Ramme geschultert, das Mikrofon wie eine Lanze gehoben. Ihre restliche Ausrüstung hatten sie in dem kleinen Unterstand abgestellt, wo Scholl die Amphoren vergraben hatte.

Ludger Maurer winkte sie zu sich. Anna hatte noch nicht den Motor abgestellt, da öffnete er schon die Beifahrertür. »Jay, das musst du dir anschauen! Wir sind eigentlich nur hergefahren um die Scholls zu interviewen, aber dann ... Wir haben schon alles abgefilmt!«

»Und der Polizei Bescheid gesagt?«

»Was interessiert mich die Polizei? Du gehst jetzt hier durch und kommentierst alles, was du siehst. Dann wird deine Grill-Sendung später durch die Decke gehen. Und den Grimme-Preis gibt's noch obendrauf.«

Anna stieg aus und präsentierte ihre Dienstmarke. »Die ist von der Kripo Koblenz, falls Sie ebenso schlecht lesen wie nachdenken können. Meine Kollegen sind bereits informiert. Und Sie betreten das Haus nicht mehr.«

Julius dagegen war schon drin. »Stand die Tür offen?«

»War nur angelehnt«, antwortete Maurer.

»Und das Licht an?«

»Ja, wir haben absolut nichts verändert.«

Die Probierstube, an deren Lehmwänden neben dem großformatigen Foto Bodenquerschnitte von Weinbergen des Ahrtals hingen, wirkte völlig normal. Nichts stand unordentlich herum, die große Theke war leer.

»Du musst durchgehen, Jay. Immer geradeaus.«

Hinter der Probierstube lag die Küche der Scholls. Auf dem Tisch stand das Frühstück, eine mit Schnittkäse belegte Graubrotscheibe war zur Hälfte gegessen, in den beiden Tassen befand sich noch Milchkaffee, auf dem ausgeschalteten Gasherd ruhte eine Pfanne mit Rührei. Es wirkte, als würden Stephan und Rebecca Scholl jeden Augenblick zurückkommen, um ihr Frühstück zu beenden.

Doch auf dem weiß gekachelten Boden waren Blutspritzer.

»Frau Scholl? Herr Scholl?«, rief Julius.

»Haben wir auch schon probiert, Jay«, sagte Maurer von draußen. »Die sind nirgends im Haus, wir sind alle Zimmer durchgegangen, vom Dach bis zum Keller.«

An der Wand zur Hoftür war eine Garderobe angebracht,

die aus einem alten Rebstock bestand. Stephan Scholls grüne Bomberjacke hing daran, mit der Julius ihn mehrmals gesehen hatte, sowie Rebecca Scholls gelbe Regenjacke. Er tastete sie ab und fand Hausschlüssel, Portemonnaie. In beiden.

»Scheiße.« Julius drehte sich zu Anna, die hinter ihm in die Küche getreten war. »Ruf doch mal bei Stephan Scholl an. Auf seinem Handy.«

Kurze Zeit später hörten sie ein dumpfes Klingeln.

»Wo kommt das her?«, fragte Maurer, der nun auch im Raum stand.

»Leise!«, zischte Anna.

»Unter der Küchenbank«, sagte Julius, kniete sich hin und zog ein Handy hervor. »Was hat es da zu suchen?«

»Und das von Rebecca Scholl?« Anna wählte deren Nummer, diesmal summte es unter dem Eierkarton. »Verdammt! Niemand geht ohne sein Handy und seine Papiere aus dem Haus. Wir müssen davon ausgehen, dass sie entführt worden sind. Jetzt heißt es den ganzen Apparat in Bewegung setzen. Und zwar sofort!«

Hastig eine Nummer wählend ging sie zum Ausgang des Weinguts.

Plötzlich war das Aufröhren eines vielzylindrigen Motors zu hören. Humboldts BMW raste auf das Weingut zu und kam Staub aufwirbelnd zum Stehen. »Das ist nicht Ihr Fall!«, rief er, nachdem er die Fahrertür aufgerissen hatte. »Das ist meiner, und den lass ich mir von niemandem wegnehmen!«

Julius folgte Anna, wobei sein Blick auf den Weinberg vor dem Gut fiel, über all die reifenden Spätburgundertrauben. In diesem Moment war es, als verhakte sich etwas im Räderwerk seines Kopfes. Als würden zwei Dinge in dieser Welt nicht zusammenpassen. Das eine waren Stephan Scholls Erläuterungen zu seinem Vino Furioso, doch was war das andere?

Als er aus dem Weingut trat, blaffte Humboldt ihn an. »Hauen Sie ab, Sie Amateur. Dass Sie hier sind, ist ein Verstoß! Hören Sie?«

»Lass uns fahren«, rief ihm Anna vom Wagen aus zu. »Den

Rest übernimmt die Spusi. Und mich stört die Akustik hier gerade gewaltig.«

Julius war immer noch in Gedanken und stieg ein. Humboldt warf seine Autotür zu.

»Ich hab keine Zeit, mich mit diesem Vollidioten abzugeben«, sagte Anna und startete den Golf. »Humboldt weiß genau, dass seine Karriere vorbei ist. Wir haben uns seit Tagen gefragt, woher der ›Express‹ die ganzen Informationen hat.«

Julius sagte nichts, starrte nur aus dem Fenster auf die Straße.

»Was ist los?«, fragte Anna. »Worüber denkst du nach?«

»Halt an!«, rief Julius.

»Was? Hier geht das nicht.«

»Halt sofort an!«

Er griff ihr ins Lenkrad.

»Was machst du da?«

Sie fuhren krachend gegen einen Rebstock, und die Airbags wurden ausgelöst. Anna schlug Julius gegen den Oberarm. »Bist du vollkommen verrückt? Wir hätten den Hang runterstürzen können!«

Julius musste warten, bis der Airbag wieder in sich zusammengefallen war, dann erst gelang es ihm, sich aus dem Wagen zu wuchten. Er rannte den Weg zurück, hoch zum Weingut. Das Filmteam machte gerade Außenaufnahmen.

»Haltet auf Jay drauf«, befahl Ludger. »Der Bluthund hat eine Spur aufgenommen!«

Julius lief weiter zum Unterstand und griff sich einen Spaten. »Hilf mir doch mal einer!« Er blickte auf den plattierten Boden. Es war unmöglich, zu sehen, wo er graben musste. Blindlings stieß er den Spaten in die Erde, in der Hoffnung, auf etwas Festes zu stoßen.

»Hören Sie auf damit, Sie Irrer!« Humboldt lief aus dem Weingut und griff nach Julius' Arm, um ihm den Spaten zu entreißen.

»Schnauze!«, sagte Julius und schubste Humboldt mit so viel Kraft weg, dass er umfiel.

»Das war ein tätlicher Angriff auf einen Polizisten!«

Ein dumpfes Klacken erklang. Die Spitze des Spatens hatte etwas getroffen.

»Weinamphoren werden niemals komplett eingebuddelt.« Julius begann die Erde vorsichtig fortzuschippen. »Sondern nach der aktiven Gärung mit Holz oder einem Schieferstein bedeckt. Zwischen Rand und Deckel werden Blätter gelegt und die Öffnung mit feuchtem Ton versiegelt, in den ein Rohr für das entweichende CO_2 eingesetzt wird. Sehen Sie hier irgendwo ein Rohr?«

»Was? Nein? Wovon reden Sie?« Humboldt stand wieder und klopfte sich wütend den Dreck von der Hose.

Nach der nächsten Schippe war plötzlich Pappe im Boden zu sehen, wie aus einem Weingutskarton gerissen. Julius kniete sich hin und strich die Erde darauf fort. Das Logo des Weinguts Scholl erschien. Erst als er die Pappe komplett freigelegt hatte, hob Julius sie hoch.

Darunter befand sich die Öffnung der großen Weinamphore.

Sie musste mindestens tausendfünfhundert Liter fassen. Doch es war etwas anderes als Wein darin.

Hilfesuchend streckten sich Julius zwei gefesselte Hände entgegen. Er packte sie, stand auf und zog mit aller Kraft, zog einen Menschen aus der dunklen Enge. Einen Menschen, der zitterte, der nichts sagte, dessen Augen tränten vom plötzlichen Licht. Vorsichtig ließ Julius ihn auf den Erdboden sinken.

Er nahm Stephan Scholls Gesicht in seine großen Hände und blickte ihn eindringlich an. »Wer hat Ihnen das angetan?«

»Es ... es ging alles so schnell«, stotterte Scholl.

»Wer war es?« Julius löste die Fesseln.

»Ich hab nichts gesehen. Als ich ins Haus gekommen bin, lag Becca bewusstlos am Boden, und als ich mich zu ihr gekniet habe, traf mich schon was am Kopf.« Scholl sah sich suchend um. »Wo ist meine Frau?«

Es war Anna, die antwortete. Julius hatte gar nicht mitbekommen, dass sie gekommen war, um ihn zu unterstützen.

»Julius, schnell, hilf mir!«

»Kümmern Sie sich um Stephan Scholl«, rief Julius zu Humboldt. »Und rufen Sie einen Krankenwagen.«

Rebecca Scholl war viel schwerer aus der Amphore zu ziehen, weil sich ihr lebloser Körper immer wieder verkantete. Als sie endlich draußen war, fühlte Julius sofort ihr Handgelenk.

»Puls ist noch da!«

Stephan Scholl trat mit wackligen Beinen zu ihnen. »Was ist mit meiner Frau? Atmet sie noch? Warum ist denn hier kein Arzt?« Er sah den Kameramann. »Filmen Sie etwa gerade, wie meine Frau stirbt?« Er stürzte in dessen Richtung, die Fäuste geballt.

»Hierher!«, herrschte Julius ihn an. »Die Beine Ihrer Frau hoch!« Er schüttelte die Winzerin an den Schultern, doch sie kam immer noch nicht zu Bewusstsein. In diesem Moment beugte sich Ludger Maurer mit einem Eimer Wasser über Rebecca Scholl.

»Auf gar keinen Fall!«, rief Julius und hielt eine Hand hoch. »Bei tiefer Bewusstlosigkeit setzen Husten- und Schutzreflexe aus. Wenn Wasser in ihren Mund gelangt, könnte sie ersticken!«

Jetzt machte sich endlich mal bezahlt, dass er jedes Jahr ein Erste-Hilfe-Seminar absolvierte, um seinen Gästen im Notfall beistehen zu können. Julius wusste deshalb, dass er nun zu einem heftigen Mittel greifen musste: kneifen. Und zwar dort, wo es richtig wehtat. Mit Fingernägeln in die Nasenlöcher.

Rebecca Scholl schrie auf – und Julius lachte vor Glück. Stephan Scholl fiel auf die Knie und seiner Frau um den Hals.

Julius klopfte ihm auf den Rücken und erhob sich erschöpft, dann zog er Humboldt und Maurer fort von den beiden. Anna brachte ihnen die Jacken von der Garderobe und zwei Decken, dann ging sie zu Julius.

»Woher wusstest du bloß, dass sie dort drinsteckten?«

»Stephan Scholl hat mir erzählt, dass er Spätburgunder in die Amphoren füllen wollte – aber der ist noch gar nicht reif. Trotzdem waren die Amphoren nicht mehr zu sehen. Das konnte nur bedeuten, dass etwas anderes in ihnen gelandet war.«

Anna gab ihm einen langen Kuss. »Ich finde es richtig gut, dass ich einen schlauen Mann habe.«

Sirenen verkündeten nahende Einsatzwagen, Blaulicht blitzte auf.

»Ist wohl besser, wenn du schon mal nach Hause fährst«, sagte Anna und zog ihre Kleidung zurecht. »Ich regel hier alles, auch die Sache mit dem Kollegen Humboldt.« Sie gab ihm den Autoschlüssel. »Ist das okay für dich?«

»Ja«, sagte Julius und ging zum Golf. Erst als er außer Hörweite war, setzte er die Antwort fort. »Weil ich jetzt einen Mörder stellen muss. Und ich es diesmal allein tun sollte.«

In Fernsehkrimis schritten Kommissare oft mit Vorfreude zur Verhaftung. Der Kampf war gewonnen, die Krönung des Siegers stand an. In Julius dagegen hatte sich von dem Moment an Melancholie ausgebreitet, in dem er begriffen hatte, aus welchem Grund die Verbrechen geschehen waren. Was einen Menschen drei andere hatte töten lassen. Er konnte die Gründe für die Morde logisch nachvollziehen, verstehen konnte er sie nicht. Und an ihm nagte, dass solche Taten in seinem Tal geschehen waren, diesem wundervollen kleinen Fleckchen, das seine Bewohner alljährlich mit reifen Trauben beschenkte und eine Friedfertigkeit ausstrahlte, die fast so kitschig wie eine Glitzer-Postkarte wirkte.

Er parkte den Golf vor dem Haus und klingelte, doch niemand öffnete. Hinter den Fenstern brannte kein Licht, kein Wagen außer seinem stand davor. Julius klingelte nochmals, länger diesmal. Eine alte Dame schob ihren Rollator auf der Straße an ihm vorbei. Es war Hildegard Bröding, Schwuppes' Oma. Es schien, als schleiche sie Tag und Nacht in ihrem pröttelnden Tempo ohne Pause durch die Gegend und redete mit allem, was sich ihr näherte. Menschen, Hunde, Flugzeuge. Wobei sie jedes Gespräch immer innerhalb kürzester Zeit zu einem Streit werden ließ. Streitigkeiten schienen der Treibstoff zu sein, der ihren Rollator antrieb.

»Da ist um die Uhrzeit nie einer«, sagte sie.

»Und wo …?« Doch das war schon eine Nachfrage zu viel.

»Weiß ich nicht, geht mich auch nichts an! Woher soll ich das denn wissen? Seh ich so aus, als wüsste ich das?«

»Ja.« Oma Bröding sah so alt aus, als hätte sie ausreichend Zeit gehabt, sich das gesammelte Wissen der Menschheit anzueignen.

»Das wüsste ich aber!« Sie schlurfte weiter.

»Genau das meinte ich ja.« Doch sie hörte ihn schon nicht mehr, so laut fluchte sie vor sich hin.

Julius wusste allerdings selbst einen anderen Platz, wo er fündig werden konnte. Dieser lag so nah, dass er ihn zu Fuß erreichen konnte. Im kleinen Ort grüßten ihn die Menschen freundlich, und die Sonne schien wärmend auf die Pflastersteine. Es war ein wunderschöner Herbsttag – für einen Menschen würde es der letzte in Freiheit sein.

Die meisten Weingüter waren nicht verschlossen, ihre Tore standen offen, sie konnten einfach betreten werden. Vielleicht, dachte Julius, als er eintrat, lag es daran, dass Wein Geselligkeit liebte und gerne Menschen um sich hatte. Doch davon gab es keine hier.

Diesmal rief Julius nicht.

Diesmal lauschte er.

Ob er erwartet wurde?

Dem Menschen, der all dies zu verantworten hatte, musste klar sein, dass durch den Mordversuch an den Scholls ein blinkender Pfeil in seine Richtung wies.

Niemand in der Kelterhalle, niemand im Flaschenlager.

Es blieb nur noch der Fasskeller, tief unter der Oberfläche.

Und dort flackerte ein schwaches Licht wie von einer defekten Neonröhre.

Julius liebte Weinkeller, sie hatten für ihn immer etwas von einer Schatzhöhle, in der die Juwelen nicht in Truhen, sondern in Fässern aufbewahrt wurden. Er mochte ihre Kühle, ihre feuchte Luft und ganz besonders ihre Ruhe, als verströmten die schlafenden Weine sanften Frieden. Die Zeit schien in ihrer Nähe langsamer zu vergehen, Hetze war ihnen fremd.

Doch dieser Keller steckte noch in seiner wilden Pubertät, er blubberte an allen Ecken und Enden, denn der junge Wein gärte stürmisch. Ein vielstimmiges Orchester der Fässer, von hellem Perlen bis zu dumpfem Bollern, Wasser wurde zu Wein, die Melodie des biblischen Wunders.

Die flackernde Bauleuchte an der Decke warf so wenig Licht, dass die Dunkelheit es nicht einsah zu verschwinden.

Den leblosen Körper auf dem Betonboden sah Julius trotzdem.

Neben ihm lag kein Messer, kein Glas, das Gift enthalten haben konnte. Aber Julius wusste, welch leise und unsichtbare Waffe benutzt worden war: Gärgas. Kohlendioxid stieg aus den Fässern, sammelte sich am Boden und verdrängte den leichteren Sauerstoff. Schwindel und schlagartige Kopfschmerzen waren die ersten Symptome. Doch wenn man sie spürte, konnte es schon zu spät sein, Schnellatmigkeit folgte und Bewusstlosigkeit. Dann erstickte man. Jeder Winzer wusste um die Gefahr.

Trotzdem passierten immer wieder Unfälle. Doch dies war keiner.

Außerdem bewegte sich die Leiche noch zu viel.

»Stehen Sie auf«, forderte Julius. »Sie werden heute nicht sterben. Sie werden sich für Ihre Verbrechen vor einem Gericht verantworten und ins Gefängnis gehen.«

»Lassen Sie mich!«

»Einen Teufel werde ich tun. Und wenn Sie sich jetzt nicht aufsetzen, werde ich Sie hochzerren.«

Nichts passierte.

Julius ging die letzten Stufen der Treppe hinunter, als der vermeintliche Leichnam sich aufrichtete. Dann fiel das Licht einige Sekunden aus. Als es wieder anging, hielt sein Gegenüber eine Pistole in der Hand. »Keinen Schritt weiter!«

»Die ist doch nicht echt.«

»Doch, sie stammt noch aus dem Krieg, von meinem Vater. Er hat sie immer gepflegt. Ich habe sie hier deponiert, genau für so einen Fall.«

Julius blieb stehen. »Wollen Sie mich erschießen?«

»Ich will, dass Sie gehen!«

»Nein.«

»Was wollen Sie überhaupt hier?«

»Wenigstens *einen* Mord verhindern.«

Julius suchte Tränen in den Augen, doch fand nur Härte. Es waren Augen, aus denen alle Farbe gewichen schien, die nur noch Schwarz und Weiß sahen. Es waren die Augen einer Frau, einer Mutter. Es waren die Augen von Renate Ritter.

»Woher wussten Sie, dass ich es bin? Ich habe alles getan, damit es niemand jemals erfährt.« Renate Ritter unterdrückte die Verzweiflung in ihrer Stimme, doch sie brach sich einen Weg.

Solange sie ihm zuhörte, dachte Julius, brachte sie weder ihn um noch sich.

»Summer Glow hat zu mir gesagt, wenn ein Mann einen enttäuscht, darf man machen, was man will. Da hab ich mich gefragt, ob Enttäuschung das Motiv für den Mord an Christian See sein konnte. Doch um wirklich enttäuscht zu werden, so sehr, dass man jemanden deshalb tötet, muss man vorher Liebe für einen Menschen verspüren oder tiefes Vertrauen. So wie Sie.«

»Ja«, sagte Renate Ritter. »So wie ich.«

»Dann bin ich zum Bunker, und mir ist aufgefallen, wie akkurat alles dort war. Meine letzten Mahlzeiten aufgereiht, das Stativ gereinigt. Auch die Schiefertafel haben Sie vor jedem neuen Eintrag immer blitzblank gerieben. Ein Mann hätte sich diese Mühe nicht gemacht, nur eine Frau.« Julius wusste, dass dieser Vermutung ein sehr klassisches Rollenbild zugrunde lag, aber das tat es im Leben von Renate Ritter auch. »Was ich nicht verstehe: Wieso haben Sie sich mir nicht gezeigt, im Bunker? Sie hatten doch ohnehin vor, mich zu töten?«

Renate Ritter hielt die Waffe fest auf Julius gerichtet. »Sie sollten auf keinen Fall sehen, dass ich es war. Dann wäre es persönlich geworden, Sie hätten mir Fragen gestellt, Vorwürfe gemacht. Ich wollte mich nicht durch Ihre Augen sehen, als die Mörderin, die ich geworden bin.« Sie schüttelte traurig den

Kopf. »Also durch meine Ordnung habe ich mich verraten. ›Liebe Ordnung, halte sie, sie erspart dir Zeit und Müh.‹«

»Es war ein Aspekt, aber ich kam immer noch nicht auf Sie. Allerdings habe ich gespürt, dass ich der Lösung ganz nah war. Dann habe ich die toten Scholls gefunden.« Julius ließ Renate Ritter im Glauben, dass ihr Plan funktioniert hatte. »Erst da habe ich es gewusst. Denn wer hatte einen Grund, die beiden umzubringen? Sie hatten behauptet, Christian See wollte das Weingut Ihres Sohnes berühmt machen. Aber das war eine Lüge gewesen, oder? Zumindest schien See seine Meinung geändert zu haben und wollte plötzlich die Scholls groß herausbringen – und hätte damit für Ihren Pascal alles noch schlimmer gemacht. Ausgerechnet Christian See, den Sie verehrt haben, sonst wären Sie nicht Gründungsmitglied in Annemaries Fanclub gewesen. Als sie dann im Fackelzug, zusammen mit Gisela an der Spitze, Christian See beim Tête-à-Tête mit Rebecca Scholl gesehen haben, wussten Sie Bescheid.«

»Er war meine große Hoffnung gewesen!«

»Und der Mann, in den Sie alles gesetzt hatten, hat Sie enttäuscht.« Jedes Mal wenn Renate Ritter kurz zu Boden schaute, näherte sich Julius ihr. Millimeter um Millimeter. »Wann sind Sie in der Nacht zum Weingut zurückgekehrt?« Es fühlte sich jetzt fast wie ein normales Gespräch an. Doch die auf ihn gerichtete Pistole bewies, wie dramatisch der Schein trog.

»Sofort als unser Fackelzug sich aufgelöst hatte. Ich habe ihn die ganze Zeit im Blick behalten. Habe Annemarie gesehen, als sie kam, und die De Malle. Als sie endlich weg war, bin ich zu ihm und habe gefragt, ob er sich immer noch für meinen Pascal einsetzt. Nein, sagte er, nur für die Scholls, die wären die Zukunft. Mein Pascal wäre ihm egal. Der Alkohol hat ihn ehrlich sein lassen. Zu ehrlich. Ich wollte ihn ja gar nicht umbringen. Aber dann hat er von seinen Plänen für die Scholls erzählt. Seinen neuen Hit wollte er so umschreiben, dass er um die Scholls ginge. Alle seine Freunde in Restaurants und Bars würde er dazu bringen, die Weine der Scholls zu verkaufen. Er hat gar nicht mehr aufgehört, hat gelacht und gesagt, mein Pascal solle sich lieber an die Kasse im Supermarkt setzen, als weiter Wein zu machen. Da ertrug ich seine Stimme nicht mehr, obwohl ich sie früher doch so geliebt habe. Und schlug ihn mit einem großen Stein aus dem Weinberg nieder.«

Julius trat wieder etwas näher. Nicht mehr viel, und er würde versuchen, sie zu überwältigen. Er konnte nur beten, dass das Überraschungsmoment auf seiner Seite wäre und sie nicht sofort schoss.

»Sie hätten ihn an Ort und Stelle totschlagen können, aber Sie haben ihn an der Ahrtalbrücke aufgehängt und sich damit in große Gefahr gebracht.«

»Die Idee kam mir erst, als er so da vor mir lag. Er wollte doch immer große Auftritte, da sollte er zum Schluss einen bekommen!« Gehässigkeit tropfte aus Renate Ritter wie Eiter. »Meinen Wagen hatte ich nicht weit entfernt geparkt, den habe ich schnell geholt und ihn dann reingehievt. Alle dachten immer, der Christian müsse von einem Mann umgebracht worden sein. Weil man uns Frauen nicht zutraut, Kraft in den Armen zu haben. Dabei schuften wir genauso in den Weinbergen wie die Männer. Aber im Gegensatz zu den Herren der Schöpfung trinken wir uns abends in der Wirtschaft dann keinen dicken Bauch an!« Sie lachte freudlos. »Mein Pascal ist früher bei der Feuerwehr gewesen, deshalb habe ich gewusst, dass dort Absperrgitter und ein Seil lagerten. Ich bin dann schnell nach Hause, habe da unseren alten Anhänger angekoppelt und bin zur Feuerwache gefahren. Es hat seine Zeit gebraucht, bis ich alles aufgeladen hatte. Aber ich bin eine Winzersfrau, wir haben Ausdauer!«

Julius nickte. »Und Sie sind säuberlich. Haben danach alles mit ›Endless Summer‹ gereinigt.«

»Den Reiniger habe ich nur gekauft, weil er wie mein Lieblingslied vom Christian heißt.« Sie blickte zu Boden und begann leise zu singen. »›Unser Sommer wird niemals enden / Immer trag ich dich auf Händen / Du duftest wie ein Blumenmeer / Lass uns küssen, komm doch her.‹ Das hat mich immer an meine Jugend erinnert, an meinen ersten Kuss. Der Sommer meiner großen Liebe wurde aber dann sehr schnell zum Herbst und danach zum ewigen Winter. Es ist kalt in solch einer Beziehung, Herr Eichendorff. Eiskalt, und die Kälte dringt bis ins Mark. Nur meine Liebe zu Pascal, die hat mich noch am Leben gehalten. Und durch meinen Tod sorge ich heute dafür, dass er erbt. Dagegen kann mein Mann gar nichts tun. Pascal wird den Pflichtteil bekommen, und der wird ihm über die nächsten Jahre helfen. Vor allem jetzt, da die Scholls tot sind und damit seine schlimmste Konkurrenz ausgeschaltet. Als Mutter muss man alles für sein Kind tun, selbst wenn es das größte Opfer erfordert.«

Renate Ritter presste ihre schmalen Lippen aufeinander. »Ich kann mit meiner Schuld auch nicht mehr leben. So schreckliche Dinge habe ich getan, mit diesen Händen, die jahrzehntelang Reben gepflegt haben. Ich will nicht mehr, Herr Eichendorff. Lassen Sie mich gehen. Ich habe den Tod verdient. Kein Gericht der Welt könnte eine härtere Strafe aussprechen oder eine gerechtere. Gott wird mich bald richten, und ich erwarte kein Erbarmen. All die Kerzen, die ich im Bachemer Kapellchen aufgestellt habe, werden mir nichts nützen. Nur die Muttergottes wird mich im tiefsten Herzen verstehen.«

»Aber warum Bill Michael?«, fragte Julius, um Zeit zu gewinnen.

»Antoine Carême hatte von ihm erzählt, als wir mit der Weinbruderschaft im ›Frais Löhndorf‹ waren. Wie er wohnte, in einem Wohnmobil mitten im Wald, ein richtiger Eremit. Es war wie eine Einladung. Ich musste ja eine falsche Spur legen, also bin ich nachts nach Berlin gefahren. Um ihn ist es nicht schade, Herr Eichendorff.«

»Um Schantalle de Malle vermutlich auch nicht?« Julius kam näher.

»Sie wusste zu viel. Von Ihnen.«

»Sie wusste nichts.«

Renate Ritter spannte die Muskeln an. »Noch einen Schritt weiter und ich schieße!«

Julius hielt inne. »Sie waren auch das mit dem platt gefahrenen Weinberg, oder?«

»Auch das.«

»Aber warum? Wegen seines Handys?«

Sie nickte. »Es musste dort irgendwo liegen, aber ich habe es nicht gefunden. Also habe ich die Kennzeichen am Wagen abgeklebt und bin nachts über die Reben gefahren, ohne Licht.«

»See hat es nur für seine sexuellen Abenteuer genutzt. Woher wussten Sie überhaupt davon?«

»Als ich mit ihm gesprochen habe in der Nacht, hat er währenddessen darauf herumgetippt. Ich habe einfach Angst gehabt, dass er da etwas über mich geschrieben hat.«

»Er hat den heiligen Nikolaus angerufen. Über Sie fand sich nichts im Handy. Die Mühe hätten Sie sich sparen können.«

»Es macht keinen Unterschied mehr.«

»Sie haben einen Weinberg Ihres eigenen Sohns zerstört.«

»Pascal hat sich gegen so etwas versichern lassen, nachdem er in der Zeitung von einem Bad Kreuznacher Spitzenwinzer gelesen hat, dem das passiert ist.« Ihre Hände zitterten, während sie den Lauf der Waffe auf Julius' Kopf richtete.

Julius atmete tief durch. »Warum wollten Sie mich töten?«

»Was sollte ich tun, Herr Eichendorff? Sie waren mir auf der Spur.«

»Deshalb haben Sie meinen Wagen angezündet, als ich darin geschlafen habe? Und deshalb haben Sie mich entführt und wollten mich umbringen?«

Sie sah ihm direkt in die Augen. »Es musste sein. Für meinen Pascal, dem Sie nicht helfen wollten! Ich hatte Sie gebeten, als wir zusammen im Weinberg standen, da hätten Sie all das verhindern können. Aber Sie wollten ja nicht. Es war Ihnen nicht wichtig genug. Mir war es das!« Sie ließ sich wieder auf den Boden sinken, die Waffe starr auf Julius gerichtet. »Und jetzt lassen Sie mich sterben. Sie wissen, dass ich den Tod verdient habe.«

»Die Hinterbliebenen verdienen Aufklärung.«

»Ich habe einen Abschiedsbrief geschrieben, in dem alles steht. Bitte, Herr Eichendorff, ich flehe Sie an, gehen Sie einfach.« Sie senkte den Blick, als hätte sie Angst, Julius könne darin etwas erkennen.

»Da ist noch mehr, oder? Sie sagen mir irgendetwas nicht.«

»Lassen Sie mich, bitte.«

»Sagen Sie es mir. Wenn ich gehen soll, muss ich alles wissen.«

Renate Ritter fiel die Waffe aus der Hand, dann sank sie selbst auf die Knie und weinte. Sie klang wie ein Tier, das in einer tödlichen Falle steckte. Der Schmerz saß tief, schien über Jahre gewachsen zu sein, und Renate Ritter schien ihn noch nie herausgelassen zu haben. Julius ließ sie weinen, ließ alles aus ihrem Herzen quellen.

»Er hat mich einfach ausgelacht. Das würden viele behaupten, hat er gesagt.«

»Was? Wovon reden Sie?«

»In der Nacht, als ich ihn im Weinberg angesprochen habe. Da hab ich es Christian erzählt. Zum ersten Mal. Dass Pascal ...«

»Nein ...«

»Er hätte es sehen müssen. Aber man sieht nicht, was man nicht sehen will.«

»Sie ... hatten eine Affäre mit See.«

Renate Ritter lachte auf. »Nur eine Nacht. Eine dumme, schreckliche Nacht. Ach was, eine halbe Stunde. Mehr war es nicht. Eine halbe Stunde, die mein ganzes Leben verändert hat. Ich war noch mehr Mädchen als Frau. Er hatte ein Konzert in Bad Münstereifel, und ich habe mich weggeschlichen, um dort sein zu können. Ich habe so für ihn geschwärmt, aber das, was dann nach dem Konzert passiert ist, habe ich gar nicht richtig gewollt. Ich bin für cin Autogramm zu ihm hinter die Bühne. Dann ging alles so schnell. Viel zu jung war ich, um richtig zu begreifen, was da passierte. Christian dagegen wusste es genau. Er nahm sich, was er wollte.«

»Weiß Ihr Mann es?«

»Nein!« Sie sah auf, Zorn in ihren verheulten Augen. »Und das muss auch so bleiben! Ich hab ihn damals ganz schnell geheiratet. Er war der Übriggebliebene im Dorf und froh drum. Er hat gedacht, es sei Liebe. Dabei ist es pure Angst gewesen.«

»Und Pascal?«

»Das würde ihn zerstören.«

»Sie hätten einen Vaterschaftstest verlangen und das Ganze offiziell machen können.«

»Der Skandal hätte alles zerstört, alles. Pascal wäre nur noch der Bastard von einem Schlagersänger, seine Mutter ein Flittchen, sein Vater ein betrogener Idiot.«

»Und als er sie ausgelacht hat, da haben Sie …«

Renate Ritter nickte. »Da kam alles raus, da dachte ich nicht mehr nach, da griff ich mir den Schiefer und schlug zu. Es hat sich angefühlt, als würden Tonnen von meinen Schultern rutschen.« Sie sah ihn wieder an, ein trauriges Lächeln auf ihren schmalen Lippen.

Julius hielt ihrem Blick nicht stand und drehte sich weg. Sollte er sie wirklich sterben lassen?

Renate Ritter nutzte den Moment, stürzte sich von hinten auf ihn und riss ihn zu Boden. Julius fiel genau auf die Stelle am Hinterkopf, an der er zwei Tage zuvor niedergeschlagen worden war. Renate Ritter rammte die Knie in seine Brust und würgte ihn mit unfassbarer Kraft. Die alte Waffe musste ein Bluff gewesen sein, doch ihre sehnigen, knochigen Hände waren keiner.

»Ich kann nicht zulassen, dass ein Schatten auf den Namen Ritter fällt«, presste sie zwischen zusammengebissenen Zähnen hervor. »Und die Winzerkarriere von meinem Pascal zerstört!«

Julius wurde schwindlig. Mit letzter Kraft streckte er die Arme empor, um Renate Ritter zu packen, doch sie wich seinen tumben Bewegungen aus. Und drückte noch fester zu.

Die Welt schwärzte an den Rändern ein. Julius wollte nur noch, dass es endete, dass dieser unfassbare Schmerz aufhörte, diese Enge in seinem Hals, das Lodern in seiner Brust. Er wand sich, zuckte, bäumte sich auf.

Dann fiel ein Schuss. Und der Druck an seinem Hals ließ nach.

Julius röchelte, rang nach Luft, schnappte nach ihr. Es war nicht genug davon da.

Renate Ritter lag vor ihm, ihr Blut breitete sich als dunkelroter See auf dem rauen Betonboden aus.

»Bist du in Ordnung?« Anna stürzte zu ihm, strich über

seine Stirn, fühlte seinen Puls. »Bekommst du Luft?« Tränen liefen ihre Wangen hinunter.

»Ja«, krächzte Julius, während Anna den Notruf wählte. Schnell gab sie alle nötigen Informationen durch.

»Wie … wie hast du mich nur gefunden?«, fragte Julius stockend. »Ich hab dir doch überhaupt nichts gesagt.«

»Eine alte Frau mit Rollator hat mir verraten, wo ich dich finde. Hätte sie nicht so viel geredet, wäre ich schon viel eher hier gewesen!«

»Ich wusste immer, dass ihr Gequatsche irgendwann mal jemanden in den Tod treiben würde«, sagte Julius.

»Du machst in so einer Situation einen Witz? Einen schlechten noch dazu?«

»Zu wenig Sauerstoff im Hirn«, erwiderte Julius. »Nimm mich in den Arm, dann wird es besser. Nimm mich ganz fest in den Arm. Und sag mir nicht, wie dumm ich bin, dafür hast du noch ein ganzes Leben Zeit.«

Anna schwieg, dann lächelte sie und gab ihm einen langen Kuss.

EPILOG

Der Landrat war da! Für Annemarie kam er direkt nach dem Papst. Den hatte sie auch eingeladen, aber gekommen war nur der Geistliche von St. Johannes Apostel. Sie hatte ihn so lange gefragt, ob der Papst ihn geschickt habe, bis er es bejaht hatte. Das hatte sie natürlich direkt den Medien gesteckt.

Jetzt fehlte nur noch der Ehrengast!

Gerade einmal zwei Monate war der Mord an Christian See her, und heute schon wurde ihr »CSMKM« eröffnet – Deutschlands erstes »Christian See Mett Kunst Museum«. Das große Banner mit dem Museumsnamen hatte Annemarie extra von den Damen des Handarbeitsvereins Mayschoß häkeln lassen. Als Hommage an Christian Sees humoristischen Hit »Häkel mir ein Herz aus Liebe«. Es hing über dem Dernauer Bunkereingang, der nun allerdings nichts mehr von einer Baubaracke hatte. Stattdessen war die gesamte Front verglast. Annemarie hatte viel Geld und Unterstützung erhalten, nachdem Julius offiziell erklärt hatte, dieser Fall wäre ohne sie nicht zu lösen gewesen und dass sie einen großen Lebenstraum hätte, den man dieser Heiligen von einer Frau ermöglichen sollte.

»Wann kommt er denn endlich?«, fragte Annemarie den an der Freiluftküche stehenden Julius. »Er sollte doch längst da sein!«

»Echte Stars kommen immer ein wenig zu spät. Das hat Tradition. Frag mich in einer Viertelstunde wieder.«

Julius bereitete gemeinsam mit Antoine Carême »Grüße aus der Küche« zu, die FX und François an die geladenen Gäste verteilten. Währenddessen ertönte Christian Sees Œuvre aus den Boxen. Aktuell sein gescheiterter Versuch eines Ballermann-Hits: »Er gehört zu Bier«.

»Dieses Schlagergedudel macht die Leut verfressen«, mokierte sich FX. »Gleich nagen s' mir noch die Hände ab!«

»Das kommt daher, weil sie so viel Hunger vom vielen Wein haben«, erklärte François. »Und den trinken sie, weil die Musik so unerträglich ist. Allein diese Weinschwestern picheln so unfassbare Mengen, als wollten sie die ganze Jahresproduktion der Ahr wegschlotzen.« Auch François nahm jetzt einen Schluck. Es war ein Roter. Er hatte sich mittels Rosé und später Schillerwein sowie Trollinger über Wochen hin desensibilisiert. Nun hatte die Welt des Rotweins ihn endlich wieder. Sein Lächeln war so breit, als hätte er gerade den »Eurovision Song Contest« mit einem Lied über billigen Merlot gewonnen.

Endlich traf der Stargast des Tages ein: Ronald König höchstpersönlich.

Ludger Maurer und sein Team schlangen die Waldpilz-Tarteletts herunter und stellten sich auf, um ihn schon beim Aussteigen aus der Limousine zu filmen. Als sie hielt, erklangen die ersten Takte des von ihm extra für seinen verstorbenen Kollegen komponierten Liedes, das in der Hitparade von null auf eins gegangen war. Beim Aussteigen hielt er schon ein Mikrofon in der Hand.

»Im Himmel gibt's jetzt einen See / Die Engel singen: Ist das schee! / Der lässt da jetzt 'ne Party steigen / Und wird den Engeln einen geigen!«

Das Blitzlichtgewitter wirkte, als wäre eine Stromleitung defekt.

Julius wandte sich kopfschüttelnd ab – doch die Melodie hatte sich bereits in seinem Kopf festgefressen.

»Darf ich zum Tanz bitten?«, fragte eine neckische Stimme, und Anna drehte eine Pirouette um ihn.

»Nein, ich hab ja Bärentatzen statt Füßen, weißt du doch. Aber ich kann dir eine persönliche Führung geben. Fern von der Musik.«

»Oh, da sage ich nicht Nein!«

Julius holte schnell zwei Gläser Wein für Anna und sich von dem kleinen Stand, an dem Pascal Ritter seine Tropfen ausschenkte. Er hatte das für den jungen Winzer in die Wege geleitet. Neben Pascal stand sein Vater. Der alte Mann redete nicht viel und sah aus, als gieße er Quecksilber in die Gläser. Doch er half. Das war ein Anfang.

Mit den Gläsern in der Hand kehrte er schnell zu Anna zurück und öffnete ihr die Tür zum Museum. Plötzlich erklangen schnelle Schritte hinter ihnen, und Julius' Mutter tauchte auf, um ihnen die Weingläser wieder wegzunehmen.

»Das lasst ihr mal schön bleiben! Wer einen Erben zeugen will, darf nicht trinken. Das lässt die Männlichkeit erschlaffen.«

»Als ich heute Morgen geguckt habe, war ich noch kein Mann«, sagte Anna. »Aber du weißt das sicher besser.«

»Aus Solidarität zu deinem Mann trinkst du auch nichts.« Julius' Mutter leerte das erste Glas. »Du solltest grüne Smoothies zu dir nehmen, die steigern die Fruchtbarkeit und sind gut für die Haut.« Sie trank das zweite Glas leer. »Ich bring dann mal die Gläser zurück. Und ihr denkt jetzt angestrengt darüber nach, wir ihr das mit dem Nachwuchs hinbekommt. Ich will endlich einen Enkel. Alle fragen mich ständig, wann es so weit ist. Also gebt euch gefälligst Mühe!«

Weg war sie.

»Schön zu sehen, wie viel Anteil sie an unserem Leben nimmt«, sagte Julius.

»Und noch schöner zu sehen, wie sie sich von uns entfernt.« Anna sah Julius auffordernd an. »Bekomme ich jetzt endlich meine Privatführung?«

Julius verbeugte sich. »Nichts wäre mir lieber. Hier vorne kommen wir direkt zum größten wie auch schönsten Exponat der Ausstellung. Einem Beweis dafür, wie gefährlich die Ermittlungen waren. Das Gefährt gehörte einem Mann, der keine Furcht kennt. Und auch nicht das Gefühl, satt zu sein.«

Schwuppes hatte Julius' ausgebrannten Käfer ins Museum transportiert und aufgebockt. Hier wirkte er tatsächlich wie ein Kunstwerk. Der Feuerwehrmann stand stolz neben dem Wrack – in Uniform und mit seiner Oma Hildegard, die ohne Unterlass über die ganze Veranstaltung schimpfte. Julius begrüßte die beiden, bevor er Anna weiterführte.

»Der Wagen fehlt mir«, sagte Anna. »Ich habe ihn wirklich gemocht.«

»Und ich erst.«

»Du hast dir immer noch keinen neuen gekauft.«

»Ich kann mich einfach nicht entscheiden. Nur eins weiß ich: Diesmal soll es etwas Feuerfestes sein.«

Anna wies hinaus durch die große Glasfront. Ronald König bekam gerade eine Schere in die Hand gedrückt, um das rote Band zu zerschneiden.

»Wer ist eigentlich der adrette ältere Herr, der so um Annemarie herumscharwenzelt? Die beiden wären ein hübsches Paar.«

Julius grinste. »Das ist der heilige Nikolaus, aber jetzt in rasiert und gepflegt. Die Liebe zu Annemarie macht ihn schön. Das – und jeden Tag Mett.«

Er führte Anna zu dem nachgebauten Kinderzimmer von Christian See, mit dessen Original-Möbeln (zumindest konnte niemand etwas anderes beweisen), zu den Hörsäulen mit seinen größten Hits (fünf Telefunken-Kassettenrekorder), in das durch vier geblümte Bettlaken abgetrennte kleine Kino (Annemaries alter Grundig-Fernseher), das Christian See bei Dieter Thomas Heck zeigte, und danach zu der Wand mit den Goldenen Schallplatten – die Annemarie alle selbst lackiert hatte.

Das Herz des Museums aber war die Mettabteilung. Jeden Tag würde Annemarie eine frische Büste des großen Künstlers erstellen, die in einem gekühlten Glaskubus ausgestellt und am Abend in lecker Frikadellchen verwandelt werden würde. Daneben fanden sich andere Büsten, allesamt Abgüsse von Mett-Vorbildern. Die meisten zeigten Christian See, eine auch Bill Michael, und selbst Schantalle de Malle war verewigt worden, wenn auch nicht sehr vorteilhaft. Berühmte Gebäude aus Christian Sees Leben – sein Elternhaus, seine Villa am Starnberger See, den Hamburger »Sterne Club«, wo er seinen ersten Auftritt hatte – waren allesamt aus Hartwürsten gebaut worden. Außerdem – obwohl er thematisch nicht passte – der Kölner Dom aus Cervelatwurst.

An einer kleinen Bar (Annemaries ausrangierte Schlafzimmerkommode aus Eiche massiv) wurden genau die Weine ausgeschenkt, die Christian See an seinem Todestag getrunken hatte. Ein Originalgitter der Feuerwehr stand daneben, und selbst ein

Stück des Galgenstricks hatte Annemarie organisieren können. Darüber hingen Fotos, die bedeutende Momente der Ermittlungen zeigten. Auch eines, wie Herr Bimmel zum Fund des Geldbündels mit zehntausend Euro beigetragen hatte. Sie hatten es im Eichendorff'schen Garten nachgestellt. Und da Felix nicht von der Seite seines Kumpels weichen wollte, war er nun auch auf dem Foto und offiziell an der Aktion beteiligt. Ein kleiner Rahmen trug den Titel »Abschiedsbrief Renate Ritter«. Doch er war leer, denn es hatte keinen gegeben. Ihre letzte Lüge.

Zum Abschluss führte Julius Anna in eine kleine Ecke, die Annemarie als Christian-See-Kapelle hergerichtet hatte. Auf dem großen Foto sah der Schlagersänger exakt wie Jesus Christus aus – falls dieser jemals eine Vokuhila-Frisur getragen hatte. Hier konnte man Kerzen für den Verstorbenen anzünden (zwei Euro das Stück) und für ihn vor der Maria von Lourdes beten. Eine Kopie der Kopie aus Bachem. Von Annemarie aus Griebenschmalz geformt.

Die Türen wurden geöffnet, und die Massen strömten herein. Unter ihnen auch Ludger Maurer, der direkt auf Julius zusteuerte.

»Willst du es dir nicht doch noch mal überlegen?«, fragte er. »Es wäre ein garantierter Hit!«

»Nein, das sollen andere machen. Ich gehöre an den Herd der ›Alten Eiche‹. Und nur da grille ich auch.«

»Okay, Jay, deine Entscheidung. Du schlägst eine Horst-Lichter-Karriere aus, aber du musst es wissen! Eine schnelle Frage noch, weil ich gerade eine Reportage über die Mordserie drehe. Was ist eigentlich mit den Scholls? Ich hab heute einen Artikel im ›Express‹ gelesen, die wären gar nicht in Cadzand-Bad gewesen, wie sie behauptet haben. Ist da was dran?«

»Ein alter Hut«, antwortete Julius. »Die Scholls waren stattdessen bei einem befreundeten Therapeuten im Schwarzwald. Sie wollten nicht, dass es bekannt wird und es Gerede gibt. Deswegen die Notlüge.«

»Und wie geht es jetzt weiter mit ihnen?«

»Sie nehmen sich eine Auszeit.«

»Ah, okay, dann sollte ich wohl besser schnell fragen, ob wir da oben drehen dürfen. Aber jetzt erst mal ans Büfett!«

Anna nahm Julius' Hand und zog ihn in einen Nebenraum, wo Fotos der Mett-Künstlerin in Aktion ausgestellt wurden.

»Du?«

»Ja? Bin hier. Geh auch nicht weg.«

»Wir müssen bald mehr zu essen einkaufen.«

Julius nickte. »Ist mir auch aufgefallen. Die beiden Kater fressen in letzter Zeit so viel. Kein Problem.«

»Und vielleicht ist das Haus bald nicht mehr groß genug.«

»Wenn sie so weiterfressen, könntest du recht haben.«

Anna kniff die Augen zusammen. »Sag mal, bist du schwer von Begriff, oder tust du nur so?«

Julius Lächeln wurde breiter und breiter, und er packte Anna an den Hüften. »Wir sind schwanger!«, rief er laut.

»Nee, ich bin schwanger. Du bekommst weder Wasser in den Beinen noch Schwangerschaftsstreifen. Morgens übergeben musst du dich auch nicht. Aber wenn du dabei mitmachen willst, tu dir keinen Zwang an!«

»Weißt du, wann es passiert ist? Dann können wir es unserem Kind später erzählen, und es wird ihm ganz unangenehm sein.«

»Ich glaube, an dem Abend, an dem wir so viel Frühburgunder getrunken haben.«

»Also ein Frühburgunder-Kind. Das sind die Besten, die sind früher reif!«

Anna lachte. »Ich hoffe wirklich, unser Kind erbt nicht deinen Humor. Sonst bekomme ich eine Wochenbett-Depression.«

»Die besten Witze bewahre ich mir seit Jahren für unseren Nachwuchs auf.«

»Oh mein Gott! Ich kann es kaum erwarten.« Dann sah Anna ihn an, nahm sein Gesicht sanft in ihre Hände und küsste ihn. »Ich kann es wirklich nicht erwarten.«

Rezepte

BESCHWIPSTER GRIESSBREI

(für 4 Personen)

Zutaten
375 ml Milch
1 Pck. Vanillezucker
375 ml Ahr-Rotwein
200 g Rohmarzipan
75 g Weichweizengries
1 EL Butter
1 Eigelb
1 Eiweiß
1 Prise Salz
2 EL Zucker
Zimt und Zucker zum Bestreuen

Zubereitung
Milch mit Vanillezucker erwärmen und Rotwein dazugeben. Dann das gehobelte Marzipan hinzugeben und gut verrühren, bis es sich auflöst. Kurz aufkochen, dann den Herd auf kleine Temperatur stellen, den Gries einrühren und fünf Minuten quellen lassen. Dann etwas auskühlen lassen, bevor das mit weicher Butter verrührte Eigelb dazu kommt.
Eiweiß mit 1 Prise Salz und 2 Esslöffeln Zucker steif schlagen und unterheben.
Mit Zimt und Zucker bestreuen.
Dazu passt ein Früchte-Kompott.
(Die Ahrtaler Ur-Version der Familie Eichendorff sieht nur Rotwein, Gries und Rosinen vor)

METTAUFLAUF NACH ANNEMARIE BURBACH

(für 4 Personen)

Zutaten

1 Brötchen
Milch zum Einweichen des Brötchens
250 g Weißkohl
250 g Rotkohl
250 g Wirsing
Salz
250 g gekochte Kartoffeln
2 Zwiebeln
500 g Mett (halb und halb)
4 Eier (Größe M)
Salz und Pfeffer
250 g Crème fraîche
2 Knoblauchzehen
Butter (zum Einfetten der Auflaufform)
8 EL Semmelbrösel

Zubereitung

Zuerst das Brötchen in Milch einweichen. Währenddessen die drei Kohlsorten (Annemarie nimmt, was es gerade auf dem Wochenmarkt gibt) waschen und in große Stücke schneiden. Separat in leicht gesalzenem Wasser für 10 Minuten kochen, dann abgießen. Die Kartoffeln in Scheiben schneiden, die Zwiebeln häuten und fein würfeln. Das vollgesogene Brötchen ausdrücken und mit Mett, Zwiebeln und Eiern zu einer Masse verkneten. Mit Salz und Pfeffer abschmecken.
Crème fraîche mit Salz und Pfeffer verrühren. Die Knoblauchzehe häuten und dazupressen.
Eine Auflaufform fetten und ⅔ der Kohlsorten abwechselnd einschichten. Die Hälfte der Semmelbrösel und die Hälfte der Crème fraîche darauf verteilen. Jetzt die Kartoffelscheiben daraufgeben sowie ⅔ des Metts – und alles gut andrücken. Mit dem restlichen Kohl und dem restlichen Mett abschließen.

Wieder Crème fraîche darüber verteilen und mit Semmelbröseln bestreuen. Im vorgeheizten Backofen bei 200° C (Ober- und Unterhitze) oder 180° C (Umluft) für ca. 45 Minuten backen.

FEUERWEHR-MARINADE

Zutaten
120 ml natives Olivenöl extra vergine
80 ml Soja-Soße
50 ml Worcestershire-Soße
80 ml Zitronensaft
1 EL klein gehackter Basilikum (oder getrocknet)
1 EL klein gehackte Petersilie (oder getrocknet)
1 TL gemahlener schwarzer Pfeffer
1 Spritzer roter Tabasco
1 Spritzer grüner Tabasco

Zubereitung
Olivenöl, Soja-Soße, Worcestershire-Soße und Zitronensaft vermischen. Dann Basilikum, Petersilie und den Pfeffer dazugeben sowie die Tabasco-Spritzer. Darin das Fleisch für mindestens 8 Stunden im Kühlschrank marinieren – am besten in einer Glasschale oder in einem Gefrierbeutel, das Fleisch muss komplett bedeckt sein und luftdicht verschlossen. Geflügel braucht nur zwei Stunden.
Vor dem Zubereiten abtupfen, damit keine Marinade in die Glut tropft.

HEPPINGER FRÜHBURGUNDER-MARINADE

Zutaten
2 EL mittelscharfer Senf (Julius nimmt immer Monschauer)
200 ml natives Olivenöl extra vergine
4 EL Frühburgunder
1 EL schwarzer Pfeffer (am besten frisch gemahlen)
4 EL klein gehackte Gartenkräuter (oder getrocknet)

Zubereitung
Senf mit Olivenöl, Wein und dem Pfeffer verrühren. Dann die Gartenkräuter unterheben. Danach wie bei der Feuerwehr-Marinade verfahren.

DANKSAGUNGEN

Ein Buch zu schreiben ist eine Tätigkeit, bei der man allein ist – doch einsam ist man nie. Julius, Anna, Herr Bimmel, Felix, FX und all die anderen waren bei diesem Roman ja da. Viele der Charaktere in »Vino Furioso« kenne ich seit siebzehn Jahren. Und obwohl sie fiktional sind, fühlen sie sich wie Freunde an.

Natürlich haben auch Freunde aus Fleisch und Blut geholfen, dass dieses Buch das Licht der Welt erblickt. Zu den Geburtshelfern zählt mein wundervoller Kollege Gisbert Haefs, der sich die Zeit nahm, mit mir über den Roman zu fachsimpeln.

Julius-Eichendorff-Leser sind unglaublich treu – vielen Dank dafür, dass mein Heppinger Meisterkoch nicht vergessen wird, auch wenn sein Autor sich zwischen zwei Bänden mal etwas Zeit gönnt! Als kleines Dankeschön habe ich im Internet nach Ideen oder Wünschen für diesen Band gefragt – und bin damit überschüttet worden. Einige haben es bis ins Buch geschafft: Thomas Jütte schlug die Sommerrodelbahn vor, Ti Na ein geheimnisvolles Tattoo, Jürgen von der Mark einen heißen Sommer. Dank geht auch an Hagen Range für seine Kenntnisse der mallorquinischen Kultur.

Die meiste Zeit des Schreibens war meine wunderschöne Krimikatze Mimi bei mir – und hat mich vom Schreiben abgehalten, weil sie gekrault werden wollte. Aber das gab mir die Energie, weiterzuschreiben. Meine Kinder sorgen immer für diese Energie, auch wenn sie mich manchmal ganz viel Energie kosten. Wie dieser Widerspruch funktioniert, habe ich immer noch nicht genau begriffen. Vielleicht liegt es einfach daran, dass sie ganz wundervolle Menschen sind.

Ein großer Dank geht an das Team des Emons Verlags, bei dem ich nun schon fast zwei Jahrzehnte sein darf. Mein Dank geht an meinen wunderbaren Verleger Hejo, meine großartigen Lektorinnen Christel Steinmetz und Stefanie Rahnfeld und an all die anderen guten Seelen, die sich jeden Tag für die Bücher einsetzen.

Dank an meinen Vater, der immer einer der ersten Leser ist und trotzdem letzte Fehler herausfischt.

Dank an das Ahrtal, seine Menschen, seine Weine. Sie sind mir Heimat geworden. Wenn ich jetzt ins Ahrtal reise, ist es, als würde ich meine eigenen Romane betreten. Überall finden sich pittoreske Leichen. Nicht nur deshalb ist es ein sehr besonderer Landstrich.

Der größte Dank geht an meine Lebensgefährtin Vanessa, die mich sogar erträgt, wenn ich einen Roman schreibe. Das muss wahre Liebe sein.

Die Fälle von Deutschlands erfolgreichstem Krimikoch im Überblick:
Alle Titel sind auch als eBook erhältlich.

In Vino Veritas
Der erste Fall für Julius Eichendorff
ISBN 978-3-7408-0702-3
Auch als Hörbuch erhältlich,
gelesen von Jürgen von der Lippe
ISBN 973-3-89705-425-7

Nomen Est Omen
Der zweite Fall für Julius Eichendorff
ISBN 978-3-7408-0703-0
Auch als Hörbuch erhältlich,
gelesen von Jürgen von der Lippe
ISBN 973-3-89705-690-9

In Dubio Pro Vino
Der dritte Fall für Julius Eichendorff
ISBN 978-3-7408-0704-7
Auch als Hörbuch erhältlich,
gelesen von Jürgen von der Lippe
ISBN 973-3-89705-547-6

Vinum Mysterium
Der vierte Fall für Julius Eichendorff
ISBN 978-3-7408-0705-4
Auch als Hörbuch erhältlich,
gelesen von Jürgen von der Lippe
ISBN 973-3-89705-458-5

Vino Diavolo
Der fünfte Fall für Julius Eichendorff
ISBN 978-3-7408-0706-1
Auch als Hörbuch erhältlich,
gelesen von Jürgen von der Lippe
ISBN 973-3-89705-616-9

Carpe Vinum
Der sechste Fall für Julius Eichendorff
ISBN 978-3-7408-0707-8
Auch als Hörbuch erhältlich,
gelesen von Jürgen von der Lippe
ISBN 973-3-89705-986-3

Ave Vinum
Der siebte Fall für Julius Eichendorff
ISBN 978-3-7408-0708-5
Auch als Hörbuch erhältlich,
gelesen von Jürgen von der Lippe
ISBN 978-3-95451-468-7

Weitere Titel von Bestsellerautor Carsten Sebastian Henn:

Henkerstropfen
Kulinarische Kurzkrimis
ISBN 978-3-89705-484-4
Auch als Hörbuch erhältlich,
gelesen von Konrad Beikircher
ISBN 978-3-89705-584-1

Henkersmahlzeit
Kulinarische Kurzkrimis
ISBN 978-3-89705-712-8

111 Deutsche Weine, die man getrunken haben muss
Mit Fotografien von Tobias Fassbinder
ISBN 978-3-89705-849-1

111 mal lecker essen in Köln
Der andere Restaurantführer
ISBN 978-3-95451-214-0

Weinwissen für Angeber
Mit zahlreichen Zeichnungen
ISBN 978-3-95451-213-3

Henns Weinführer Ahr
Geschichte, Lagen, Weine und Reisetipps
ISBN 978-3-95451-215-7